AF399097

Das Buch

Mit einem Vermisstenfall beginnt ein unerwarteter Albtraum für die Anwältin Annabelle Hart. Eine Schulfreundin ihrer Assistentin ist spurlos verschwunden und Privatdetektiv Felix Hertzlich wird mit der Suche nach der jungen Frau beauftragt. Noch am selben Abend kehrt auch Annas Assistentin nach einem Date nicht nach Hause zurück. Wenige Tage später wird ihre geschundene und mit Rosen dekorierte Leiche im Haspelmoor gefunden, und es wird klar, dass ein skrupelloser Killer am Werk ist.

Bei der Jagd nach dem Täter stoßen Annabelle und Felix auf das verstörende Geheimnis eines Psychopathen, der bereits sein nächstes Opfer in der Gewalt hat. Unter enormem Druck versuchen sie den Mörder zu stoppen, bevor eine weitere unschuldige Frau ihr Leben lassen muss.

Die Autorin

Melisa Schwermer, geb. 1983 in Offenbach, hat Germanistik und Philosophie in Darmstadt studiert und sich nach ihrem Abschluss als Thrillerautorin einen Namen in der Buchbranche gemacht. Ihr „So bitter die Schuld" stürmte die Amazon-Charts und hielt sich wochenlang an der Spitze. Der Titel wurde außerdem für den Kindle Storyteller Award 2016 nominiert. Seitdem hat die Reihe um den Ermittler Fabian Prior etliche Leserinnen und Leser begeistert. Melisa hat bisher über 250.000 Bücher verkauft.

Als Tochter eines Lehrers und einer Heilpädagogin entschied sich Melisa Schwermer für die Rebellion gegen die Ansichten und Forderungen ihrer Eltern und somit gegen das Abitur. Nach einer Lehre als Industriekauffrau und dem Abitur am Abendgymnasium studierte sie Germanistik und Philosophie. Nach einer Zwischenstation als Berufsschullehrerin und Universitätsdozentin arbeitet sie nun neben dem Schreiben und ihrer Tätigkeit als freie Lektorin als Pädagogin und hilft benachteiligten Jugendlichen.

Flüstermoor ist nach *Düsterhof* ihr zweiter Roman, der im FeuerWerke Verlag erschienen ist.

Flüstermoor

Ein Thriller von Melisa Schwermer

Originalausgabe Februar 2023
© FeuerWerke Verlag, alle Rechte vorbehalten
Maracuja GmbH, Laerheider Weg 13, 47669 Wachtendonk
Herstellung: Books on Demand GmbH
Printed in Europe
Umschlaggestaltung: HollandDesign/Simone Holland unter
Verwendung von depositphotos: @ loriklaszlo @ racorn shutterstock:
@ andreiuc88
Lektorat: Simona Turini, Karlsruhe

ISBN: 978-3-949221-54-5

Kapitelverzeichnis

Prolog

DIE fahle Haut der leblosen Frau schimmerte im Zwielicht des anbrechenden Tages. Die Nächte waren noch kalt, und mittlerweile war er durchgefroren. Seit gestern Abend war er ziellos mit dem Auto durch die Gegend gefahren, um auf den richtigen Moment zu warten. Er hatte sich nicht getraut, die Heizung einzuschalten, denn Leichen fingen sehr schnell an zu stinken. Das wusste er von seiner Mutter.

Jetzt stand er ehrfürchtig vor ihr und wagte es kaum, sie zu berühren, so schön war sie. Sie ähnelte der Frau aus dem Video so sehr, dass es fast schon unheimlich war. Als sie im Supermarkt an der Kasse vor ihm gestanden hatte, war er fasziniert von ihr gewesen, die rötlichen Haare, die ebenmäßige Haut, die zarte Figur, sie war einfach perfekt. Und plötzlich war da das Flüstern seines Vaters in seinem Kopf gewesen, was er alles mit ihr anstellen könnte. Jetzt, wo sie so wehrlos vor ihm lag, hätte er sie am liebsten behalten und mit nach Hause genommen, um sie immerzu anzusehen.

»Du weißt, dass das nicht so funktioniert«, hörte er seinen Vater flüstern.

Natürlich wusste er das, er war ja nicht blöd. Nicht nur, weil sie nicht lange so schön bleiben würde, sondern weil sein Vorhaben dann nicht korrekt ausgeführt war und er eine neue Frau suchen müsste. Also hob er sie sanft aus dem Kofferraum und trug sie hinüber zum Moor. Zwischen den knorrigen und teils moosbewachsenen Bäumen war es noch dunkel, und er achtete darauf, sich auf dem Weg zu halten. Daneben war eine Wiese über den Sumpf gewachsen, und man konnte schnell mehr als knöcheltief einsinken, wenn man einen falschen Schritt machte.

»Beeil dich, die Sonne geht bald auf«, trieb ihn das Flüstern seines Vaters an.

Er orientierte sich an einzelnen Wurzeln, die aus dem Morast ragten, um durch den leichten Bodennebel zum See zu finden. Als er schon fürchtete, sich verlaufen zu haben, lichteten sich die Bäume, und die noch kahlen Sträucher gaben den Blick auf das schwarze Wasser des Sees frei. Die Kälte von eben war mit einem Mal wie weggeblasen, und ein warmes Gefühl der Vorfreude machte sich in ihm breit.

Vorsichtig legte er die Frau am Ufer ab und öffnete seine Tasche, um das Satinnachthemd herauszunehmen. Seine Finger zitterten vor Aufregung und Vorfreude, während er ihr das Oberteil über den Kopf streifte. Sie war noch ganz warm, eine Gänsehaut überzog ihre Arme. Konnten Tote eine Gänsehaut bekommen? Die Antwort auf seine ungestellte Frage folgte auf dem Fuß. Plötzlich kam Bewegung in den schlaffen Körper. Entsetzt sah er, wie sie den Kopf herumwarf und mit den Armen zappelte, die noch in den Ärmeln ihres Pullovers feststeckten.

Dieses Miststück hatte ihn verarscht und nur so getan, als wäre sie tot, um ihn jetzt aus dem Hinterhalt anzugreifen. So war aber nicht der geplante Ablauf! Die Frau aus dem Video lebte zwar auch, aber sie wehrte sich nicht, sondern ließ alles über sich ergehen. Wutentbrannt starrte er sie an, ihr vor Anstrengung und Angst verzerrtes Gesicht, das nicht mehr so hübsch war wie noch wenige Augenblicke zuvor.

Sie öffnete den Mund, und ein heiseres »Hilfe« drang daraus hervor. Dann trat sie aus. Der Fuß, der ihn in die Flanke traf, riss ihn aus seiner Erstarrung.

Ohne groß nachzudenken, warf er sich auf sie, seine Hände umklammerten ihren Hals. Durch die Wucht rutschten sie gemeinsam über den Schlamm und die glitschigen Steine. Ihr Kopf tauchte in das eiskalte Wasser des Sees. Die Wellen schwappten über ihr Gesicht, und durch sein Gewicht sank sie sofort nach unten. Luftblasen stiegen auf, es sah aus, als würde jemand mit einem Strohhalm in ein Wasserglas pusten. Eine Weile lang zappelte sie und warf sich unter ihm hin und her, dann erstarb ihre Gegenwehr.

Zur Sicherheit wartete er noch einen Moment, damit sie ihn nicht wieder austrickste, bis er sich schließlich sicher war, dass sie nicht mehr lebte. Außer Atem zog er sie zurück ans Ufer, seine Hände schmerzten von der Anstrengung. Ihre Haare waren voller Schlamm und ihre aufgerissenen Augen blutunterlaufen. Nicht so schön wie im Video, aber dem konnte er abhelfen. Die Augen würde er einfach schließen, und die Haare würden bestimmt sauber werden, wenn er sie im Wasser ablegte.

Gewissenhaft führte er die letzten Schritte durch, zog ihre nasse Kleidung aus und ihr anschließend das Satinhemdchen über. Schon viel besser. Vor Kälte bibbernd brachte er seine Aufgabe stoisch zu Ende und schmückte sie mit den Rosen. Dann hob er ihre Knie an und drückte sie mit aller Kraft in Richtung Wasser. Das funktionierte durch den schlammigen Untergrund gar nicht so gut, wie er es sich vorgestellt hatte, doch schließlich hatte er es fast geschafft. Nur noch ein kleines Stück, dann würde sie über die Oberfläche gleiten.

Wegen der Vorfreude auf den Anblick stahl sich ein Lächeln auf seine Lippen, doch augenblicklich gefror seine Miene wieder. Anstatt wie ein Engel zu schweben, sackte sie schlaff nach unten. Nur kurz sah er ihr bleiches Gesicht unter der Wasseroberfläche, bevor sich ihr Körper drehte und sie kaum noch zu erkennen war.

Entgeistert stand er da, unfähig, sich zu bewegen. Dann öffnete er seinen Mund und brüllte wie ein verletztes Tier. Das durfte nicht wahr sein. Alles umsonst. Jetzt musste er von vorn anfangen.

1. Kapitel

ANNA lenkte ihren Mini rückwärts in die Parklücke. Ein paar Bauarbeiter, die auf einem Gerüst standen, nickten ihr anerkennend zu, einer brüllte wie ein Affe während der Paarungszeit. Seine Kollegen warfen ihm einen Blick zu, dann ließen sie sich anstacheln. Sie waren es wohl nicht gewohnt, dass es eine Frau schaffte, auch ohne Assistenzsystem unfallfrei einzuparken. Anna hielt nicht allzu viel von den ganzen Hilfen, die man sich mittlerweile in einen Neuwagen einbauen lassen konnte. Ihrer Meinung nach verlernte man damit nur das Fahren.

Obwohl die Bauarbeiter sie eindringlich musterten, blieb sie noch einen Moment sitzen. Entgegen ihrem Vorsatz, gesünder zu leben, hatte sie heute Morgen auf ihr Müsli mit Früchten verzichtet und sich stattdessen zum Mittagessen am Imbiss in der Nähe des Gerichts eine Currywurst mit Pommes gegönnt. Essen gibt einem Energie, so sagte man, bei ihr schien eher das Gegenteil der Fall zu sein. Sie war so müde, dass sie am liebsten auf dem Fahrersitz ein Mittagsschläfchen eingelegt hätte.

Daraus würde allerdings nichts werden, denn ihr Handy klingelte. Es war Staatsanwalt Feindt. Auf ein Gespräch mit ihm hatte sie noch weniger Lust als auf den Aktenstapel auf ihrem Schreibtisch. Widerwillig nahm sie den Anruf entgegen.

»Guten Tag, Frau Hart. Genießen Sie Ihre Mittagspause?«, begrüßte er sie.

Spätestens jetzt nicht mehr, dachte Anna und setzte ein Lächeln auf, damit sie am Telefon nicht ganz so unfreundlich klang. »Ganz genau. Und da ich gerade Pause mache, würde ich das hier gern kurz halten. Worum geht es?«

»Nun seien Sie mal nicht so abweisend. Ich wollte mich nur erkundigen, ob Sie nicht Lust hätten, die Vertretung eines neuen Mandanten zu übernehmen.«

Anna runzelte die Stirn. Seit wann übernahm es die Staatsanwaltschaft, eine Verteidigung für die Gegenseite zu organisieren? Davon abgesehen war sie keine Anfängerin, die es nötig hatte, dass man ihr Fälle zuschusterte. »Vielen Dank, dass Sie an mich denken, aber leider habe ich schon zu viele Fälle auf dem Tisch, in die ich mich einarbeiten muss. Sie werden jemand anderen finden müssen.«

»Ach wie schade. Dabei wäre es gar nicht so aufwendig für Sie, denn in den Sachverhalt sind Sie bereits bestens eingearbeitet.« Er machte eine bedeutungsschwangere Pause und wartete offenbar darauf, dass sie mehr Infos verlangte. Den Gefallen tat sie ihm nicht. »Es geht um den Pferderipper«, sagte er schließlich.

Einen Moment war Anna zu perplex, um etwas zu entgegnen. Sie musste sich wohl verhört haben. Als Feindt dann jedoch wie ein Vollidiot vor sich hin kicherte, wurde ihr klar, dass er das gerade tatsächlich gesagt hatte.

»Sind Sie von allen guten Geistern verlassen? Das finden Sie witzig?«, keifte sie ihn an.

»Jetzt regen Sie sich nicht so auf, ich dachte …«

»Was? Dass ich das vielleicht lustig finden würde, nachdem er mich in eine Scheune gesperrt und fast umgebracht hat, weil Sie und die Kripo nicht ordentlich ermitteln wollten, sondern sich lieber auf einen falschen Verdächtigen eingeschossen hatten?« Anna musste sich zusammenreißen, um das Telefon nicht einfach aus dem Fenster zu schmeißen.

»Hören Sie, es tut mir leid. Irgendwie habe ich geglaubt, Sie wären schon darüber hinweg. Es war offenbar zu früh, Witze zu machen.« Feindt klang aufrichtig geknickt. »Eigentlich sollte das eine lockere Art sein, Sie darüber zu informieren, dass die Hauptverhandlung gegen den Beschuldigten demnächst eröffnet wird.«

Anna atmete tief durch. »Danke«, murmelte sie und meinte damit sowohl die Entschuldigung als auch die Information. Obwohl die Beweislage erdrückend war, hatte sie Angst, dass der Richter das anders sehen könnte und der Mann am Ende freikam. Sie verabschiedete sich wortkarg von dem Staatsanwalt und legte auf.

Für einen Augenblick betrachtete sie die Regenwolken, die sich am Horizont ankündigten, und lauschte dem Rumoren in ihrem Magen. Heute Abend würde es für sie nur einen Apfel geben, das schwor sie sich. Warum schaffte sie es einfach nicht, wenigstens mal ein paar Wochen standhaft zu bleiben, bis die neuen Ernährungsgewohnheiten zur Routine wurden? Meist wurde sie bereits nach wenigen Tagen gesunder Ernährung schwach und verfiel in alte Gewohnheiten.

Die Antwort konnte sie sich eigentlich selbst geben. In den letzten Wochen war der Aktenstapel auf ihrem Schreibtisch immer höher geworden. Nach der Arbeit hatte sie es meist nur geschafft, sich schnell zu duschen, eine bestellte Pizza zu essen und kurz auf der Couch zu sitzen, bis ihr die Augen zufielen und sie ins Bett ging. Ihr fehlte einfach die Muße, sich das Kochen beizubringen, um sich abends einen gesunden Snack zuzubereiten. Und so standhaft, lieber einen Salat zu bestellen, war sie auch wieder nicht, wenn fettiger Käse sie lockte.

Mit einem Seufzer klappte Anna die Sonnenblende herunter, schob den Sichtschutz des Spiegels zur Seite und kramte in der Handtasche nach ihrem Lippenstift. Aus reiner Gewohnheit zog sie die Lippen nach, überprüfte den festen Sitz ihres Haarknotens am Hinterkopf und schnitt sich selbst eine Grimasse. Nur jemand, der sie gut kannte, würde erkennen, dass sie dringend eine Pause brauchte. Aber wer kannte sie schon gut genug? Und wer hatte Zeit für eine Pause? Sie jedenfalls nicht. Sie klappte die Sonnenblende zurück, schnappte sich ihre Tasche und stieg aus dem Mini.

Die Bauarbeiter pfiffen ihr anzüglich nach, während sie den Wagen abschloss. Die ersten Regentropfen fielen vom Himmel, und sie eilte in Richtung Bürogebäude. Feuchtigkeit konnten ihre Haare jetzt gar nicht gebrauchen. Gestern hatte sie eine halbe Stunde benötigt, um sie zu glätten.

Sie betrat das Gebäude und stieg die Treppe hoch, wobei sie über die Akten nachdachte, die auf ihrem Schreibtisch darauf warteten, endlich bearbeitet zu werden. Als sie die Tür zu ihrer Kanzlei erreichte, kamen ihr zwei uniformierte Beamte entgegen, die sie nur kurz musterten und den Aufzug bestiegen. Die Bürotür klappte hinter ihnen zu. Anna sah ihnen nach und die geschlossenen Fahrstuhltüren an. Was hatte die Polizei hier zu suchen? Es war doch hoffentlich nichts passiert?

Seit sie ihre eigene Kanzlei hatte, war es Annas größte Sorge, dass sich irgendwann ein Mandant schlecht von ihr vertreten fühlte und beschloss, sich für seine Verurteilung zu rächen. Oder dass jemand, den sie abgelehnt hatte und der nun seine Felle davonschwimmen sah und glaubte, nichts mehr zu verlieren zu haben, sie dafür bestrafen wollte.

Aber das musste Unsinn sein. Die Beamten hatten nicht sonderlich besorgt ausgesehen, und wäre jemand in ihr Büro gestürmt und hätte Daniela, ihrer Assistentin, etwas angetan, dann wäre doch wohl auch ein Krankenwagen vor Ort gewesen.

Anna atmete noch einmal tief durch und betrat mit einem nach wie vor mulmigen Gefühl die Kanzlei. Am Empfang entdeckte sie erleichtert die offensichtlich unversehrte Daniela. Erst auf den zweiten Blick bemerkte Anna, dass ihre Assistentin verstört wirkte. Ihr Gesicht war rot angelaufen, und sie starrte auf das Display ihres Handys, das sie in der Hand hielt. Anna schien sie gar nicht zu bemerken, jedenfalls reagierte sie nicht auf deren Ankunft.

»Was ist los?«, fragte Anna nun doch wieder besorgt.

»Hmm.« Daniela tippte auf ihrem Smartphone herum und schaute Anna nicht an.

Anna trat näher an ihren Schreibtisch und wedelte mit der Hand vor ihrem Gesicht. »Hallo? Was wollte die Polizei hier?«

Daniela winkte ab. »Sorry, ich bin gerade etwas durcheinander. Erst mal muss ich einen wichtigen Anruf machen.«

Anna straffte ihre Schultern. »Vorher solltest du meine Frage beantworten. Weshalb war die Polizei hier?«

Daniela ließ sich nicht beirren, stand auf und ging in Richtung Teeküche. »Hallo, hier ist Daniela …« Sie schaute zurück zum Empfang und bedeutete Anna mit einer Handbewegung, dass ihr Gespräch privat war. Anna nickte, aber das merkte Daniela mehr, denn sie hatte die Tür hinter sich geschlossen.

Anna ging ihr hinterher und bekam ein paar Wortfetzen mit. »…
haben mich gerade dazu befragt … Was ist passiert? … kann doch
nicht sein. Glaubt ihr wirklich, dass … O mein Gott!«

2. Kapitel

FELIX verzog vor Schmerzen das Gesicht, als er sich auf die andere Seite wuchtete. Die Couch war schon vor dem Vorfall in der Scheune, bei dem er der Anwältin Annabelle Hart und seiner Schwester das Leben gerettet und sich dabei mehrere Rippenbrüche zugezogen hatte, keine optimale Schlafgelegenheit gewesen, aber mittlerweile war das Liegen darauf schon nach kurzer Zeit unerträglich für ihn. Er hatte sich mit mehreren Kissen ausgestattet, sogar einem Stillkissen, das ihm der Orthopäde empfohlen hatte, und dennoch zog der Schmerz zwischen den Schulterblättern hinab bis zum Lendenwirbel.

Stöhnend richtete er sich auf und beugte sich nach vorn, um sein Handy vom Tisch zu nehmen. Eine SMS informierte ihn, dass er eine Nachricht auf der Mailbox hatte. Es war Anna Hart, die Anwältin. Von ihr hatte er eine ganze Weile nichts gehört. Obwohl sie nach ihren Erlebnissen beschlossen hatten, in Kontakt zu bleiben, war dieser nach kurzer Zeit bereits eingeschlafen. Beide waren einfach zu beschäftigt gewesen. Anna hatte einen Haufen Fälle auf dem Tisch, die ihr kaum Zeit fürs Privatleben ließen und bei denen sie offenbar keinen externen Ermittler, ergo keine Hilfe von ihm brauchte, und er … Ja, er hatte versucht, irgendwie wieder auf die Beine zu kommen, sich nicht zu sehr zu bemitleiden und ein bisschen Geld zu verdienen.

Er wählte die Nummer seiner Mailbox, um die Nachricht abzuhören.

»Guten Morgen, hier ist Anna.«

Die Ironie in ihrer Stimme war nicht zu überhören. Jeder normal arbeitende Mensch machte gerade wahrscheinlich Mittagspause, während Felix sich noch auf der Schlafcouch lümmelte.

»Könntest du mich bitte umgehend zurückrufen oder noch besser bei mir im Büro vorbeischauen? So schnell es geht. Danke.«

Ihre Stimme klang gestresst. Hoffentlich war nichts passiert, was er aber bezweifelte, wenn sie es so dringend machte. Oder hatte er Mist gebaut und sie wollte ihm wegen irgendwas die Ohren lang ziehen?

Er schaute auf die Uhr. Der Anruf war vor einer Stunde eingegangen. Bestimmt saß sie schon auf heißen Kohlen. Er wuchtete sich hoch, um ins Bad zu gehen, da kam seine Schwester Natalie mit ihrem Laptop die Treppe runter.

»Hast du das mit dem verschwundenen, behinderten Kind mitgekriegt?«, fragte sie.

»Nein, nichts gehört. Aber ich hab auch gerade echt wenig Zeit.« Natalie liebte es, sich bis ins kleinste Detail mit wahren Kriminalfällen zu beschäftigen. Durch ihre Autismus-Spektrum-Störung hatte sie einen sogenannten Hyperfokus auf Themen, die sie besonders interessierten, und er erwartete ein längeres Gespräch. Das war jetzt allerdings einfach nicht drin. Er wankte an ihr vorbei in die Küche, wo er die Kaffeemaschine einschaltete, damit die aufheizen konnte, während er sich im Bad schnell etwas Wasser ins Gesicht warf und die Zähne putzte.

Natalie zeigte sich unbeeindruckt von seiner Abfuhr. »Es war überall in den Nachrichten. Man kann es unmöglich nicht mitbekommen haben.«

»Du, sorry, aber ich muss jetzt schnell ins Bad und dann los. Anna hat angerufen und mich in ihr Büro gebeten. Ein Auftrag vielleicht.« Auch wenn es nicht danach geklungen hatte, hoffte er, dass sie Arbeit für ihn hatte, denn wegen seiner Verletzung hatte er in den letzten Monaten einige Aufträge ablehnen müssen, und seine Ersparnisse waren arg ausgedünnt.

»Es ist alles sehr merkwürdig«, sagte Natalie und stellte den Laptop auf den Tisch. Sie ruckte noch ein paarmal daran herum, bis er genau mit der Tischkante abschloss. »Ich habe hier verschiedene Tabs offen mit Nachrichten, die ich dazu finden konnte. Seriöse und weniger seriöse Quellen.«

»Du, ich bin mir sicher, dass du dir bei deiner Recherche außerordentliche Mühe gegeben hast, aber ich muss wirklich ins Bad.« Felix drehte ihr den Rücken zu, da sie ihren Vortrag nicht unterbrechen würde, solange er hier stand. Allerdings hielt es sie auch nicht ab, dass er die Badezimmertür hinter sich schloss und sich aufs Klo setzte.

»Die Faktenlage ist folgende«, sagte sie vor der Tür. Anscheinend war sie ihm gefolgt. »Bei Oldenburg verschwand vor etwas über einer

Woche ein geistig behinderter Junge spurlos. Nach einigen Tagen wurde eine Mordkommission gebildet, da man nach dem Hinweis eines Zeugen davon ausging, dass ihm jemand etwas angetan hatte.«

Felix seufzte. So ließ es sich besonders entspannt die Morgentoilette erledigen. »Das klingt schrecklich. Was die armen Eltern wohl durchmachen mussten?«

Natalie ignorierte seinen Einwand und legte weiter dar, was sie herausgefunden hatte. »Nach acht Tagen tauchte er nun wieder auf. Ein Anwohner hörte ganz in der Nähe des Elternhauses ein Wimmern aus einem Abwasserkanal. Die Feuerwehr öffnete den Kanaldeckel und fand den Jungen.«

»Er lebt also?«, fragte Felix, der mittlerweile am Waschbecken stand und das Wasser aufdrehte, um seine Zahnbürste zu befeuchten.

»Er war unterkühlt und dehydriert, aber es geht ihm den Umständen entsprechend gut. Obwohl er acht Tage lang verschwunden war.«

»Wahnsinn«, nuschelte er mit der Zahnbürste im Mund. »Das grenzt ja an ein Wunder.«

Seine Schwester stöhnte extralaut, damit er es im Bad auch ja mitbekam. »Ein Mensch kann nur drei Tage ohne Wasser überleben. Die Polizei ermittelt nun, wie er dort hineinkam und wie er so lange überleben konnte, geht mittlerweile aber von einem Unfall aus.«

»Wie alt ist denn der Junge?« Er trocknete sich ab und sprühte sich etwas Deo unter die Achseln.

»Acht Jahre. Findest du das nicht auch merkwürdig?«

Felix runzelte die Stirn. Bevor er aber etwas sagen konnte, sprach Natalie weiter. »Es liegt auf der Hand, dass der Junge Opfer eines Gewaltverbrechens werden sollte. Vermutlich wollte der Verantwortliche ihn dort unten sterben lassen. Die Polizei macht es sich leicht und tut es als Unglücksfall ab.«

Er öffnete die Tür und machte sich auf den Weg zurück in die Küche. Natalie folgte ihm. »Wie kommst du darauf?«, fragte er.

»Es ist überall im Internet nachzulesen«, erklärte sie, als wäre er schwer von Begriff.

»Das meine ich nicht. Warum denkst du, dass es als Unglück zu den Akten gelegt wird? Es wird doch noch ermittelt, sagtest du gerade. Die werden doch wohl kaum ihre Arbeit vernachlässigen, nur weil er jetzt wieder aufgetaucht ist.« Noch während er das aussprach, merkte Felix, dass es Unsinn war. Aus eigener Erfahrung wusste er nur zu gut, dass die Polizei längst nicht immer ihr Bestes gab. Andernfalls hätte nicht er Natalie im Alleingang aus dieser Scheune retten müssen, und sein Rücken wäre noch okay.

»Dass Gewalt an Behinderten totgeschwiegen wird, ist keine Seltenheit«, entgegnete Natalie streng wie eine Lehrerin, während er sich an der Maschine einen Kaffee auswählte. »Mitte 2021 zum Beispiel, da tötete eine Pflegerin in einem Wohnheim vier Bewohner, eine weitere Bewohnerin wurde schwer verletzt. Die Medien haben nur sehr reduziert darüber berichtet. Es wurde von einem Unglück gesprochen, dabei war es Mord. Ihnen wurden die Kehlen durchgeschnitten.«

Felix erinnerte sich, davon gelesen zu haben. Tatsächlich hatte keines der großen Medienhäuser den schrecklichen Vorfall als das bezeichnet, was er war. Er schenkte sich Milch in die Tasse und nippte daran.

»Ich habe mich heute Nacht ausführlich mit dieser Thematik beschäftigt. Die Statistik besagt, dass im vergangenen Jahr 4938 Menschen mit Behinderung Opfer einer Straftat wurden. Sexuelle Nötigung, Vergewaltigung, Körperverletzung, Freiheitsberaubung oder Mord. Die wenigsten Vorfälle landen in den Medien. Der Gesellschaft sind behinderte Menschen egal.«

»Wow, das ist heftig«, murmelte Felix.

Das waren ja nur die Fälle, in denen es zu einer Anzeige gekommen war. Die Dunkelziffer musste ungemein höher sein, denn viele Opfer öffneten sich vermutlich gar nicht erst oder hatten keine Chance, jemandem davon zu berichten. Das erinnerte ihn an einen alten Bekannten, der vor einigen Jahren selbst Vater eines schwerbehinderten Mädchens geworden war. Als Felix ihn mal auf einem Stadtfest getroffen hatte, hatte der ihm erzählt, dass sie ihre Tochter in eine Art Tagespflege bringen würden, um Urlaub machen zu können. Von der Leitung hatte dieser Bekannte erfahren, dass eines der Kinder nie wieder abgeholt worden war. Die Eltern verschwanden spurlos und entledigten sich so ihrer Verantwortung. Auch das war ein

Verbrechen an einem behinderten Menschen, das vermutlich nicht mit in die Statistik einging.

Natalie holte gerade Luft, um weiter ihre Recherche-Ergebnisse zu referieren, da klingelte das Telefon. Sie verstummte und schielte auf das Display. Dann schob sie ihm das Gerät mit spitzen Fingern über den Tisch. »Die Anwältin«, sagte sie tonlos, klappte ihren Laptop zu und machte sich auf den Weg nach oben.

»Hey, tut mir leid, ich hab deinen Anruf eben erst gesehen und bin schon auf dem Weg«, begrüßte Felix sie. Obwohl es dafür keinen Anlass gab, fühlte er sich wie ein Schüler, der etwas ausgefressen hatte und nun zum Direktor gerufen wurde. »Worum geht es denn?«

»Das erklären wir dir besser, wenn du hier bist. Bis gleich.« Damit hatte sie schon aufgelegt.

3. Kapitel

ER konnte es.

Fliegen.

Es war gar nicht so schwer. Man musste einfach nur die Arme ausstrecken und Schwimmbewegungen machen, dann klappte es. Er bewegte sich durch die Luft, schwebte über das Wasser und betrachtete sein Werk. Im Traum war sein Werk perfekt geworden, genau so, wie er es sich vorgestellt hatte. Der zarte Frauenkörper trieb regungslos auf dem See, die Haare wie durchscheinende Rauchschwaden um ihren Kopf, die Augen sanft geschlossen. Auf ihren Lippen lag ein leichtes Lächeln, und die blasse Haut hob sich von dem dunklen Wasser des Moors ab. Alles war exakt, wie es sein musste.

Wäre da nur nicht das nervige Geräusch im Hintergrund, so was wie ein Alarm in einem Luftschutzbunker, der ihm ankündigte, dass irgendwas nicht stimmte. Feuer, ein Eindringling, eine Invasion? Die Polizei, die ihn viel zu schnell entdeckt hatte und ihn jetzt holen kam, um ihn einzusperren und in sein Hirn zu schneiden?

Er wollte sich nicht davon ablenken lassen, sondern weiter ihre Schönheit in sich aufnehmen, das Bild verinnerlichen, sodass er es nie wieder vergaß, ganz egal, was sie mit seinem Gehirn anstellten. Aber das Geräusch wurde immer penetranter, wie ein Strudel, der ihn hinab zur Erde zog. Der Ton war laut, und während er überlegte, wie er ihn abstellen konnte, merkte er, wie ihm der Traum immer weiter entglitt und er sich nicht mehr konzentrieren konnte. Dieses verdammte Geräusch hörte einfach nicht auf, und er schlug mit der Hand danach …

Der Alarm hatte gewonnen.

Der Wecker hatte wieder einmal gesiegt. Ärgerlich, denn zum ersten Mal hatte diese Sache mit dem luziden Träumen so einigermaßen funktioniert.

Vor einigen Wochen hatte er in seinem Lieblingsladen ein Buch dazu entdeckt und sofort mitgenommen. Es faszinierte ihn, wie man mit ein wenig Übung seine Träume aktiv verändern konnte. Am Anfang hatte es gar nicht geklappt, aber so langsam schaffte er es, in einzelnen Sequenzen die Kontrolle zu behalten oder, wie gerade eben, sich seine Traumwelt so zu gestalten, dass sie ihn glücklich machte.

Leider war er nun in der bitteren Realität angekommen, in der er versagt hatte. Nichts war so gelaufen, wie er es sich in seiner Vorstellung ausgemalt hatte. Einfach untergegangen war sie, wie ein nasser Sack. Und erst diese blutunterlaufenen Augen, wie ein Zombie! Schrecklich. Seit diesem Versagen konnte er seinem Vater kaum noch ins Gesicht sehen. Zu groß war die Angst, dessen Enttäuschung darin zu entdecken. Bei der nächsten Frau musste er es besser machen, ihre Leiche durfte nicht einfach so im dunklen Wasser versinken.

Benommen starrte er an die Zimmerdecke, wo es keinen Himmel gab, keine Sterne, keine Wolken und keine Harmonie, die pure Zufriedenheit in ihm hervorrief. Schließlich raffte er sich auf und schob die Decke von sich. Er setzte sich an den Bettrand und schlüpfte in seine Hausschuhe. Anschließend klopfte er das Kissen aus, stellte es ans Kopfende und schlug einmal mit der Handkante auf die Mitte. Das war laut seiner Mutter ein Paradekissen. Dann schüttelte er die Bettdecke aus, die Füllung verteilte sich gleichmäßig, er legte sie auf die Matratze und strich den Überzug glatt. Er sollte die Bettwäsche mal wieder wechseln – oder morgen? – jedenfalls wusste er, dass er sie jede Woche waschen musste, das gehörte sich so. Seine Mutter hatte immer darauf geachtet, dass sein Bett gemacht war, bevor er den Tag begann.

»Nur wer den Morgen schon mit Ordnung beginnt, kann strukturiert seine Tagesaufgaben erledigen. Die erste Aufgabe nach dem Aufstehen ist die wichtigste«, murmelte er vor sich hin.

Erst als er zufrieden mit seinem Ergebnis war, ging er ins Badezimmer am Ende des Flurs, um zu pinkeln, sich die Zähne zu putzen und sich zu waschen. Duschen war heute nicht dran, das durfte er nur einmal die Woche. Im Sommer, wenn es heiß war, zweimal. Es war logisch, dass man nicht jeden Tag duschte. Zu viel Duschgel, das aus reiner Chemie bestand, zerstörte die Hautbarriere, sagte sie immer, obwohl er es doch wusste. Er hatte immerhin dieses Buch von der hübschen Hautärztin gelesen. Wie hieß es noch? »Hautnah«. Die würde bestimmt auch gut im Moor aussehen, auch wenn die Haarfarbe nicht passte. Aber ihre Haut … sie war so wunderbar blass, weil sie nie in die Sonne ging. Genau so, wie es seiner Vorstellung nach sein musste. Leider war es unmöglich, an sie heranzukommen. Wenn er sie sich schnappte, würde das sofort auffallen, schließlich war sie berühmt.

Er nahm seine Zahnbürste und drehte das warme Wasser auf. Obwohl er wusste, dass es Energieverschwendung war, tat er es trotzdem, denn Kaltes tat an seinen Zähnen weh. Eigentlich würde er sich ohnehin lieber nur nach dem Frühstück die Zähne putzen, aber seine Mutter hatte ihm strikte Regeln eingebläut.

»Der Belag der Nacht muss geputzt werden. Und später muss man die Reste des Frühstücks entfernen, dann die des Mittagessens. Es reicht nicht, wie alle sagen, dass man dreimal am Tag die Zähne putzt«, wiederholte er ihre Anweisungen.

Er hielt sich daran, auch wenn sein Zahnfleisch an den Schneidezähnen in letzter Zeit ganz rot war und schmerzte. Zuletzt war er als Kind beim Zahnarzt gewesen, und er erinnerte sich, dass er immer furchtbare Angst davor gehabt hatte, aber jetzt wäre es an der Zeit, mal wieder hinzugehen.

Nachdem er im Bad fertig war, ging er zurück in sein Zimmer und zog sich die Kleidung an, die er am Vorabend auf einem Stuhl zurechtgelegt hatte. Gern hätte er mal im Pyjama gefrühstückt, aber das durfte man nur am Sonntag, weil da kein Postbote klingeln konnte. Was sollte der von einem denken, wenn man ihm im Schlafanzug die Tür öffnete? Zwar hatte der Postbote noch nie morgens um die Zeit geklingelt, aber man konnte ja nie wissen.

Klare Regeln. Das war wichtig, um den Alltag zu bewältigen. Routinen waren wichtig, das hatte sie ihm über die Jahre schmerzhaft beigebracht. Beim ersten Mal hatte es ihn besonders hart getroffen. Es waren erst wenige Tage vergangen, seit sein Vater nicht mehr da war. Er wollte nicht mit seiner Mutter am Tisch sitzen und lernen, denn er vermisste seinen Vater und fragte immer wieder nach ihm. Und außerdem musste er nicht zur Schule und sah es nicht ein, warum er zu

Hause über den Büchern schmoren sollte. Viel lieber würde er eine Zeichentricksendung im Fernsehen anschauen und dabei Frühstücksflakes essen. Kaum dass sie den Raum verlassen hatte, um sich um die Wäsche zu kümmern, stand er also auf und setzte sich aufs Sofa.

Zu seinem Unglück hörte er nicht, wie sie aus dem Keller zurückkam. Erst als sie ihn mit der flachen Hand auf den Hinterkopf schlug, bemerkte er, dass sie im Wohnzimmer war.

»Was habe ich dir gesagt, was du zu tun hast?«, zischte sie und funkelte ihn wütend an.

»Ich bin schon fertig mit Lernen«, wimmerte er und rieb sich mit der Hand über die schmerzende Stelle.

»Ach ja? Das werden wir ja sehen. Gnade dir Gott, wenn du gelogen hast!« Sie packte ihn am Arm und schleifte ihn in sein Zimmer. Hinter ihm schloss sie die Tür ab, stampfte die Treppe hinunter und kam kurz darauf zurück, um das Deutschaufgabenheft aufs Bett zu werfen.

»Seite zwanzig bis vierzig. Du hast zwei Stunden, bis ich es zum Kontrollieren abhole.« Damit versperrte sie erneut die Tür und ließ ihn zurück.

Viel zu schnell verging die Zeit, und er schaffte es nicht annähernd, die von ihr aufgetragenen Seiten abzuarbeiten. Seine Mutter bemerkte es sofort, und er bekam die Konsequenzen zu spüren. Ganze drei Tage ließ sie ihn nicht aus seinem Zimmer und brachte ihm nur hin und wieder ein Glas Wasser und etwas zu essen sowie einen Eimer, in den er sein Geschäft verrichten konnte. Anfangs dachte er noch, dass sie bestimmt nachgeben würde, doch er täuschte sich und seitdem überlegte er sich genau, ob er die Erwartungen seiner Mutter noch einmal nicht erfüllen wollte.

Ferien gab es für ihn von da an nicht mehr, denn eine Unterbrechung der Routine war für seine Mutter nicht infrage gekommen. Heute musste er sich nicht mehr an den strengen Tagesablauf halten, denn sie konnte nicht mehr überprüfen, ob er es tat. Es würde keine Konsequenzen für ihn haben, einfach auszubrechen, und doch wagte er nicht mal die kleinste Veränderung.

Ohne Routine würde alles um ihn herum im Chaos versinken. So wie die tote Frau im Moor versunken war. Es ärgerte ihn, dass er ständig daran denken musste. Es war an der Zeit, dass er den zweiten Versuch vollendete. Die dritte Rose würde er heute abgeben, dann war es so weit. Der Gedanke allein ließ ihn ganz nervös vor Vorfreude werden.

Noch ein kurzer Kontrollblick aufs Bett und den nun leeren Stuhl, dann ging er in die Küche, um sein Frühstück zu sich zu nehmen.

»Kaffee macht einen fit für die Herausforderungen des Tages, er hilft, konzentriert zu bleiben«, sagte er zu sich selbst und gab sechs Teelöffel auf den Filter, den er wie immer schon am Abend eingelegt hatte. Mehr als fünf Tassen sollte er nicht trinken, da sein Kreislauf nicht mitspielte, und außerdem wirkte das Koffein ab dieser Menge entwässernd.

Während der Kaffee durchlief, öffnete er den Kühlschrank und entnahm ihm eine Box mit Haferflocken, die er vorgestern mit ein paar frischen Früchten in Joghurt eingelegt hatte. Im obersten Fach befanden sich weitere vier Boxen. Nachdem er zwei geleert hatte, würde er sie auffüllen, damit es für die kommende Woche wieder fünf wären. Er füllte den Inhalt in eine Schüssel, nahm die Medikamentenbox und einen Löffel von der Arbeitsplatte und wartete, bis der Kaffee durchgelaufen war. In der Zwischenzeit schenkte er sich ein Glas Orangensaft ein und stellte es neben die Schüssel.

»Ein Glas Orangensaft am Tag ist in Ordnung, mehr nicht. Es würde schließlich auch niemand sechs Orangen auf einmal essen.«

Nach dem Frühstück, er hatte sorgfältig den Tisch abgeräumt und den Kaffee in eine Thermoskanne gefüllt, nahm er seine Tabletten, die er am Sonntag immer für die ganze Woche in der Box verteilte.

Vitamine. Wichtig war Vitamin D. Aber auch B_{12} und Eisenkapseln waren darunter. Die spülte er mit dem Rest des Orangensafts hinunter.

Mit der Kanne und einer frischen Porzellantasse begab er sich ins Wohnzimmer, wo er den Vormittag über lesen würde, denn er sollte sich täglich zu einem Thema informieren. Er könnte auch einfach das Internet zur Hilfe nehmen, aber seine Mutter hatte darauf bestanden, dass er aus echten Büchern lernte.

Das Internet hatte seine Mutter für einen Moloch gehalten. Man wurde dort in die Irre geführt. Es war sehr schwierig, zu unterscheiden, was richtig und was falsch war, denn jeder Dummkopf war in der

Lage, falsche Informationen zu verbreiten. Er hielt sich an die Fakten aus den Büchern der umfangreichen Bibliothek seiner Mutter, die er stets erweiterte.

Manchmal fragte er sich, warum Autoren von Büchern nicht auch Lügen verbreiten könnten, aber die waren wohl seriöser und machten so etwas einfach nicht.

Obwohl er vom vielen Lesen oft müde wurde und ihm die Augen zufielen, hielt er bis zum Mittagessen durch. Danach würde er in seiner Pause ein wenig ins Internet gehen, denn das war generell in Ordnung, wenn es nicht um Informationsbeschaffung ging. Heute würde er den nächsten Versuch starten. Dieses Mal würde er alles richtig machen. Das nahm er sich fest vor.

4. Kapitel

AUF dem Weg zur Kanzlei hielt Felix noch schnell bei einer Bäckerei, um Daniela und Anna ein paar süße Teilchen mitzubringen. Leider stellte sich die Verkäuferin als die langsamste in ganz Bayern heraus. Kurz rang er mit sich, ob er nicht einfach wieder gehen sollte, aber er hatte noch nicht gefrühstückt, und der Magen hing ihm in den Kniekehlen. Nach quälenden zehn Minuten, die sich wie eine Stunde anfühlten, kam er endlich dran und kaufte so viele Nugathörnchen und Puddingbrezen, dass Anna damit noch die umliegenden Büros versorgen konnte.

Mit den zwei Papiertüten und einem Becher Kaffee bepackt – das Gesöff aus Annas Padmaschine schmeckte schlicht und ergreifend zum Kotzen – stieg er die Treppe hinauf. Am Empfang der Kanzlei war niemand zu sehen. Erst im Vorbeigehen bemerkte er Daniela, die am Tisch saß und den Kopf auf die Platte gelegt hatte.

»Na, ein kleines Nickerchen?«, sagte er und ließ die Tüte mit den Teilchen auf den Tresen fallen.

Daniela schreckte hoch, verzog aber keine Miene. Sie hatte eine neue Haarfarbe, ein helles Kupferrot, das ihre blauen Augen wunderbar betonte.

»Steht dir super«, sagte er im Versuch, ihr ein Lächeln zu entlocken, aber vergebens. Welche Laus war ihr denn über die Leber gelaufen?

»Was hat denn da so lange gedauert?« Anna stand mit verschränkten Armen in der Tür zu ihrem Büro. Wie immer war sie adrett gekleidet, heute in einem dunkelblauen Leinenkostüm, die Haare lagen akkurat nach hinten gekämmt und waren am Hinterkopf zu einem Knoten gebunden.

»Entschuldige, es geht hier wohl nicht um Leben und Tod. Ich dachte, ich bringe euch beiden Süßen was Süßes mit, ist das nichts?«

Daniela räusperte sich. »Womöglich schon.«

Felix wusste im ersten Moment nicht, was er darauf entgegnen sollte. »Oh«, machte er deshalb nur.

»Die Polizei war vorhin hier, um Daniela zu befragen«, erklärte Anna. »Die Eltern einer Freundin von ihr haben ihre Tochter als vermisst gemeldet. Wie es aussieht, ist die junge Frau spurlos verschwunden.«

Verwirrt schaute Felix zwischen den beiden hin und her. »Wenn die Polizei schon hier war, wozu braucht ihr mich so dringend?«

»Weil die rein gar nichts tun«, sagte Daniela mit Frust in der Stimme. »Sie haben mich befragt, weil wir vor ein paar Tagen verabredet waren und danach niemand mehr von Sophie gehört hat. Aber da mir nichts merkwürdig vorkam, werden sie vorerst keine Ermittlungen aufnehmen.«

»Du weißt ja, wie das läuft«, ergänzte Anna. »Ein erwachsener Mensch darf seinen Aufenthaltsort selbst bestimmen, und solange es keinen Hinweis auf ein Verbrechen oder Suizid gibt …«

»Aber du glaubst nicht, dass sie freiwillig nicht nach Hause gekommen ist?«, wandte Felix sich an Daniela.

»Das bezweifle ich und ihre Eltern ebenfalls. Die haben immerhin die Polizei informiert, das hätten sie wohl nicht, wenn es dazu keinen Anlass gäbe. Sophie hat eine Katze, und die würde sie nie allein lassen, ohne dass sich jemand um sie kümmert. Ich habe gerade mit ihren Eltern telefoniert. Da sie Sophie zwei Tage hintereinander nicht erreicht oder angetroffen haben, sind sie mit dem Zweitschlüssel in die Wohnung. Ihnen kam der Kater entgegen, völlig ausgehungert. Aber das interessiert die Polizei natürlich nicht.«

»Tun Tiere nicht immer so, als wären sie halb verhungert?«, fragte Felix. Er hatte nicht besonders viel Erfahrung mit Tieren, aber das wusste er doch. Die meisten Haustiere waren unersättliche Fressmaschinen. »Ich weiß noch, als Kind hatten die Eltern von einem Klassenkameraden eine Dogge. Die ist einem beim Abendessen fast auf den Teller gestiegen, als hätte sie noch nie etwas im Napf gehabt. Und Katzen kann man doch schon mal zwei Tage lang allein lassen, wenn man ihnen genug Fressen hinstellt. Ist ja nicht wie bei Hunden, dass die ständig rausmüssen.«

Daniela machte ein schnalzendes Geräusch mit der Zunge. »Hast du nicht zugehört? Sophie würde immer jemanden organisieren, der wenigstens einmal am Tag nach ihrem Kater schaut. Sie arbeitet auf einem Schiff und gibt das Tier in dieser Zeit immer zu ihren Eltern, damit es nicht so lange allein ist. Bei unserem Treffen hat sie mir erzählt, wie froh sie ist, wieder zu Hause zu sein. Der Kater ist chronisch krank, irgendwas mit dem Darm, und es ist immer fraglich, ob er bei ihrem nächsten Landgang überhaupt noch lebt.«

»Also kein spontaner Ausflug für ein paar Tage? Und ich soll sie jetzt finden, nehme ich an.«

Daniela nickte. »Die Eltern sind nicht reich, aber sie haben einen kleinen Betrag beiseitegelegt. Du sollst dich nur mal in der Wohnung umschauen, ob du einen Hinweis darauf findest, wo sie abgeblieben sein könnte oder ob etwas passiert ist. Sie würden dir den Schlüssel zur Verfügung stellen.«

»Mit dem Kater in der Wohnung?« Vor Hunden oder Pferden fürchtete Felix sich zwar mehr, aber auch Katzen waren ihm nicht geheuer. Die verhielten sich meist hinterhältig, machten vorn herum einen auf freundlich und hackten einem dann in die Hand, wenn man versuchte, sie zu streicheln.

»Die Eltern haben das Tier mittlerweile bei sich. Mit ihnen müsstest du dich auch treffen, um den Schlüssel abzuholen.« Daniela sah ihn hoffnungsvoll an, als erwartete sie, dass er ihre Freundin noch an diesem Abend unversehrt zurückbrächte. Er wollte ihre Hoffnung nicht enttäuschen, hatte aber momentan zu wenige Informationen, um irgendwelche Versprechungen zu machen.

»Na gut, ich sehe, was ich tun kann. Habe gerade nicht wirklich viele Aufträge, mein Rücken nervt noch immer.«

»Oh, stimmt ja.« Anna verzog schuldbewusst das Gesicht. »Ich bin so ein Depp. Tut mir leid. Wie geht's dir denn? Wir haben uns ja lange nicht gesehen.«

»Den Umständen entsprechend«, sagte er und versuchte, sich tapfer zu geben.

»Das tut mir echt leid. Dass ich mich nicht mehr gemeldet habe«, sagte sie zerknirscht.

Er winkte ab. »Ach, kein Problem, ich hätte ja auch anrufen
können.« Tatsächlich hatte er ein paarmal daran gedacht, es war dann
aber irgendwie nie dazu gekommen.

Daniela driftete das Gespräch anscheinend zu sehr vom eigentlichen
Thema ab. Sie räusperte sich und hielt ihr Handy hoch. »Dann rufe ich
die Eltern jetzt an, dass einer von ihnen zur Wohnung kommt, dir den
Schlüssel geben, okay?«

Felix nickte, und Daniela ging in die Teeküche, um zu telefonieren.
Nach kurzer Zeit kam sie zurück, nahm einen Zettel von ihrem
Schreibtisch und notierte ihm die Adresse.

Etwa eine halbe Stunde später stand Felix vor der Tür zur Wohnung
von Sophie Angermayer. Sie bewohnte das Dachgeschoss, und es gab
keinen Aufzug, da das Haus nur drei Stockwerke hoch war. Auf den
Treppen hatte er sich bemüht, den Tipp umzusetzen, den ihm sein
Orthopäde gezeigt hatte. Rücken gerade halten, nicht in die
Schonhaltung gehen. Leichter gesagt als getan. Oben angekommen,
musste er sich nach unten beugen und einen Katzenbuckel machen, um
die Schmerzen zu lindern.

Dann schloss er schnell auf, damit ihn kein neugieriger Nachbar
entdeckte, dem er irgendeine krude Geschichte auftischen musste und
der am Ende noch der Polizei von ihm erzählte, falls die doch noch die
Ermittlungen aufnahm. Generell schien hier die Nachbarschaft gut
miteinander auszukommen und aufmerksam zu sein, was man in
großen Städten heutzutage nicht mehr häufig hatte.

Die Mutter von Sophie Angermayer hatte bereits bei den Bewohnern
des Hauses nachgefragt, wann ihre Tochter zuletzt gesehen worden
war. Der Frührentner, der die Wohnung unter der jungen Frau
bewohnte, hatte sie vor etwa sieben Tagen spätabends auf dem
Hausflur getroffen, als sie gerade Einkäufe nach oben bugsierte, und
ihr seine Hilfe angeboten. Sophie Angermayer hatte abgelehnt und sich
nach einem kurzen Schwatz mit dem Mann wieder auf den Weg zu
ihrem Auto gemacht. Seitdem hatte er sie nicht mehr gesehen, es
konnte also gut sein, dass sie bereits seit einer Woche verschwunden
war.

Er putzte sich die Schuhe am Fußabtreter ab, der eine Katze zeigte, unter der ein »Willkommen« aufgedruckt war. In der Wohnung roch es leicht nach Katze, obwohl das Tier nicht mehr hier war. Die Luft war stickig und warm, die Frühlingssonne sorgte hier drin für angenehme Temperaturen. Wie es wohl erst im Sommer sein musste? Felix fragte sich immer wieder, wie seine Schwester es den ganzen Tag in ihrem Zimmer im oberen Stock der Maisonettewohnung aushielt, zumal dort noch etliche PCs liefen.

An der Wand hinter der Tür stand ein Regal mit Schuhen und einer Pflanze, die ihre Blätter hängenließ. Daneben war eine Handtasche, die er öffnete. Bis auf ein paar Kassenzettel und ein Haargummi war sie leer. Es schien sich nicht um die Tasche zu handeln, die Sophie Angermayer aktuell benutzte. Felix hatte die Handtaschenobsession mancher Frauen noch nie verstanden. Wozu brauchte man mehrere von den Teilen? Eine Ex von ihm war sogar mal so neurotisch gewesen, dass sie zu jedem Paar Schuhe eine farblich und vom Stil her passende Handtasche besaß. Sie hatte beim Kauf einer neuen Tasche geradezu zelebriert, alles aus ihrer alten umzuräumen. Oft blieb in der ungenutzten dann solcher Krimskrams wie Taschentücher, Kaugummis oder Lippenpflegestifte zurück.

Felix stellte die Tasche wieder an ihren Platz und schaute sich an der Garderobe um. Hier hingen ein Rucksack, ebenfalls leer, und eine weitere Tasche, die auch weder Geldbeutel noch sonst etwas enthielt. Es sprach erst mal nicht dafür, dass Sophie Angermayer unfreiwillig aus ihrer Wohnung verschwunden war, wenn sie ihren Geldbeutel und Schlüssel mitgenommen hatte.

Aus dem Flur ging er nach links in die Küche. Dort öffnete er den Kühlschrank und sah sich die Haltbarkeitsdaten auf dem Milchkarton an. Haltbare Milch. Da konnte er nicht ablesen, seit wann sie nicht mehr zu Hause gewesen war. Wirklich säuerlich roch sie noch nicht, allerdings verdarb gekühlte H-Milch auch nicht innerhalb weniger Tage. Von den Einkäufen, die sie vor etwa sieben Tagen getätigt hatte, schien nicht viel verbraucht worden zu sein, der Kühlschrank war gut gefüllt.

Die Küche war insgesamt aufgeräumt und sauber. Es stand kein Geschirr in der Spüle. Als er die Spülmaschine aufklappte, kam ihm ein leicht gammeliger Geruch entgegen. Auf der Suche nach einem Mülleimer öffnete er den Schrank unter dem Spülbecken. Die Vorrichtung für die Müllbeutel war komplett leer. Entweder sie hatte den Müll rausgebracht und war danach freiwillig oder unfreiwillig verschwunden, oder aber sie war extrem reinlich und wollte keinen Müll im Haus. Solche Leute gab es auch.

Auf dem Küchentisch entdeckte er eine verdorrte Rose. Vielleicht von einem Verehrer, der ihr von einem Rosenverkäufer irgendwo im Biergarten eine kleine Aufmerksamkeit spendiert hatte. Aber wenn sie verblühte, warf man die normalerweise weg. Erst recht, wenn man keinen Müll im Haus haben wollte. Die Zeit der Trockenblumen war doch vorbei, das hatte man mal in den 90ern als Deko hingelegt oder als verliebter Teenager aufgehoben, weil man sie von seinem Schwarm bekommen hatte.

Neben der Rose stand ein aufgeklapptes Notebook, der Stromstecker war eingesteckt. Felix fuhr mit dem Finger über das Touchpad, woraufhin das Gerät den Lüfter einschaltete und der Monitor aufleuchtete. Passwortgeschützt, natürlich. Darum konnte sich Natalie kümmern, wenn es denn dazu kommen sollte. Dass das Gerät eingeschaltet war, sprach entweder dafür, dass Sophie noch nicht lange weg oder nicht freiwillig gegangen war. Oder aber sie gehörte zu den Leuten, die ihren Computer einfach nie ausschalteten.

Er ließ die Rose liegen und verließ die Küche. Über den Flur gelangte er in den Wohnbereich. Auf dem Couchtisch befand sich ebenfalls eine Rose. Sie lag auf einer Frauenzeitschrift. Es war ordentlich und sauber, ein paar Katzenhaare auf der Couch, aber Sophie schien jemand gewesen zu sein, die sie mit einem Staubsauger absaugte. Vielleicht war sie auch etwas neurotisch wegen dieser Krankheit der Katze, von der Daniela erzählt hatte.

Eine Decke lag zusammengefaltet auf der Lehne, und zwei Kissen lehnten an der anderen. An der Wand hingen verschiedene Bilder, sie schienen selbst gemalt zu sein. Eine Reihe hinter dem Sofa zeigte drei Katzenköpfe, einer zur Seite, einer nach oben, einer zur anderen Seite schauend. Am Fenster gab es keine Gardine oder Jalousie. Vermutlich wollte Sophie nicht, dass die Katze damit spielte.

Der Fernseher war komplett abgeschaltet und stand in einer stylishen Wohnwand. Felix wollte so etwas auch schon immer haben, aber hatte nie etwas Passendes gefunden. Hier fügte sich das Regal sehr gut ins Zimmer ein und ließ es nicht zu voll wirken. In den Vitrinen daneben befanden sich ein paar Bücher und Weingläser, eine weitere Rose lag in dem Fach auf Augenhöhe. Die Tür zum Bad war geöffnet.

Dort erhoffte sich Felix mehr Hinweise. Aus Badezimmerschränken konnte man meist einen guten Eindruck von den Bewohnern gewinnen. Als er noch bei der Polizei gearbeitet hatte, hatten sich seine Kollegen immer über ihn lustig gemacht, weil er zuallererst die Badezimmerschränke sehen wollte, und auch privat schaute er immer dort hinein.

Sophies Bad war klein, nur mit einer Duschkabine, Toilette und Waschbecken ausgestattet. Sie hatte aus Platzgründen lediglich einen schmalen Spiegelschrank. Unter dem Waschbecken ein Katzenklo. Es war sauber, vermutlich hatten Sophies Eltern es gereinigt. Er öffnete den Hängeschrank und durchsuchte ihn. Als er die angebrochene Packung ihrer Antibabypille fand, kam ihm der Verdacht, dass Sophie nicht vorgehabt hatte, länger wegzubleiben.

Nach dem Badezimmer untersuchte er das Schlafzimmer. Das Bett war ordentlich gemacht, nirgends waren Katzenhaare zu sehen, anscheinend durfte der Kater nicht in diesen Raum. Die Kleidung im Schrank war nach Farben sortiert, grün und gelb herrschten vor. Ein außergewöhnlicher Geschmack. Auf den ersten Blick war nicht zu erkennen, ob etwas fehlte. Falls dem so war, hatte sie zumindest nicht allzu viel mitgenommen.

Er beendete seinen Rundgang und schaute in der Diele ans Schlüsselbrett. Kein Autoschlüssel, kein Hausschlüssel. Ihr Wagen stand aber laut der Mutter noch auf dem Parkplatz hinter dem Haus. Felix verließ die Wohnung und ging nach unten, um noch einen Blick darauf zu werfen. Da der Parkplatz bis auf ein Auto leer war, fiel es ihm nicht schwer, das richtige zu finden. Er ging einmal um den Kleinwagen herum und spähte durch die Fenster. Am Kofferraum blieb er stehen und ruckte an der Klappe. Tatsächlich ging sie auf. Ein Kasten mit vollen Wasserflaschen stand darin, und noch etwas sprang ihm ins Auge. Eine knallgrüne Ledertasche, daneben ein

Schlüsselbund. Jetzt war er sich sicher, dass Sophie Angermayer nicht freiwillig verschwunden war.

5. Kapitel

AM Nachmittag meldete sich Felix endlich und gab Bescheid, dass er zu einer kurzen Besprechung seiner Einschätzung der Lage noch einmal zu ihr ins Büro kommen würde. Ihr Magen knurrte, und sie war völlig unterzuckert. Eigentlich hatte sie sich vorgenommen, die Nugathörnchen, die Felix mitgebracht hatte, nach der Currywurst am Mittag nicht anzurühren, aber während sie auf ihn wartete, war sie doch schwach geworden.

Sie kaute auf dem herrlichen Gemisch aus Fett und Zucker, als ihr Handy vibrierte. Ohne auf die Nummer zu schauen, nahm sie den Anruf entgegen.

»Hey, Süße, verspätest du dich?«

Im ersten Augenblick erkannte sie die Stimme nicht und schaute verwirrt auf das Display. Es war ihre Jugendfreundin Kathi. Anscheinend war sie erkältet, denn ihre Stimme klang völlig verändert. »Oh Mist, sag nicht, wir waren verabredet«, sagte sie und durchforstete ihr Hirn danach, ob sie etwas verschwitzt hatte. Das kam davon, wenn man sich nicht sämtliche Termine sofort in den Kalender eintrug.

»Das kann nicht wahr sein«, brummte Kathi enttäuscht. »Jetzt habe ich mich trotz meiner Unpässlichkeit rausgequält, und du willst mich versetzen?«

In dem Moment fiel es Anna wieder ein. Sie hatte Kathi versprochen, heute früher Feierabend zu machen, damit sie zum letzten Termin einer Ausstellung über die Ausgeh- und Clubkultur von München gehen und anschließend bei einem Japaner zu Abend essen konnten. »Mist. Es tut mir wirklich leid, aber das werde ich heute nicht schaffen«, setzte sie an und wurde sofort von Kathi unterbrochen.

»Weil dir deine verdammten Akten mal wieder lieber sind als deine Freizeit, schon klar. Mensch Anna, wann lernst du es endlich? Am

Ende deines Lebens dankt es dir niemand, dass du dich totgearbeitet hast.«

»Du klingst ja schon wie meine Mutter«, sagte Anna und erntete ein Lachen dafür. »Im Ernst, es geht wirklich nicht. Hier herrscht eine absolute Ausnahmesituation. Eine Freundin meiner Assistentin ist spurlos verschwunden, und Felix Hertzlich sieht sich gerade in ihrer Wohnung um. Danach will er herkommen und uns von den Ergebnissen berichten.«

»Meinst du den Hertzlich, wegen dem du beinahe als Leiche in einer Scheune geendet wärst?«, fragte Kathi streng.

»Na ja, das war ganz allein meine Schuld. Aber ja, der Hertzlich. Wir holen das nach, einverstanden? Mit einer anderen Ausstellung.«

»Pah«, machte Kathi. »Dein Pech, wenn du jetzt nichts über die Menschen erfährst, die das Münchner Nachtleben geprägt haben. Sexualität, Drogen, Rausch und Euphorie, das sind genau meine Themen. Ich lasse mir das nicht entgehen.«

Annas schlechtes Gewissen wurde immer größer, aber sie wollte jetzt auch nicht einfach so verschwinden und Daniela allein lassen. Wer konnte schon wissen, was Felix herausgefunden hatte? Sie entschuldigte sich noch einmal und verabschiedete sich von ihrer Freundin.

Bis Felix die Kanzlei erreichte, hatte Anna ein zweites Nugathörnchen verdrückt und fühlte sich so rund wie ein Bierfass. Zum Glück musste sie hinter ihrem Schreibtisch den Bauch nicht einziehen. Gemeinsam mit Daniela betrat er ihr Büro, und die beiden nahmen in der Sitzecke Platz.

»Ich mache es kurz, es gibt sehr wahrscheinlich eher keine guten Nachrichten«, sagte Felix mit bekümmerter Miene. »In der Wohnung war zunächst nichts Auffälliges. Allerdings fehlte der Autoschlüssel, und als ich mir den Wagen angeschaut habe, war nicht abgeschlossen, und im Kofferraum lag eine Handtasche mitsamt Geldbeutel und Wohnungsschlüssel.«

»O nein!« Daniela schlug die Hände vor den Mund, die Augen aufgerissen vor Schreck. »Ihr muss etwas zugestoßen sein!«

Nun stand Anna doch auf, um sich neben ihre Assistentin zu setzen und ihr beruhigend über die Schulter zu streicheln.

»Das halte ich leider auch für sehr wahrscheinlich, aber theoretisch beweist der Fund noch nichts. Könnte auch gut sein, dass sie freiwillig alles zurückgelassen hat, um aus irgendeinem Grund von der Bildfläche zu verschwinden.«

Daniela schüttelte vehement den Kopf. »Das würde sie bestimmt nicht, der Kater …«

»Ja, den habe ich nicht vergessen«, unterbrach Felix sie. »Nachdem ich die Tasche gefunden habe, bin ich noch mal zurück in die Wohnung, um nach Anhaltspunkten zu schauen, wie lange sie nicht mehr dort war.«

»Und was hast du herausgefunden?«, fragte Anna, die der mittlerweile von Schluchzern geschüttelten Daniela ein Taschentuch reichte.

»Zunächst einmal wäre dort eine angebrochene Pillenpackung im Badezimmer. Die letzte Pille wurde an einem Dienstag rausgedrückt. Kann natürlich sein, dass sie sie einfach abgesetzt hat.«

»Das macht man aber am Ende einer Packung und nicht mittendrin«, warf Daniela ein.

»Gut, dann haben wir da schon eine ziemlich genaue Eingrenzung. Einen Tag später, am Mittwoch, hat ein Nachbar sie noch im Treppenhaus gesehen. Am Donnerstag hat sie laut ihrer Mailbox vom Haustelefon einen Tierarztbesuch verpasst. Da hat man sich erkundigt, ob sie die Katze nun doch nicht stationär aufnehmen lassen möchte.«

»Also ist sie höchstwahrscheinlich am Mittwochabend aus unerfindlichen Gründen von ihrem Auto verschwunden«, fasste Anna zusammen.

Felix nickte. »In Absprache mit ihren Eltern habe ich Notebook und Tablet mitgenommen, da beides mit einem Passwort gesichert ist. Natalie soll sich die Geräte mal anschauen, vielleicht finden wir da noch ein bisschen mehr heraus. Ob sie verabredet war zum Beispiel.«

»Sehr gut. Mit den Ergebnissen können wir dann ja zur Polizei gehen.« Felix' Schwester war wirklich ein Genie, was elektronische Geräte betraf, und Anna ging davon aus, dass sie durch ihre Hilfe schnellstmöglich weitere Information bekämen. »Ist dir sonst noch etwas aufgefallen?«, fragte Anna.

»Auf den ersten Blick sieht es nicht so aus, als hätte sie geplant, für längere Zeit wegzufahren. Von der Handtasche und der Pillenpackung abgesehen, war der Kleiderschrank nicht auffällig leer und der Kühlschrank noch gefüllt.« Er stockte einen Moment und schien zu überlegen. »Ein paar vertrocknete Rosen habe ich gefunden. Anscheinend hatte sie einen Verehrer, der ihr so viel bedeutet, dass sie die aufgehoben hat.«

»Einen Rosenstrauß? Wer lässt heutzutage denn so was noch trocknen?« Anna hatte das auch mal gemacht. Damals war sie allerdings 18 gewesen und schwer verliebt, und der Strauß war ihr beim Auszug in die Studentenbude dann völlig auseinandergebröselt. Für eine erwachsene Frau fand sie das doch eher ungewöhnlich.

»Kein Strauß. Drei Rosen, lagen an unterschiedlichen Plätzen, aber nicht so, als hätte sie sie zur Deko dorthin getan. Sie hat sie offensichtlich einzeln bekommen.«

Daniela schaute Felix bei der Erwähnung der Rosen mit großen Augen an, sagte aber nichts.

»Aber inwiefern soll uns das jetzt weiterhelfen? Glaubst du, sie hat diesen Verehrer abserviert, und er wollte ihr etwas Böses und hat sie deshalb überfallen?«, fragte Anna und runzelte die Stirn. »Dann hätte sie doch seine Blumen nicht aufgehoben.«

»Leider habe ich im Mülleimer nichts gefunden und auch sonst keine Karte oder einen Zettel, sodass wir nicht wissen, von wem sie kamen«, sagte Felix und hob die Schultern. Beide schauten sie zu Daniela.

Die starrte auf ihr Handy, wischte aber nicht darauf herum, sondern legte es zurück auf den Tisch. »Ich glaube, ich muss euch etwas gestehen«, sagte sie plötzlich.

Annas Muskeln verkrampften sich. Was wusste ihre Mitarbeiterin über die Rosen? Und warum war sie auf einmal so bleich im Gesicht?

Felix hatte sich zurückgelehnt und aß ein Nugathörnchen, als würde er nichts Schlimmes erwarten.

»Sag schon. Was ist los?« Anna wappnete sich insgeheim für die Antwort, dass Sophie bei Daniela untergekommen sei, weil sie einen Stalker an der Backe hatte. Und dass all das Suchen zu nichts führen würde, weil Daniela längst wusste, wo ihre Freundin war. Andererseits hätte sie dann wohl kaum Felix losgeschickt.

»Wir haben gestritten bei unserem letzten Treffen«, sagte Daniela atemlos, so als würde ihr Herz plötzlich schneller schlagen. »Über einen Mann. Ein Freund von ihr, auf den sie steht, und das wusste ich nicht, also habe ich mich mit ihm verabredet, heute Abend ist unser Date.« Daniela sah niemanden an, sondern fixierte ihr Handy auf dem Tisch und rutschte hin und her. Sie knetete ihre Finger, die in ihrem Schoß lagen. »Er hat mir Rosen geschenkt, drei Stück.«

»Wie? Ein Mann?«, fragte Anna. »Warum hast du der Polizei nichts davon erzählt? Vielleicht hat er …«

»Nein!«, sagte sie laut und energisch. »Ganz bestimmt hat er nichts damit zu tun. Das mit den Rosen ist merkwürdig, aber vielleicht hat sie sich die auch selbst gekauft, um zu behaupten, die wären von ihm. Damit ich gar nicht erst was mit ihm anfange. Auf jeden Fall will er nur eine Freundschaft zu ihr, nicht mehr. Warum sollte er sie dann entführen oder ihr gar Schlimmeres antun? Am Ende werde ich noch verdächtigt, weil ich mich mit ihr gestritten habe …«

»Ach Quatsch. Davor brauchst du nun wirklich keine Angst zu haben«, beruhigte Anna ihre Assistentin. »Du wirst vielleicht verdächtigt, mehr zu wissen, aber du bist doch nicht schuld an ihrem Verschwinden. Du könntest eher dazu beitragen, dass sie gefunden wird.«

»Wie kannst du dir so sicher sein, dass dieser Typ nichts mit ihrem Verschwinden zu tun hat?«, fragte Felix. »Es kann doch sein, dass er euch beiden was vorgespielt hat, und als er gemerkt hat, dass ihr befreundet seid, kam es zu einer Auseinandersetzung mit ihr.«

»Ganz bestimmt nicht«, rief Daniela. Im Gesicht hatte sie bereits hektische Flecken. »So ist er nicht, und ich habe auch keine Lust, dass er wegen meiner Aussage von der Polizei verhört wird. Dann ist unsere Beziehung nämlich vorbei, bevor sie überhaupt begonnen hat.«

Anna wusste gar nicht, wie sie darauf reagieren sollte. So kopflos kannte sie Daniela nicht. Normalerweise war ihre Assistentin auch in Stresssituationen stets besonnen und ruhig. »Jetzt stress dich doch mal deshalb nicht so sehr. Wenn er wirklich nichts damit zu tun hat, wird ihm doch gar nichts passieren. Er wird ja nicht sofort verhaftet, sondern nur befragt.«

»Auf der Suche nach einem Täter ist es auch immer wichtig, frühzeitig mögliche Verdächtige auszuschließen, um sich so aufs Wesentliche zu konzentrieren«, ergänzte Felix. »Außerdem wird niemand im Ernst glauben, dass du wegen eines Streits um einen Typen deiner Freundin etwas angetan hast.«

»Komm, wir rufen gemeinsam da an. Wenn ich dabei bin, werden sie dir schon nichts in den Mund legen können, und du hast alles in deiner Macht Stehende getan, dass herausgefunden werden kann, was mit Sophie passiert ist«, redete Anna weiter auf sie ein.

Daniela blickte zwischen den beiden hin und her. »Ihr habt euch wohl gegen mich verschworen, hm?« Sie seufzte. »Lasst mich wenigstens bis morgen darüber nachdenken und das noch mal alles zusammenkriegen. Gerade bin ich zu aufgebracht.«

Anna wollte widersprechen, da es bei Vermisstenfällen vor allem um Zeit ging, doch Felix nickte. »Du machst dir am besten ein paar Notizen, um möglichst genaue Angaben machen zu können, und gehst morgen mit Anna zur Polizei. Denen sagt ihr, was der engagierte Privatdetektiv herausgefunden hat, und dann werden sie ihre Ermittlungen starten müssen.«

Daniela rieb sich über die Augen und nickte. »Darf ich gehen?«, fragte sie in Annas Richtung.

»Aber klar, du hast heute wirklich einen miesen Tag gehabt«, antwortete Anna und sah ihr hinterher, wie sie den Raum verließ.

»Was meinst du?«, fragte sie Felix, nachdem die Tür zur Kanzlei hinter Daniela ins Schloss gefallen war. »Wird die Sache für Sophie gut ausgehen?«

Felix zog die Mundwinkel nach unten und schüttelte unmerklich den Kopf. »Ich befürchte, dass es leider nicht so sein wird.«

6. Kapitel

LOUISA. Allein der Klang ihres Namens war schon eine Melodie in seinen Ohren, und immer, wenn er sie sah oder sie mit ihm sprach, fühlte er sich wichtig und fast wie ein ganz normaler Mensch. Das Beste war, dass er sie in einem Buchladen kennengelernt hatte, den er regelmäßig besuchte. Immer, wenn er dorthin ging, hatte er die Chance, sie zu treffen, denn sie arbeitete dort.

Louisa hatte ihm einmal verraten, dass ihr Name von der Großmutter ihres italienischen Vaters stammte. Als Halbitalienerin brannte sie für die Toskana, und er hatte das Internet nach dieser Gegend durchforstet und unendlich viele Bilder angeschaut, um ihre Sehnsucht nach diesem Ort besser verstehen zu können. Es sah wunderschön aus, und er würde zu gern mit ihr das Land ihrer Vorfahren bereisen. Schon allein, weil das seiner Mutter ganz und gar nicht gefallen würde, wenn sie noch etwas dazu sagen könnte.

Seit er Louisa im Buchladen einmal fast umgerannt hatte und sie bei seiner Entschuldigung ins Gespräch gekommen waren, musste er sich zusammenreißen, nicht ständig in den Laden zu gehen, um sie zu sehen. Zu groß war jedes Mal die Enttäuschung, wenn sie doch nicht dort war, denn sie hatte wohl nur unregelmäßige Schichten. Manchmal aber hatte er Glück, und dann unterhielten sie sich. Ganz selten berührte sie ihn, einmal sogar an der Hand, wo sie die Narben bemerkt hatte, die ihm seine Mutter zugefügt hatte. Es war irgendwie merkwürdig zu wissen, dass sie ihn gar nicht sehen konnte, aber er bildete sich ein, dass sie genau wusste, wenn er in ihrer Nähe war.

Bei einem ihrer Aufeinandertreffen hatte sie ihm erklärt, wie sie trotz ihrer Blindheit lesen konnte. Das war faszinierend für ihn, einfach unvorstellbar. Er hatte selbst mal eines ihrer Bücher befühlt, die leichten Erhebungen in dem Papier allerdings kaum wahrgenommen. Braille, so nannte man die Schrift. Im Brockhaus hatte er ein paar

Informationen dazu gefunden und heimlich in seiner Pause auch gegoogelt, wie das funktionierte. Es blieb ihm dennoch ein Rätsel.

An diesem Nachmittag hatte er sich vorgenommen, ein wenig vorzuschlafen, denn die Nacht im Moor würde lang werden, und er musste ausgeruht sein. Bei dieser Gelegenheit wollte er seine Übung fürs luzide Träumen mit ihr abhalten. Er schloss die Augen, den Klang ihres Namens im Ohr, ihr Gesicht vor seinem inneren Auge. Allerdings schaffte er es nicht, in den Schlaf zu finden. Entweder sein Arm juckte, oder sein Bein zuckte unkontrolliert unter der Decke, sodass er sie wegschob und sich auf die Seite drehte. Auch das funktionierte nicht, nach kurzer Zeit fühlte sich seine Arschbacke an wie eingeschlafen, und sein Ischiasnerv sendete Schmerzsignale. Er war einfach zu nervös. Irgendwie musste er runterkommen, um nicht wieder alles falsch zu machen.

Er stand auf, schlüpfte in seine Hausschuhe und ging in die Küche, um Mutters heiße Milch mit Honig zuzubereiten. Die half einem dabei, zu entspannen.

»Bist du vorbereitet?«, fragte sein Vater, der am Küchentisch saß und jede seiner Bewegungen mit Argusaugen beobachtete.

Er stellte den Topf auf den Herd und füllte ihn mit Milch. »Was meinst du?« Als hätte er ihn nicht ganz genau verstanden und als wäre ihm der drohende Unterton in seiner Stimme entgangen.

Sein Vater schnaufte. »Du weißt, was ich meine, Sohn.«

Er vermied Blickkontakt und stellte den Herd an. Immer rühren. Sonst brannte die Milch an, hatte seine Mutter ihm eingebläut, und angebrannte Milch bekam man ganz schwer wieder raus aus dem Topf.

»Ja, ja«, murmelte er.

»Du musst es nicht genauso machen, wie du es von ihr vorgegeben bekommst. Sei doch mal rebellisch.«

Klar, dass sein Vater es nicht ertragen konnte, wenn er auf seine Mutter hörte. Kein Wunder, bei dem, was sie ihm angetan hatte. Aber einen Topf mit angebrannter Milch am Boden, den konnte niemand gebrauchen, dafür lohnte es sich nun wirklich nicht, rebellisch zu sein.

Er rührte in der Milch und lauschte dem leisen Brodeln, das an die Topfoberfläche stieg. Als sie warm genug war, füllte er sie in seine Tasse und setzte sich an den Tisch.

»Also, ist alles bereit für den nächsten Versuch? Du darfst nicht wieder versagen!« Sein Vater musterte ihn fragend. Es ging ihm auf die Nerven, dass sein Vater es ihm nicht zutraute, aber er meinte es ja nur gut. Es sollte alles so funktionieren, wie sie es sich vorstellten, deshalb war es wichtig, eine Fehleranalyse zu machen und hart mit sich selbst ins Gericht zu gehen.

»Ich weiß, Vater. Sie ist einfach untergegangen. Es sollte doch schön werden, aber ich habe die falsche Stelle ausgewählt.«

Sein Vater schnaufte und klang dabei wie einer dieser überzüchteten Boxer, die nicht richtig durch ihre platten Nasen atmen konnten. »Wir haben uns doch vorher am Computer die idealen Stellen herausgesucht. Warum musstest du auch alles anders machen, als ich es dir gesagt habe?«

Er nahm vorsichtig einen Schluck seiner süßen Milch, die noch viel zu heiß war. »Das nächste Mal wird perfekt, Vater. Ich verspreche es dir. Ich habe schon alles geplant.«

7. Kapitel

NACH dem Besuch bei Anna hatte Felix Sophies Laptop und Tablet zu Natalie gebracht und war dann noch bei den Eltern der verschwundenen Frau vorbeigefahren, um sie über seine Erkenntnisse zu informieren. Die Mutter war am Boden zerstört, denn für sie stand fest, dass ihrer Tochter etwas zugestoßen war, und Felix konnte ihr leider nicht viel Tröstendes sagen. Auf dem Weg zurück hielt er bei einem Thai-Imbiss, da er keine große Lust hatte, an diesem Abend noch zu kochen.

Als er nach Hause kam, saß Natalie bereits in der Küche am Tisch, den sie in eine multimediale Arbeitsstation umgewandelt hatte. Neben dem Tablet und dem Notebook von Sophie Angermayer stand Natalies eigener Laptop symmetrisch ausgerichtet zu den anderen Geräten. Sie hatte die Computer mit einem Kabel verbunden. Ihr linkes Bein hatte sie unter den Po geklemmt, saß somit auf ihrem Fuß, und ihre nackten Zehen wackelten unter dem Tisch. Wenn Felix nur eine Minute so sitzen würde, müsste er sich von einem Chiropraktiker mühselig wieder auseinanderklappen lassen. Dieser verdammte Unfall in der Scheune hatte seinen Rücken um zwanzig Jahre altern lassen.

Aus Gewohnheit ging er mit den Tüten zum Tisch und wollte sie schon darauf abstellen, konnte sich aber gerade noch zurückhalten. Natalie wäre wahrscheinlich durchgedreht, wenn er mit Essen in die Nähe ihrer größten Heiligtümer gekommen wäre.

»Du hast lange gebraucht«, sagte sie, ohne den Blick vom Monitor ihres Laptops zu nehmen.

»Ich hab unterwegs noch kurz beim Thai angehalten und uns was zum Abendessen mitgebracht«, sagte er und stellte die Tüten auf die Arbeitsplatte.

»Ah«, sagte sie wenig begeistert. »Heute ist Mittwoch, und mittwochs kochen wir Gemüsepfanne mit Bulgur.«

Felix seufzte. Natalie aß gern asiatisch, aber das hier war eine Abweichung von ihrer Routine, mit der sie nur schwer umgehen konnte. Das war ihm klar gewesen, als er sich entschieden hatte, Essen von außerhalb mitzubringen, seine Faulheit hatte jedoch gesiegt. »Für dich hab ich Reis mit Gemüse, so viel anders ist das gar nicht.«

»Mittwochs kochen wir«, wiederholte sie stumpf.

»Ja, das weiß ich doch. Aber weil ich heute Abend noch ein bisschen was zu tun habe, wollte ich so einfach Zeit sparen. Jedenfalls hoffe ich, dass ich dank deiner kriminellen Energie an dem Fall weiterarbeiten kann.« Felix deutete auf den Laptop.

Natalie riss die Augen auf und schaute ihn entsetzt an. »Du hast mich beauftragt, die Passwörter zu knacken, und jetzt nennst du mich kriminell.«

Felix biss sich auf die Zunge. Mittlerweile war er daran gewöhnt, dass er bei seiner Schwester genau aufpassen musste, was er sagte, doch es passierte ihm dennoch hin und wieder, dass er einen Wortwitz machte oder ironisch wurde, was sie nicht verstand. »Entschuldige, das hätte ich nicht sagen sollen. So war das nicht gemeint, es war mehr ein Witz.«

»Ich fand den Witz nicht lustig.«

»Schon klar. Kommt nicht wieder vor, dass ich so was Dummes sage. Wie sieht es aus, konntest du das Passwort knacken?«

»Nein, ich konnte es nicht entschlüsseln.«

Damit hatte Felix nicht gerechnet. Normalerweise war so eine Aufgabe für Natalie ein Klacks. Wer sich in die Server der Kripo hacken konnte, für den war doch ein normaler Laptop kein Problem. Anscheinend hatte Sophie Angermayer sich große Mühe gegeben, ihre Daten zu sichern. »Schade«, murmelte er.

»Die meisten Menschen sichern ihren privaten Windows-Account mit sehr einfachen Passwörtern, häufig nur bestehend aus vier Ziffern. Dann ist das Geburtsdatum die erste Wahl. Das war es nicht, also habe ich eine Brute-Force-Attack drüberlaufen lassen. Die nennt man so, weil sie übersetzt ›rohe Gewalt‹ anwendet, um an das Passwort zu kommen.«

»Ah, okay. Und das heißt?« Sofort bereute Felix, seine Frage nicht präziser formuliert zu haben, denn Natalie setzte zu einer ausführlichen Erläuterung an. Dabei hatte er nur wissen wollen, wie das Ergebnis lautete.

»Ich habe hier einen speziellen USB-Stick, auf dem eine Windows-Version gespeichert ist.« Sie deutete auf eine kleine blaue Plastikhülse. »Beim Booten geht man über den Stick und greift damit auf den Laptop zu. Das Programm probiert daraufhin alle möglichen Kombinationen aus, bis es das korrekte Passwort herausgefunden hat. Bei vier Ziffern sind gewöhnlich weniger als zehntausend Versuche nötig.«

»Also ist der Laptop entsperrt?«, versuchte Felix, die Sache abzukürzen, da er keine Lust auf eine Vorlesung in Informatik hatte.

»Ja, die Brute-Force-Attack hatte Erfolg. Das Passwort habe ich für später notiert. Ich habe mich schon kurz umgesehen auf dem Gerät. Der Browser war noch geöffnet und die Webversion von WhatsApp aufgerufen.«

Das klang doch schon eher nach seinem Geschmack. »Perfekt, du bist ein Genie. Zeig mal.« Das duftende Thai-Essen auf der Anrichte war vergessen, und Felix setzte sich an den Tisch.

»Da ihr Handy nicht in der Nähe ist, connected es leider nicht, aber ich habe für dich eine alte Version der Seite wiederhergestellt, sodass du Nachrichten bis von vor etwas mehr als einer Woche lesen kannst.« Behutsam hob sie den Laptop hoch, drehte ihn so, dass der Monitor in Felix' Richtung zeigte, und stellte ihn wieder ab.

»Danke dir, vielleicht hilft das. Gut möglich, dass Sophie schon genauso lange verschwunden ist.«

Während Natalie aufstand und zur Arbeitsplatte ging, um sich ihr Essen zu nehmen, sah Felix sich die Kontakte an, mit denen Sophie Angermayer zuletzt geschrieben hatte.

Zuerst sprang ihm Daniela ins Auge. Er klickte den Chat an. Obwohl er sonst keine Probleme damit hatte, fühlte es sich merkwürdig an, die private Unterhaltung einer Person zu durchforsten, die er kannte. Deshalb überflog er nur oberflächlich die neuesten Nachrichten. Wie von Daniela bestätigt, hatten die beiden sich im Biergarten verabredet. Offenbar war Sophie nicht ganz pünktlich erschienen, denn Daniela fragte nach, wo sie denn bliebe. Nach diesem Abend gab es keine weiteren Nachrichten. Anscheinend hatten die beiden nach dem Streit nicht mehr miteinander kommuniziert, jedenfalls nicht per WhatsApp.

Weiter oben entdeckte er auch den mutmaßlichen Grund für ihren Streit. Der Kontakt »Oliver« war hinter dem Namen mit einem Herzchen-Emoji gekennzeichnet. Felix klickte den Chat an und scrollte nach unten. Die beiden schrieben täglich, also dauerte es eine ganze Weile, bis er einen Punkt fand, an dem er ansetzen konnte. Es war der Tag, an dem sie anscheinend von dem Schiff, auf dem sie arbeitete, nach Hause gekommen war. Oliver hatte sie vom Flughafen abgeholt. Am Abend bedankte sie sich bei ihm, wobei sie heftig nach Komplimenten fischte. Ein intensiver Flirt entstand.

»Danke noch mal fürs Abholen. Was würde ich nur ohne dich machen?«, schrieb sie ihm gegen elf Uhr am Abend.

Nur wenige Minuten später seine Antwort: *»Vermutlich würdest du immer noch am Flughafen festsitzen ;)«*

»Bestimmt. Und so schlimm, wie ich aussah, hätte man mich wahrscheinlich für eine Obdachlose gehalten und versucht, mich zu vertreiben xD«

»Übertreib nicht. Du hast bezaubernd ausgesehen, und sicherlich wäre ein Retter auf einem weißen Pferd gekommen, um dich nach Hause zu reiten.«

Sophie schickte einen errötenden Smiley. Anscheinend war ihr das aber noch nicht genug, denn sie schrieb: *»Ich fühlte mich eher wie die böse Hexe, die verhindert, dass der Prinz seine Prinzessin bekommt, mit meinen abstehenden Haaren und den Augenringen.«*

Oliver reagierte mit drei Tränen lachenden Smileys. *»Das ist doch der angesagte Out-of-Bed-Look. Manche finden den sogar äußerst sexy!«*

»Du auch?«, fragte Sophie sofort, die anscheinend nur auf eine derartige Vorlage gewartet hatte.

Oliver antwortete allerdings nicht mehr und schrieb erst am nächsten Morgen: *»Sorry, bin eingeschlafen«,* ohne weiter auf dieses Thema einzugehen.

So ging das andauernd: Sie flirteten miteinander, Oliver neckte sie und ging auf ihre eindeutigen Versuche ein, das Gespräch in eine verfängliche Richtung zu lenken, um sich dann an manchen Tagen einfach wieder rauszuziehen und nicht zu antworten.

Gänzlich abgeneigt schien er Felix' Meinung nach jedenfalls nicht gewesen zu sein, und eindeutig klargemacht, dass zwischen ihnen beiden nichts laufen würde, hatte er auch nicht. Im Gegenteil, sie hatten sich fürs Kino oder einen Club-Besuch verabredet, und an einem Morgen hatte sich Sophie auch einmal für die schöne Zeit bedankt. Vermutlich eine gemeinsame Nacht, so wie ihre Nachricht klang.

Keine gute Voraussetzung für Daniela, um eine Beziehung mit diesem Kerl anzufangen, selbst wenn er auf den ersten Blick nichts mit Sophies Verschwinden zu tun zu haben schien.

In der letzten Nachricht von Sophie an ihn sprach sie die Rosen an, die Felix bei ihr in der Wohnung bemerkt hatte: *»Ich hab deine Rose heute am Auto gefunden. Nachdem du die letzten Tage so komisch warst, hab ich überhaupt nicht mit so was gerechnet. Vielen Dank!«* Dahinter waren drei Smileys mit Herzchenaugen.

Die Antwort konnte Felix nicht mehr lesen. Entweder war er gar nicht darauf eingegangen oder aber die Version der Webseite, die Natalie wiederhergestellt hatte, zeigte die Reaktion nicht mehr. Eines war jedenfalls sicher. Dieser Oliver schien alles andere als eine treue Seele zu sein, und das sollte Daniela wissen, bevor sie heute Abend mit ihm ausging, und vor allem, bevor sie ihre Entscheidung bezüglich einer Aussage bei der Polizei traf.

8. Kapitel

MIST. Daniela war auf dem Nachhauseweg in einen Regenschauer gekommen, und jetzt sahen ihre Haare aus, als hätte sie in eine Steckdose gegriffen. Eigentlich hatte sie nur schnell duschen wollen vor dem Date heute Abend, aber nun musste sie außerdem die Haare waschen, um sie anschließend glätten zu können. Damit war auch ihr Plan dahin, sich noch mal ein halbes Stündchen auf dem Sofa zu gönnen, bevor sie sich für das Treffen mit Oliver fertigmachte. Aber einen Espresso aus ihrer nagelneuen Maschine, die sie sich zum Geburtstag gegönnt hatte, sollte drin sein.

Während die Maschine aufheizte, setzte sie sich an ihren Küchentresen und betrachtete die drei Rosen, die sie zusammen in eine Stielvase gestellt hatte. Noch immer verströmten sie einen intensiven und herrlichen Duft, obwohl er die erste schon vorgestern in ihrem Briefkasten gesteckt hatte. Doch nicht nur der Geruch war besonders, auch die Farbe bestach durch ihre Außergewöhnlichkeit. Ein so dunkles Rot hatte Daniela vorher noch nie bei einer Rose gesehen. Je nach Lichteinfall wirkte sie fast schon schwarz.

Zunächst hatte sie deshalb auch einen Schreck bekommen, als sie die Blüte entdeckt hatte, die aus ihrem Briefkasten schaute. Schwarze Rosen verband man ja mit dem Tod. Erst bei genauerem Hinsehen hatte sie festgestellt, dass sie sich getäuscht hatte. Oliver, von dem die Überraschung sicherlich stammte, hatte eben einen besonderen Geschmack. Er trug auch fast nur schwarze Kleidung, obwohl er kein Grufti oder so war. Das machte ihn für Daniela ein wenig verrucht und noch interessanter.

Es ärgerte sie ein bisschen, dass er anscheinend auch Sophie diese Rosen geschenkt hatte. Aber die waren bereits vertrocknet gewesen, was dafür sprach, dass es schon eine Weile her war und Sophie sie aufgehoben hatte, weil sie sich mehr von Oliver erhoffte. Die beiden hatten kurzzeitig etwas miteinander gehabt, aber nichts Ernstes. Dann hatte er ihr eben damals auch welche geschenkt, daran würde sie sich jetzt nicht hochziehen. Sonderlich originell war er in seinen Geschenken halt nicht, aber so waren Männer nun mal.

Bei dem Gedanken an ihn und Sophie meldete sich leise Danielas Gewissen. Im Endeffekt hatte sie schon vor dem Treffen mit Sophie geahnt, dass es um Oliver gehen würde, weshalb sie eigentlich gar nicht hatte zusagen wollen. Nach ihrer Schulzeit war der Kontakt zwischen ihnen quasi eingefroren, und sie trafen sich meist eher zufällig oder schrieben mal über WhatsApp. Eine explizite Verabredung, da musste schon etwas dahinterstecken. Und sie sollte recht behalten.

Sophie war wie immer zu spät gekommen und plauderte fröhlich über ihre letzte Route. Das Gespräch hatte ganz harmlos angefangen, doch Daniela spürte, dass etwas nicht stimmte. Eine Weile lästerte sie über Kollegen und prominente Gäste mit ihren Sonderwünschen an die Küche und erzählte, dass der Kapitän schwul sei, sich aber nicht outete, weil er Angst um seinen Job hatte. Erst im Nachhinein war Daniela bewusst geworden, dass Sophie in Wirklichkeit angespannt war und die meiste Zeit nicht zuzuhören schien, wenn Daniela etwas sagte.

Schließlich war genau das passiert, wovor sie Angst gehabt hatte, und Sophie hatte sie offen konfrontiert. Daniela hätte sich ohrfeigen können, dass sie nicht auf ihr Bauchgefühl gehört und das Treffen abgesagt hatte. Immerhin traf sich Oliver noch immer mit Sophie. Daniela hatte er versichert, dass es nur eine freundschaftliche Beziehung wäre. Einmal hätten sie Sex gehabt, das war aber, bevor er Daniela kennengelernt hatte. Für ihn wäre es ein Fehler gewesen, das hätte Sophie dann irgendwann auch eingesehen, und sie hätten beschlossen, nur Freunde zu bleiben.

Deshalb war Daniela so verblüfft, dass Sophie das offensichtlich völlig anders sah. Der plötzliche Ausbruch mitten in dem Lokal war Daniela so peinlich gewesen, dass sie gar nicht wirklich reagieren konnte. Hinterher fielen ihr Argumente ein, die sie hätte anbringen können, aber währenddessen wäre sie am liebsten im Boden versunken und war wie gelähmt. Das war schon immer so gewesen. Direkten Konfrontationen ging sie gerne aus dem Weg, selbst, wenn andere sie deshalb für schwach hielten, und auch dann, wenn es zu ihrem Nachteil war. Von ihren Eltern hatte sie nie gelernt, sich zu behaupten, obwohl sich Daniela nicht als klassisches Opfer sah.

Bis heute Mittag jedenfalls hatte sie kein Problem damit gehabt, sich schon allein aus Trotz mit Oliver zu treffen. Sophie war doch selbst schuld, wenn sie mehr in die Freundschaft mit ihm hineininterpretierte. Sie musste akzeptieren, dass Oliver keine Beziehung mit ihr wollte und dass er sich mit anderen Frauen verabredete, selbst wenn die zufälligerweise mit Sophie befreundet waren.

Da hatte sie allerdings auch noch nicht gewusst, dass Sophie verschwunden war. Natürlich war es nicht Danielas Schuld. Sie hatte sie ja nicht entführt und irgendwo vergraben. Aber dennoch fühlte sie sich ein kleines bisschen verantwortlich. Ob sie sich wegen des Streits etwas angetan hatte? Weil ihr klar geworden war, dass aus ihr und Oliver nie etwas werden würde?

Das wiederum konnte Daniela sich nicht vorstellen. Wie sie schon Felix gesagt hatte, würde Sophie ihren alten und kranken Kater niemals einfach für mehrere Tage ohne Aufsicht zurücklassen. Oder hatte sie etwa aus Liebeskummer so impulsiv reagiert, dass sie sogar ihre Tierliebe über Bord warf?

Seufzend stellte sie die jetzt leere Tasse auf den Tresen, um ins Bad zu gehen und sich um ihre unbändigen Locken zu kümmern. Heute Abend würde sie mit Oliver über Sophies Verschwinden reden und morgen dann die Aussage bei der Polizei machen. Denn egal, wie bescheuert sich Sophie verhalten hatte, so wollte Daniela doch, dass ihre Freundin aus alten Tagen gefunden wurde. Wenn möglich unversehrt.

Als sie nach anderthalb Stunden mit frisch geglätteter Mähne und einem zurückhaltenden Make-up aus dem Bad kam, nahm sie ihr Handy und entdeckte eine Nachricht von Oliver.

»Ich freue mich auf später. Du wirst sehen, dieser Inder ist ganz urig und macht hervorragende Cocktails, und die Lage ist der Knaller, ganz romantisch am Ostfriedhof.«

Danielas Herz machte einen Satz, und ihr schlechtes Gewissen war wie weggeblasen. Was auch immer mit Sophie passiert war, es hatte nichts mit Oliver und ihr zu tun.

»Friedhöfe sind ja für ihre romantische Stimmung bekannt«, schrieb sie mit einem Zwinkersmiley zurück.

Keine halbe Minute später antwortete Oliver, so als hätte er auf ihre Nachricht gewartet. *»Na ja, du weißt schon, was ich meine. Für einen gemütlichen Spaziergang nach dem Essen ist es perfekt. Vor allem der obere Teil an der Mauer, wo die Bahn entlangfährt. Nicht so gepflegt, sondern eher wildromantisch ...«*

Ein Spaziergang auf dem Friedhof, am besten noch in der Dämmerung. Wenn das mal nicht zu diesen fast schwarzen Rosen passte! Aber recht hatte er, denn der Friedhof war wirklich sehenswert. Daniela war schon einmal mit einer Freundin dort gewesen, um die zahlreichen Gräber von Prominenten zu besuchen. Anscheinend hatten sie und Oliver durchaus ähnliche Interessen. Eine gute Voraussetzung für das Date. Sie startete ihre Kamera am Handy und schickte Oliver ein Foto von den Rosen. Sie tippte gerade eine Nachricht, die sie hinterherschicken wollte, als ein Anruf einging. Es war Felix.

Genervt nahm sie das Gespräch entgegen. Hatte er nicht noch davon gesprochen, dass sie sich bis morgen in Ruhe überlegen sollte, ob sie eine Aussage machte oder nicht? Bestimmt hatte Anna ihn vorgeschickt.

»Ich bin es«, sagte er, als müsste sie ihn an der Stimme erkennen.

Sie rollte mit den Augen und atmete tief ein. »Du brauchst gar nicht versuchen, mich zu überreden ...«

»Halt, halt. Deshalb rufe ich nicht an«, sagte er schnell. »Eigentlich wollte ich wissen, ob ihr wegen eines gewissen Olivers Streit hattet. Also du und Sophie.«

Daniela lehnte sich gegen die Küchenarbeitsplatte und blickte auf die Vase. »Was für eine Rolle spielt denn sein Name?« Während des Telefonats summte das Handy und kündigte eine Nachricht an. Daniela nahm das Telefon vom Ohr und sah auf ihr Display. Oliver hatte geantwortet.

Ein Lächeln breitete sich in ihrem Gesicht aus, als sie das Handy wieder ans Ohr hielt. Sie würde sich den Abend nicht verderben lassen.

Felix hatte weitergesprochen, und sie hatte die Hälfte nicht mitgekriegt. »Was meintest du?«, fragte sie.

»Na ja, ich will dir ja nicht reinreden, aber ich finde, du solltest wissen, dass der Typ wohl nicht mit offenen Karten spielt, Daniela. Renn nicht in dein Unglück.«

Erst jetzt wurde ihr bewusst, dass Felix wahrscheinlich die Nachrichten zwischen Sophie und Oliver gelesen hatte. Davon wollte Daniela allerdings überhaupt nichts wissen. Sie hatte nicht das Gefühl, von Oliver angelogen zu werden, und das sollte zumindest für diesen Abend auch so bleiben. »Ich weiß, ich weiß«, wiegelte sie schnell ab. »Die beiden hatten mal kurzzeitig was miteinander. Das war aber was Lockeres und ist beendet. Ich habe kein Problem damit, und ich will nicht, dass du eines daraus machst.«

»Aber …«

»Ich muss auflegen, Felix. Lass uns morgen reden, okay?« Daniela legte auf und atmete mehrmals tief durch. Es klingelte erneut, aber sie nahm den Anruf nicht entgegen. Stattdessen schrieb sie Oliver, der ihr auf das Foto mit den Rosen nur drei Fragezeichen geschickt hatte.

»Dann mache ich mich mal auf den Weg. Wir sehen uns gleich beim Shuag.«

»Ich bin da. Aber das mit der Rose musst du mir erklären.« Ein Smiley.

Sie lachte. Anscheinend wollte er ihr persönlich etwas dazu sagen.

»Mach ich.«

Aus einem beschissenen Tag war nun doch noch ein guter Tag geworden.

9. Kapitel

ATMEN, du musst atmen. Er lockerte die Bauchmuskulatur, um Platz für die Luft zu machen. Sofort brach seine gesamte Körperspannung mit ein, und er legte sich wie ein nasser Sack auf dem Boden ab. Das war wohl nichts mit dem Rekord beim Planken. Es war ihm unbegreiflich, warum ihm ausgerechnet diese Übung so schwerfiel. Er war sportlich und gut in Form, aber sobald er sich in die Plank-Position begab, kam er sich vor, als hätte er noch nie im Leben Sport gemacht.

Um wieder Energie für einen neuen Versuch zu tanken, gönnte er sich ein paar tiefe Atemzüge. Als er erneut ansetzen wollte, klingelte sein Handy. Sein Herzschlag beschleunigte sich. Es gab nur eine Person, die seine Nummer hatte, da er sich das Smartphone nur besorgt hatte, um auch dann ins Internet zu können, wenn er auf seiner Mission unterwegs war. Er rollte sich zur Seite und nahm es von der Couch.

»Hallo«, sagte er, noch immer leicht außer Atem.

»Störe ich?«, fragte sie belustigt.

»Oh, nein, nein. Ich war gerade fertig mit meinem Training.«

»Ach, du machst Sport? Da hatte ich ja recht, als ich anhand deiner Stimme angenommen habe, dass du gut in Form bist. Was denn so?«

Bislang hatten sie sich hauptsächlich über Bücher unterhalten, immerhin hatten sie in diesem Bereich einige Gemeinsamkeiten, und das Thema bot genug Gesprächsstoff, bei dem er sich nicht auf gefährliches Terrain begab.

»Na ja, was heißt gut in Form. Ich jogge ein bisschen für meine Ausdauer und Übungen mit Eigengewicht, mehr nicht«, spielte er seine tatsächlichen Bemühungen herunter. Sie musste ja nicht wissen, dass er täglich und zu festen Zeiten seine Sporteinheiten einlegte, sonst würde sie ihn noch für pedantisch halten.

»Joggen. Wie toll. Das habe ich früher auch mal mit einem Laufbegleiter gemacht, aber der ist leider umgezogen, und es gab keinen Nachfolger für ihn. Allein kann ich das ja leider nicht.« Sie seufzte. Es schien sie traurig zu machen, dass sie diese Sportart nicht mehr ausüben konnte.

»Vielleicht könnten wir ja mal …«

»Das ist wirklich lieb von dir, mir das anzubieten, aber so einfach ist das nicht«, unterbrach sie ihn, bevor er seinen Vorschlag ausführen konnte. »Als Laufbegleiter muss man einiges beachten. Er braucht ein auf mich abgestimmtes Bewegungsverhalten, darf nicht nur das Nahumfeld im Blick behalten und muss mir rechtzeitig Signale geben bei Hindernissen oder einem Richtungswechsel.«

Er ballte eine Faust. Mit einer derartigen Abfuhr hatte er nicht gerechnet. Es ging doch nur um ein bisschen Laufen, wie schwer konnte das sein? Er würde sie schon nicht gegen einen Baum rennen lassen, schließlich war er nicht blöd. Wenn sie keine Lust darauf hatte, gemeinsam mit ihm Sport zu treiben, warum hatte sie dann überhaupt so nachgebohrt?

»Egal, deswegen habe ich ja gar nicht angerufen. Eigentlich wollte ich dir nur Bescheid geben, dass deine Bücher da sind«, sagte sie nach einem Moment des unangenehmen Schweigens.

»Bücher?« Es fiel ihm schwer, sich weiter auf das Gespräch einzulassen. In seinem Kopf war nur noch eine dunkle Wolke aus Wut und Enttäuschung, weil sie ihn hatte abblitzen lassen.

»Ja. Die du bestellt hast«, sagte sie und lachte leise.

»Ah ja, die«, entgegnete er, obwohl er sich nicht darauf konzentrieren konnte, sich zu erinnern, welche es waren.

»Du kannst sie gleich abholen, wenn du möchtest, noch habe ich Schicht.«

Die Wolke lichtete sich. War das so etwas wie ein Versöhnungsangebot? Anscheinend wollte sie ihn sehen. Nun ja, wie auch immer man das bei Blinden eben nannte, denn sehen würde sie ihn ja nicht wirklich. Allerdings umso mehr riechen, denn nach der Sporteinheit roch er ziemlich stark nach Schweiß. Leider war heute kein Duschtag.

»Wie lange bist du denn noch da?«, fragte er und rümpfte die Nase.

»Nicht mehr so lange. Du weißt doch, dass ich nur halbe Tage hier bin. Wenn du möchtest, kannst du sie auch bei mir zu Hause abholen, bezahlt sind sie ja. Wir könnten einen Kaffee trinken und uns noch ein bisschen über Sport unterhalten.«

Sein Herz machte einen Sprung, und ein Lächeln breitete sich auf seinem Gesicht aus. Eine Einladung zu ihr nach Hause. Das glich ihre Abfuhr von gerade eben allemal aus. »Nicht heute«, flüsterte sein Vater, als hätte er es ihm angesehen, dass es ihn in den Fingern juckte, ihr Angebot anzunehmen.

»Tut mir leid, das geht heute nicht, da ich einen wichtigen Termin habe.« Das war nicht gelogen. Am liebsten würde er seine Pläne für den Abend umwerfen, aber das war unmöglich. Sein Vater würde keine Verzögerung im Ablauf akzeptieren. Zumal er ihm hoch und heilig versprochen hatte, dass er dieses Mal keinen Fehler machen würde.

»Nein, schon gut. Das muss dir nicht leidtun. Es war eine seltsame Idee von mir. Komm einfach in den Laden, wenn du Zeit hast. Jetzt will ich dich nicht länger aufhalten. Bis dann.«

Bevor er irgendetwas entgegnen konnte, hatte sie auch schon aufgelegt. Wütend knallte er das Handy auf den Boden. Das hatte er ja hervorragend hinbekommen. Nein, eigentlich nicht er, sondern sein Vater mit seinen Ansprüchen. Immerzu lästerte er über seine Mutter, aber wenn es um seine Mission ging, dann war er mindestens genauso streng. Leider schuldete er es ihm, die zu erfüllen, auch wenn er schon einmal darüber nachgedacht hatte, dass es vielleicht nicht richtig war, was sein Vater von ihm verlangte. Doch diese Momente dauerten nicht lange an, denn immerhin war es sein Vater gewesen, der ihm in der Einsamkeit seines Zimmers beigestanden hatte.

Das erste Mal war sein Vater zu ihm zurückgekehrt, da hatte er schon drei Jahre ohne Freunde oder anderen Kontakt zur Außenwelt verbracht. Wie so oft saß er abends allein in seinem Zimmer vor dem Laptop. Seine Mutter stellte das Internet nur für ein paar Stunden am Tag an und ließ es ihn nur unter ihrer Aufsicht benutzen. Irgendwann hatte er jedoch durch Zufall herausgefunden, dass einer der Nachbarn sein WLAN nicht verschlüsselt hatte. Seitdem wartete er jeden Abend sehnsüchtig darauf, dass seine Mutter ins Bett ging und er heimlich im Internet surfen konnte.

Wie bei einem Ritual ging er immer zuerst auf Youtube, um sich das Musikvideo zum Lieblingslied seines Vaters anzusehen. Manchmal blieb er auch dort hängen und ließ es immer wieder von vorn laufen, den Ton natürlich so leise wie möglich gedreht, damit seine Mutter ja nichts davon mitbekam. Alles an diesem Video faszinierte ihn. Nicht nur die tiefe Stimme des Sängers, sondern auch die düstere Stimmung, die wunderschöne Frau mit ihrer blassen Haut und den roten Lippen. Wie ihr Körper auf dem Wasser lag, als wäre sie schwerelos. Es erinnerte ihn an den Abend, an dem alles begonnen hatte. Sehnsüchtig betrachtete er, wie zärtlich der Sänger die bleiche Frau berührte … So etwas wünschte er sich auch. Ob er jemals die zarte Haut einer Frau unter seinen Fingern spüren würde?

Auch an jenem Abend schaute er das Video zum mittlerweile dritten Mal. Gerade, als der Sänger ans Ufer trat und sich bückte, spürte er eine Bewegung neben sich. Er fuhr herum und sah in das Gesicht seines Vaters. Nur die Hände, die er unbewusst vor den Mund geschlagen hatte, hinderten ihn daran, vor Schreck laut aufzuschreien.

»Was machst du da?«, flüsterte sein Vater. Er klang freundlich, nicht wütend, wie seine Mutter es gewesen wäre, hätte sie ihn dabei erwischt, wie er ausgerechnet dieses Video anschaute.

»Mich an dich erinnern«, flüsterte er und schaute zurück zum Bildschirm. Ein wenig sah der Sänger seinem Vater ähnlich, die dunklen Haare, die markante Nase. »An die Nacht im Moor, an das Mädchen.«

Sein Vater nickte. »Damals hatten wir noch einander.«

Tränen traten ihm in die Augen. »Es tut mir so leid. Alles ist meine Schuld.«

»Du musst nicht weinen. Ab jetzt bin ich ja für dich da. Ich lasse dich nicht mehr allein.«

Und dieses Versprechen hatte er gehalten. Sein Vater war in all den Jahren der Einsamkeit und der Entbehrungen für ihn da gewesen, jetzt musste er für seinen Vater da sein, auch wenn er sich insgeheim wünschte, für Louisa ein ganz normaler Mann zu sein und vielleicht irgendwann mit ihr in die Toskana zu fahren und ihr zu beschreiben, wie wunderschön es dort war. Sie würden Hand in Hand in der Altstadt von Florenz herumschlendern und auf dem Platz einen Kaffee trinken.

Ihr Abendessen würden sie in einer Seitengasse in einem kleinen Restaurant zu sich nehmen, das er bereits auf Google Maps herausgesucht hatte, und anschließend den Tag bei einem Spaziergang ausklingen lassen. Sie würde seine Hand streicheln und ihm sagen, wie sehr sie ihn liebte, und er würde ihr die Sterne vom Himmel pflücken.

Aber bevor es dazu kommen konnte, musste er sich auf seine heutige Aufgabe fokussieren. Dieses Mal durfte er keinen Fehler machen.

10. Kapitel

DANIELA stellte ihren Wagen auf dem Parkplatz des V-Marktes ab. Der Einkaufsladen befand sich direkt am Ostfriedhof und in unmittelbarer Nähe zu dem indischen Restaurant, bei dem sie sich verabredet hatten. In der Seitenscheibe kontrollierte sie noch einmal den Sitz ihrer Frisur, zupfte ihr Oberteil zurecht und machte sich dann auf den Weg.

Im Restaurant führte der Kellner sie an den leeren Tisch. Natürlich war Oliver noch nicht da, denn Daniela war wie gewohnt vor der ausgemachten Zeit da. Wenn sie eines hasste, dann war es Unpünktlichkeit.

Während sie allein am Tisch saß, fühlte sie sich von den anderen Gästen beobachtet. Wer ging denn schon allein zu einem romantischen Inder? Auch die Kellner schienen ihr mit der Zeit mitleidige Blicke zuzuwerfen. Hoffentlich versetzte Oliver sie nicht, sonst würde sie vor Scham im Boden versinken. Zur Ablenkung nahm sie ihr Handy heraus und startete eine Runde Quizduell.

Als jemand den Stuhl ihr gegenüber unter dem Tisch hervorzog, schreckte sie auf.

»Hallo, schöne Frau.« Oliver setzte sich und lächelte sie breit an.

Daniela war sofort hin und weg und vergaß sogar, auf die Uhr zu schauen, um zu prüfen, ob er einigermaßen pünktlich war. Sein gutes Aussehen zog sie völlig in den Bann: grüne Augen, markantes Gesicht, dunkle, kurze Haare und ein Grübchen am Kinn. Die vollen Lippen luden zum Küssen ein.

Sie rutschte etwas nervös auf ihrem Stuhl herum. »Hey«, sagte sie und hoffte, dass er von ihrer Nervosität nichts mitbekam.

»Was ist das denn für eine gebetsschwesternmäßige Begrüßung?«, fragte er mit gespielter Empörung. Er beugte sich über den Tisch und küsste sie sanft links und rechts auf die Wange. Dann lehnte er sich wieder lässig zurück und schlug ein Bein über das andere. »Schon besser. Wie geht's dir?«

»Geht so«, antwortete Daniela automatisch, was sie sogleich bereute, denn natürlich wollte Oliver wissen, was los war. Jetzt wäre der Zeitpunkt, ihm zu erzählen, dass Sophie verschwunden war und die Polizei sich mit ihr unterhalten hatte, aber sie wollte den Abend nicht versauen, bevor er überhaupt begonnen hatte.

Zum Glück unterbrach der Kellner sie, um ihre Getränkebestellung entgegenzunehmen und ihnen eine Schale Papadams mit drei verschiedenen Dips zu bringen.

Als sie wieder allein waren, hakte Oliver jedoch noch einmal nach. »Also, was ist los? Warum nur *Geht so?*«

Daniela lachte etwas zu laut. »Auf der Arbeit ist es gerade stressig, und meine Chefin kann sehr pedantisch werden, wenn es viel zu tun gibt. Überstunden sind dann an der Tagesordnung«, log sie. Wenn Anna eines nicht war, dann eine schlechte Chefin. Im Gegenteil, noch nie hatte sich Daniela in einer Arbeitsstelle so wohl gefühlt. Manchmal bekam sie fast den Eindruck, dass Anna eher eine gute Freundin war und nicht ihre Vorgesetzte.

Oliver dippte ein Stück Papadam in den Minzdip. Während er es zu seinem Mund führte, kleckerte er die Tischdecke mit der knallgrünen Soße voll. »Du bist bei einer Anwältin, oder?«, fragte er kauend und wischte mit der Serviette über den Fleck.

Daniela nickte. Auch an Olivers Kinn klebte etwas von der Soße, und sie musste sich zusammenreißen, nicht die ganze Zeit draufzustarren. Merkte er das etwa nicht?

Irgendwie wirkte er heute so anders als sonst, fast, als hätte er vor der Verabredung schon getrunken. Vielleicht vor Nervosität, was das Ganze wieder niedlich machen würde. Die Vorstellung, dass er sich für ihr Date Mut antrinken müsste, ließ Daniela grinsen.

»Ist bestimmt megaspannend«, sagte er. »Wie so ein True-Crime-Podcast, nur im echten Leben.«

»Na ja, nicht unbedingt. Vor meiner jetzigen Anstellung war ich in einer Kanzlei für Wirtschaftsrecht. Aber Annabelle Hart ist tatsächlich Strafrechtsanwältin, und da bekommt man schon so manchen Einblick in menschliche Abgründe. Worüber ich natürlich nicht reden darf, das verstehst du sicher.« Daniela brach sich ebenfalls ein Stück Papadam ab und dippte es in die Mangosoße. Zu ihrer Überraschung war die verdammt scharf und trieb ihr Tränen in die Augen.

Oliver bekam zum Glück nichts davon mit und wischte sich auch endlich den Fleck vom Kinn. »Schweigepflicht und so, klar. Aber darfst du anonym darüber reden? Und stimmt es, dass ein Anwalt nicht zur Polizei gehen darf, wenn er ein Verbrechen gestanden bekommt, das noch nicht aufgeklärt ist?«

Daniela winkte ab. »Lass uns lieber das Thema wechseln. Ich hab wenig Lust, nach Feierabend über die Arbeit zu reden.«

Oliver wirkte enttäuscht, jedoch akzeptierte er Danielas Ansage zunächst. Trotzdem versuchte er den ganzen Abend mehr oder weniger geschickt, das Thema wieder in diese Richtung zu lenken. Andauernd stellte er indirekte Fragen zur Arbeitsweise von Anwälten und zu deren Umgang mit ihren Mandanten. Daniela wurde zunehmend genervter und fragte sich, ob er sich nur mit ihr verabredet hatte, weil er in Wirklichkeit Informationen einholen wollte. Hatte er irgendwelchen Mist gebaut und sah sie nur als Möglichkeit, kostenfrei an eine Beratung zu kommen?

Beim Nachtisch war Daniela so weit, dass sie das Date schon fast bereute. Für diesen misslungenen Abend hatte sie sich tatsächlich mit Sophie zerstritten. Sophie, die jetzt verschwunden war. Dabei hatte mit Oliver alles so nett angefangen, er schien ehrlich an ihr interessiert zu sein, und dann waren da noch die kleinen Aufmerksamkeiten. Die Rosen zum Beispiel, die er ihr in den vergangenen Tagen in den Briefkasten gesteckt oder unter den Scheibenwischer geklemmt hatte. Sollte das alles nur Show gewesen sein? Aber wofür?

Sie dachte wieder an die Rosen, die Felix in Sophies Wohnung gefunden hatte. Sollte er recht haben und Oliver spielte wirklich nicht mit offenen Karten? Verarschte er sie beide?

Oliver schlürfte lautstark den letzten Rest aus seinem Cocktailglas und lehnte sich in ihre Richtung. Mittlerweile wirkte er mehr als nur leicht angetrunken. »Du, der Abend war echt schön mit dir. Was hältst du davon, wenn wir ihn bei mir mit einem Espresso ausklingen lassen?« Unter dem Tisch tastete er nach ihrem Bein und berührte ihr Knie.

Reflexartig zog Daniela es zurück.

Der Abend hatte ihr gezeigt, dass Oliver so gar nicht ihr Typ war und es auch nicht sonderlich ernst mit ihr zu meinen schien. »Das ist echt lieb von dir, aber ich muss morgen früh raus«, sagte sie. »Hab dir ja schon erzählt, dass wir momentan viel Stress in der Kanzlei haben.«

»Ah, verstehe. Das hättest du auch vorher sagen können«, murmelte er.

Daniela reichte es. »Was genau jetzt? Dass ich auf keinen Fall noch mit zu dir komme, um in deinem Bett zu landen? Sorry, ich wusste nicht, dass wir uns stillschweigend zu mehr verabredet haben als zum Essen. Oder glaubst du, nur weil du mir Rosen geschenkt hast, bin ich dir eine gemeinsame Nacht schuldig?«

Oliver schaute sie verwirrt an. »Wovon redest du?«

»Glaubst du vielleicht, ich wäre bescheuert? Ein Espresso als Absacker bei dir, ist klar. Ich verzichte.« Sie schob ihren Stuhl lautstark nach hinten und stand mit Schwung auf. Die anderen Gäste drehten interessiert ihre Köpfe in ihre Richtung, was ihr in diesem Moment aber egal war. Der Kellner kam an den Tisch und fragte, ob alles in Ordnung sei, während Oliver irgendwelche Rechtfertigungen vor sich hin brabbelte und behauptete, er wüsste nicht, von welchen Rosen sie sprach.

Daniela ignorierte ihn. »Der Herr zahlt«, sagte sie kühl zum Kellner, nahm ihre Tasche und verließ eiligen Schrittes das Restaurant.

Auf der Straße traten ihr Tränen der Wut in die Augen. So ein misslungener Abend! Sie hatte wirklich geglaubt, mit Oliver könnte es was werden, dabei war er nur ein riesengroßes Arschloch. Hätte sie doch nur auf Felix gehört oder direkt auf Sophie! Sie stürmte zu ihrem Wagen, der allein auf dem verlassenen Parkplatz stand. Auf dem Weg wühlte sie in ihrer Tasche nach dem Schlüssel. Sie hatte ihn gerade gefunden, als sie jemand am Arm packte. Vor Schreck schrie sie auf. Was fiel Oliver ein, ihr jetzt auch noch hinterherzukommen?

Ruckartig wandte sie sich um, um ihm die Meinung zu geigen, da traf sie ein harter Schlag an der Schläfe. Ihr Blick verschwamm, und sie erkannte im Dämmerlicht der Straßenlaternen nur die Umrisse eines Mannes. Ein weiterer Schlag traf sie, und sie ging zu Boden. Um ihr Gesicht zu schützen, hob sie die Arme, aber der Kerl beugte sich über sie und presste ihr seine Hand auf den Mund, sodass sie nicht um

Hilfe rufen konnte. Die Finger krallten sich immer fester in ihre Wange, und sie bekam keine Luft. Ihre Kopfhaut fing an zu kribbeln, ihre Lippen wurden taub, und sie verlor das Bewusstsein.

Als sie wieder zu sich kam, hörte sie ein dumpfes Brummen direkt unter ihrem Kopf. Zusammengekrümmt lag sie in völliger Dunkelheit auf einer harten und rauen Oberfläche. Sie versuchte, sich zu bewegen, und wollte sich aufsetzen, doch ihre Arme schienen hinter ihrem Rücken festzustecken. Mit wachsender Panik ruckte sie daran, warf sich herum und knallte mit ihren Beinen gegen etwas Hartes. Ein metallischer Laut erklang. Sie wollte schreien, doch ihr Mund war mit etwas Klebrigem verschlossen.

Langsam realisierte sie, dass der Kerl, von dem sie auf dem Parkplatz angegriffen worden war, sie wohl gefesselt und geknebelt hatte. Anhand der Geräusche vermutete sie, dass er sie in einen Kofferraum gesperrt hatte. War der Angreifer Oliver? Wo brachte er sie hin?

Sie brüllte gegen den Knebel an und trat wild um sich. Unter das Brummen mischte sich nun eine leise Melodie. Daniela stellte ihre Bemühungen ein und lauschte. Das Lied kam ihr bekannt vor. Es war schon älter, aber lief hin und wieder im Radio. Wie hieß es noch?

Das Brummen wurde leiser und erstarb, anscheinend hatte der Fahrer abgebremst und den Wagen angehalten. Kurz darauf verstummte auch die Melodie, und eine Autotür wurde aufgestoßen. Schritte näherten sich, der Kofferraumdeckel über ihr öffnete sich und gab den Blick frei auf den Sternenhimmel und dunkle Baumwipfel. Es gab keine Straßenlaternen oder sonstige Lichtquellen. Er musste sie irgendwo in die Pampa gebracht haben.

Eine Gestalt erschien, griff sie grob am Arm und zerrte sie aus dem Auto. Nachdem der Mann den Kofferraum geschlossen hatte, packte er sie unter den Achseln und schleifte sie brutal über einen steinigen Waldweg. Strampelnd versuchte sie, sich aus seinem Griff zu befreien. Ihre Finger krallten sich in den sandigen Boden, doch sie fand keinen Halt.

»Hör auf, das bringt doch nichts«, knurrte die Gestalt und zog sie weiter hinter sich her.

Daniela gab jedoch nicht auf und warf sich herum, um von ihm loszukommen. Wütend schlug sie nach ihm und kämpfte, bis die Erkenntnis kam. Die Erkenntnis, dass sie keine Chance hatte. Ab da blieb nur noch die nackte, lähmende Angst.

11. Kapitel

VÖLLIG übermüdet schlurfte Felix am nächsten Morgen in die Küche. Seine Augen brannten, als hätte er die halbe Nacht nicht geschlafen. Die Medikamente, die er gegen die Schmerzen nahm, beförderten ihn ohne Umwege ins Traumreich, nur ohne Träume. Er musste unbedingt seinen Arzt fragen, wann er die Tabletten absetzen durfte, denn erholsam war sein Schlaf keineswegs. Auch die Schmerzen wurden dadurch nicht annähernd so gelindert, wie er es sich vorgestellt hatte. Dafür, dass Tilidin ein Opioid war und Rapper es als Modedroge auserkoren hatten, half es ihm erstaunlich wenig. Morgens fühlte er sich tatsächlich schlimmer als nach einer durchzechten Nacht.

Er öffnete den Kühlschrank und goss sich ein großes Glas Orangensaft ein. Damit lehnte er sich an die Arbeitsplatte und schreckte zurück, als er hinter dem aufgeklappten Laptop die Stirn seiner Schwester entdeckte. Jetzt, wo er sie gesehen hatte, hörte er auch das leise Klacken der Tastatur.

»Du bist aber früh hier unten«, sagte er. Normalerweise saß sie lieber in ihrem Zimmer, wo sie ihre Ruhe hatte, und kam nur herunter, wenn sie etwas von Felix wollte, er sie zu einem Termin bringen musste oder sie gemeinsam kochten. Bis zum Mittag bekam er sie ohne besonderen Grund in der Regel nicht zu Gesicht.

»Wie spät ist es?«, fragte sie, ohne aufzusehen.

Felix schaute auf die Uhr am Backofen. »Kurz nach neun.«

»Für mich ist das nicht früh. Ich wache immer um sieben Uhr auf. Außer heute Nacht. Weil ich eine Idee hatte, konnte ich nicht schlafen und sitze schon seit halb vier am Rechner.« Sie stand vom Tisch auf, ging zum Schrank und nahm sich eine Tasse sowie eine Packung Kakao heraus. Mit einem Teelöffel schaufelte sie sich eine genau abgemessene Menge des Pulvers in ihre Tasse, kontrollierte noch mal mit einem kritischen Blick, dass es ja nicht zu viel war, und goss Milch darüber. Dann nahm sie sich einen Apfel und setzte sich zurück an den Tisch auf den Platz, der am weitesten entfernt von ihrem Laptop lag.

»Was für eine Idee war das?«, erkundigte sich Felix. Er nahm an, dass sie mit Sophies Verschwinden zu tun hatte, andernfalls wäre Natalie dafür nicht in die Küche gekommen.

»Dieser Oliver von Sophies WhatsApp-Kontakten kam dir verdächtig vor, da er sowohl mit Sophie eine Art Beziehung eingegangen ist, als auch sich mit der Assistentin von Annabelle Hart verabredet hat«, erklärte Natalie ihre Motivation. Eine einfache Antwort auf eine einfache Frage war von ihr nicht zu erwarten. »Deshalb wollte ich mehr über ihn herausfinden.«

»Und warst du erfolgreich?«, fragte er neugierig. Felix hatte ebenfalls versucht, Oliver etwas näher zu beleuchten, allerdings war er mit seinen Recherchen schnell an seine Grenzen gekommen. Sophie Angermayer hatte zwar einen Facebook-Account, aber unter ihren Freunden befand sich niemand mit dem Namen Oliver und auch auf Instagram hatte er niemanden unter ihren knapp 150 Followern gefunden, der dem Profilbild auf WhatsApp ähnlichsah. Da er den Nachnamen des Mannes nicht kannte und Daniela ihn nicht verraten wollte, hatte er nicht weitergewusst und seine Anstrengungen zunächst eingestellt. Für diesen Vormittag hatte er geplant, Sophie Angermayers Rechner zu durchforsten, um mehr über Oliver herauszufinden und außerdem Daniela noch einmal ins Gewissen zu reden.

Natalie hatte gerade ein Stück Apfel abgebissen, das sie bedächtig kaute und runterschluckte, ehe sie antwortete. »Ob meine Bemühungen Erfolg hatten, wird sich noch herausstellen.«

Felix ahnte schon, in welche Richtung ihr Vorhaben gegangen war, doch bevor er weiter nachhaken konnte, klingelte sein Handy auf dem Wohnzimmertisch. Seine Schwester verdrehte die Augen. Offenbar konnte sie es ebenfalls kaum abwarten, ihm davon zu berichten. Er eilte ins Wohnzimmer und nahm den Anruf an. Es war Anna.

»Daniela ist heute Morgen nicht aufgetaucht.« Sie klang gehetzt.

Felix warf erneut einen Blick auf die Uhr. »Gestern Abend war doch ihr Date mit diesem Oliver. Wahrscheinlich hat sie einfach verschlafen.«

»Warum erreiche ich sie dann nicht? Außerdem glaube ich das nicht. Sie arbeitet jetzt seit drei Jahren hier und hat sich noch nie verspätet. Egal, wie früh ich ins Büro komme, sie ist immer schon hier.«

Aus der Küche hörte Felix, wie Natalies Laptop einen Signalton von sich gab, kurz darauf wurde hektisch ein Stuhl zurückgeschoben. Er schaute um die Ecke und sah, wie seine Schwester sich aufmerksam über ihren Rechner beugte. »Hab dich«, murmelte sie.

»Felix, hörst du mir zu?«, fragte Anna.

»Klar, sorry. War kurz abgelenkt.«

»Die Sache hinterlässt wirklich kein gutes Gefühl bei mir. Unzuverlässigkeit passt überhaupt nicht zu ihr.«

»Vielleicht ist sie vor der Arbeit zur Polizei gefahren, um ihre Aussage zu machen, und die ganze Sache zieht sich länger hin, als sie geglaubt hat.«

Natalie drehte sich zu ihm um und warf ihm einen strafenden Blick zu. Dabei legte sie ihren Finger auf die Lippen, um ihm zu signalisieren, dass sie sich so nicht konzentrieren konnte, weshalb Felix sich ins Wohnzimmer zurückzog.

»In all der Zeit war Daniela genau einmal krank, und da hat sie mir am Abend zuvor schon eine SMS geschrieben, um mich vorzuwarnen, dass sie am nächsten Tag möglicherweise nicht zur Arbeit kommen wird. Sie hätte mir vorher Bescheid gesagt, garantiert. Ich sage dir, da stimmt was nicht.«

Tatsächlich wurde nun auch Felix nervös, obwohl er eigentlich nicht so leicht aus der Ruhe zu bringen war. Seiner Ansicht nach konnte jeder mal aus irgendwelchen Gründen unzuverlässig sein, aber Anna kannte Daniela, und wenn sie die Situation für außergewöhnlich hielt, vertraute er ihr.

»Es ist doch höchst merkwürdig, dass zuerst ihre Freundin verschwindet und ich sie jetzt auch nicht erreiche. Das musst du doch auch sehen.« Anna blieb hartnäckig.

»Du hast recht. Ich gehe der Sache nach und melde mich, in Ordnung?«

Felix verabschiedete sich und unterbrach die Verbindung.

In der Küche erwartete ihn Natalie bereits.

»Ich bin drin«, sagte sie sichtlich stolz.

»Wo drin?«, fragte Felix, wenngleich er eine Ahnung hatte.

»Während meiner Nachtschicht habe ich auf dem Rechner von Sophie Angermayer die Mail-Adresse von Oliver Hofmann herausgefunden. Das ist sein Nachname. An diese Adresse habe ich eine Bestellbestätigung mit einem Trojaner geschickt. Gerade eben hat er die Datei geöffnet, und nun sind ein Keylogger sowie ein Backdoorprogramm auf seinem Rechner installiert. Ich habe jetzt uneingeschränkten Zugriff auf seinen Computer.«

Felix schaute auf ihren Bildschirm, auf dem irgendein DOS-Programm lief, das ihm so gar nichts sagte. »Er bekommt aber nicht mit, was du da machst, oder?«

Natalie stöhnte genervt, als hätte er sie persönlich beleidigt. »Für mich war es nicht schwer, seine Sicherheitsmaßnahmen zu umgehen, er benutzt lediglich den von Windows vorinstallierten Virenscanner. Außerdem habe ich einen Bot geschrieben, der mich benachrichtigt, sobald er selbst auf dem Computer aktiv ist. Solange lasse ich natürlich die Finger von der Maus und beobachte über den Keylogger seine Tastatureingaben. Hier kann ich genau mitlesen.« Sie deutete auf das Fenster, in dem sich von allein ein Text erstellte, der für Felix nach HTML-Codes aussah.

»Und was macht er gerade?«, fragte er.

»In diesem Moment hat er Google geöffnet. Jetzt schreibt er: *Kann die Polizei sehen, was ich im Internet suche,* und hat Enter gedrückt.«

Felix hob die Augenbrauen. Das war nun wirklich nicht das, wonach man regulär am Vormittag im Internet suchte, jedenfalls nicht, wenn man nicht gerade ein Autor von Kriminalromanen oder so etwas war. »Ich brauche jetzt einen Kaffee. Halt mich auf dem Laufenden.«

»Er liest wirklich sehr langsam, momentan passiert nichts«, erklärte Natalie vorwurfsvoll.

Mit seiner Tasse setzte sich Felix auf den Stuhl neben Natalie, rückte aber sofort von ihr ab, als sie scharf einatmete. Aus der Entfernung starrte er auf den Bildschirm und versuchte, in dem Wust aus Buchstaben, Zahlen und Sonderzeichen etwas zu erkennen.

»Es geht weiter«, kommentierte seine Schwester, was dort passierte.

Felix nahm einen Schluck und verbrannte sich die Lippe. Anscheinend war es mal wieder an der Zeit, die Maschine zu entkalken. »Was schreibt er jetzt?«, fragte er.

»Warum löst sich Fleisch in Cola auf.« Natalie runzelte die Stirn und sah Felix fragend an. »Stimmt das?«

Er zuckte die Achseln. Dunkel erinnerte er sich an seine Kindheit, in der die Lehrer in der Schule eine ähnliche Geschichte als Beweis dafür anbrachten, wie ungesund das zuckerhaltige Getränk war. Würde man ein Stück Fleischwurst über Nacht in Cola legen, so wäre es am nächsten Tag nicht mehr da. Felix hatte das einmal probiert, mit dem Ergebnis, dass die Scheibe Wurst auch nach zwei Tagen noch genauso aussah wie am Anfang. »Glaube nicht«, sagte er.

»Jetzt tippt er *Steak mit Knochen in Phosphorsäure auflösen.* Warum sollte man das wollen?«

Felix spürte, wie ihm das Blut in den Kopf schoss. »Der will kein Steak auflösen …«

»Und jetzt sucht er danach, wie man Flusssäure herstellt. Aber warum sollte er das suchen, wenn er es gar nicht machen will?«

»Weil es kein Steak ist, das er auflösen will. Er will eine Leiche entsorgen.« Der Kaffee in seinem Magen fühlte sich mit einem Mal zähflüssig wie Teer an. Felix wurde schlecht bei dem Gedanken daran, dass Oliver Hofmann versuchte, Daniela wie Walter White aus *Breaking Bad* in seiner Badewanne aufzulösen.

Die Furchen auf Natalies Stirn wurden tiefer. »So einfach funktioniert das überhaupt nicht«, sagte sie. »Mitte der Achtzigerjahre tötete in Hamburg ein Kürschner zwei Frauen und versuchte, sie in Salzsäure aufzulösen. Als die Fässer Anfang der Neunziger entdeckt wurden, fand man immer noch Knochen darin.«

»Nur weil du das weißt, heißt das aber nicht, dass er es nicht trotzdem versuchen will.«

Natalie überlegte einen Moment, dann nickte sie. »Ich glaube, du hast recht. Er könnte planen, mit dieser Methode die Leiche von Sophie Angermayer zu entsorgen.«

Oder aber, er will zwei Frauenleichen loswerden, wie dieser Typ aus Hamburg, dachte Felix. »Ich muss unbedingt rauskriegen, wo er wohnt. Kannst du da was machen?« Am liebsten hätte er sich Natalies Laptop geschnappt und sich selbst in den Computer von Oliver Hofmann gehackt, allerdings hatte er keine Ahnung, wie er das anstellen sollte.

»Selbstverständlich. Dafür muss ich aber warten, bis er nicht mehr an seinem Rechner ist, sonst merkt er, dass jemand die Steuerung seiner Maus und Tastatur übernommen hat.«

»Wie schnell geht das, wenn er denn mal weg ist?«

Natalie machte eine vage Handbewegung. »Kommt darauf an, ob er beispielsweise Outlook installiert hat oder ich erst noch sein E-Mail-Passwort knacken muss. Fünf Minuten bis zu ein paar Stunden oder sogar Tagen.«

Theatralisch warf Felix die Hände in die Luft und starrte an die Zimmerdecke. »Himmel Herrgott, doch bitte keine Tage.«

»Ich kann nicht zaubern und muss mich daran halten, was die Technik mir vorgibt«, entgegnete Natalie kühl.

»Schon gut, so war das nicht gemeint. Wenn meine Vermutung zutrifft, können wir Daniela ohnehin nicht mehr retten. Aber wir könnten verhindern, dass er einer weiteren Frau etwas antut.« Wenn Oliver Hofmann in so kurzer Zeit tatsächlich zwei Morde begangen hatte, war zu befürchten, dass er jetzt nicht damit aufhören würde. »Ich könnte höchstens noch einen alten Kumpel bei der Polizei fragen, aber …«

»Oder du wartest kurz. Er hat gerade den PC runtergefahren.«

Felix schlug mit der Faust auf den Tisch und verzog das Gesicht, da der Schmerz nicht nur in seine Fingerknöchel, sondern auch in seinen Rücken schoss. »Verdammt. So kommen wir ja überhaupt nicht mehr an seine Daten. Jetzt muss ich mich wohl doch an Steffen Allmendinger wenden.«

Natalie beachtete ihn nicht, sondern tippte ungerührt auf ihrer Tastatur herum. Da Felix keine andere Lösung sah, holte er sein Handy heraus, um den einzigen Ex-Kollegen anzurufen, mit dem er noch Kontakt pflegte. Ohne ihn anzusehen, legte seine Schwester die Hand auf seinen Arm, um ihn aufzuhalten.

»Gleich habe ich es. Wir haben Glück, er benutzt Outlook.«

»Wie bitte?«, fragte Felix verblüfft. »Ich dachte, er hätte den Rechner runtergefahren.«

»Genau für diesen Fall habe ich vorgesorgt und mich vorhin in sein Netzwerk eingewählt. Darüber kann ich den Computer booten, denn die Netzwerkkarte gibt ein Signal ab, über das ich das System starten kann, solange es nicht komplett vom Strom getrennt ist. Das Signal nennt sich WOL, Wake on LAN.«

Obwohl Felix längst mit den Fähigkeiten seiner Schwester vertraut war, überraschte es ihn doch immer wieder, was Menschen mit ihren Kompetenzen alles anstellen konnten. So langsam überlegte er sich, ob er nicht lieber mit Stift und Papier arbeiten sollte, weil das sicherer war.

Mit ein paar Klicks öffnete Natalie ein E-Mail-Postfach. In die Suchleiste gab sie das Wort »Bestellung« ein. Jetzt dämmerte es ihm. Sie suchte nach einer Bestellbestätigung eines Onlineshops, wo sicherlich auch Oliver Hofmanns Adresse vermerkt war. Schlaues Mädchen.

Sie klickte auf eine E-Mail von Amazon, lehnte sich mit einem Seufzer zurück und deutete auf den Bildschirm. »Da hast du die Adresse. Bitte, gern geschehen.«

Felix holte sein Handy und fotografierte die Informationen, die er brauchte.

»Du bist die Beste«, sagte er und verschwand im Badezimmer.

Er übersprang einige Morgenroutinen, zog sich rasch an und eilte in den Flur zu seinen Schuhen. Ohne sie zuzubinden, und mit der Jacke in der Hand verließ er die Wohnung. Wenn er schnell war, könnte er möglicherweise Daniela vor einem Säurebad retten.

12. Kapitel

MIT zusammengebissenen Zähnen starrte er aus dem Fenster in den verwilderten Garten, den seine Mutter einst so gepflegt und den er von seinem Zimmer aus immer bewundert hatte. Heute war nicht mehr viel von dieser Oase übrig. Die Brombeersträucher, die früher die Grenze zu den Nachbarn gebildet hatten, nahmen mittlerweile das halbe Grundstück ein und konnten vermutlich nur noch mit einem Bagger ausgehoben werden. Die alte Dame von nebenan beschwerte sich schon regelmäßig, weil die Äste durch ihre Hecke wuchsen.

Er musste sich unbedingt darum kümmern, wusste aber nicht, wie er die Zeit für den Garten in seiner wöchentlichen Routine unterbringen sollte. Es war schon schwer genug, sich um die Wünsche seines Vaters zu kümmern, für die Pflege des Außenbereichs hatte er einfach keine Kapazität. Früher hatte sich seine Mutter darum gekümmert, während er am Mittag seine Sporteinheit einlegte. Vielleicht könnte er die einmal dafür ausfallen lassen, denn Gartenarbeit war ja im Grunde auch anstrengend und somit etwas Ähnliches wie Sport. Seiner Mutter würde das zwar nicht gefallen, aber genauso wenig würde sie es mögen, wie das Grundstück immer mehr der Natur anheimfiel.

In der schwachen Spiegelung der Scheibe erschien das faltige Gesicht seines Vaters über seinem. Sein Mund war direkt auf sein Ohr gerichtet, seine Augen aber lagen dunkel und unverwandt auf ihm.

»Glaubst du, jetzt ist der richtige Zeitpunkt, um hier träumend aus dem Fenster zu starren?«, flüsterte er streng.

Schuldbewusst senkte er den Blick. »Nein«, flüsterte er.

»Was solltest du stattdessen tun?«

Fast hätte er mit den Schultern gezuckt, konnte sich aber gerade noch so zurückhalten. Sein Vater wäre rasend geworden, denn wenn er eins nicht leiden konnte, dann war es Dummheit. Unfähigkeit.

»Mich auf das nächste Mal vorbereiten«, sagte er.

»Ganz genau. Und dazu solltest du darüber nachdenken, welche Fehler du gemacht hast.«

»Das weiß ich längst.« Einfach alles war aus dem Ruder gelaufen. Durch die Schläge ins Gesicht waren unschöne Wunden und Schwellungen entstanden, und nach dem Schleifen über den Waldweg war auch der Körper verunstaltet gewesen. Er hatte es trotzdem durchgezogen, doch es hatte nicht so ausgesehen wie in seiner Vorstellung und erst recht nicht so, wie es sein Vater erwartete. Er musste ruhiger werden, sich besser beherrschen und seine Methode verfeinern. Das Opfer zu erwürgen, war ebenfalls keine Option, die Augen mit den geplatzten Adern von seinem ersten Versuch hatten fürchterlich ausgesehen. Es musste irgendwie hinzubekommen sein, dass er sich die Frauen nicht mit Gewalt schnappte.

»Dann sag es mir.« Der Zorn seines Vaters war fast greifbar, aber er durfte keine Angst zeigen. Nicht so wie damals im Wald, als er ihn beobachtet hatte, als alles … angefangen hatte.

»Ich habe sie niedergeschlagen, und auch später war ich nicht vorsichtig genug«, murmelte er. »Aber sie hat sich gewehrt.«

»Ist ja ein Ding. Dass sich Frauen wehren, die überfallen werden«, höhnte sein Vater süffisant. »Nun gut, immerhin bist du in der Lage zu analysieren. Was können wir beim nächsten Mal besser machen?«

»Sie betäuben, damit ich ihr keinen äußerlichen Schaden zufügen muss und sie so wird, wie du es verlangst?« Die Antwort war mehr eine Frage.

Ein Lächeln kräuselte sich um die Lippen seines Vaters. »Ganz richtig. Guter Junge. Ich habe da auch schon eine Idee, wer dein nächstes Opfer sein könnte. Da musst du gar nicht lang in diesem teuflischen Internet herumsuchen.«

Erschrocken schaute er auf zur Spiegelung seines Vaters. Er ahnte bereits, auf wen dieser anspielte. »Ni… nicht Louisa«, stammelte er. Das konnte er nicht. Louisa wollte er für sich behalten.

»O doch.«

13. Kapitel

DIE Adresse, die Natalie in der Bestellbestätigung von Oliver Hofmanns Mails gefunden hatte, lag in Harlaching, einer der teuersten Gegenden von München. Der Kerl musste gut verdienen, denn hier zahlte man für nicht mal 70 Quadratmeter schnell 1500 Euro Kaltmiete. Seine Wohnung befand sich in einem zweigeschossigen, kastenförmigen Neubau mit Tiefgarage in unmittelbarer Nähe zur Isar.

Felix parkte etwas weiter weg und begutachtete das Gebäude aus der Entfernung. In der Nachbarschaft lagen exklusive Villen, auf der Straße standen fast ausschließlich teure Neuwagen. Schwer vorstellbar, dass Oliver Hofmann in dieser Umgebung tatsächlich versuchen wollte, unbemerkt eine Leiche im Säurebad aufzulösen. In Vierteln wie diesem bekam die Nachbarschaft noch mit, was man so trieb. Und wenn aus dem Keller oder einer Wohnung seltsame Gerüche drangen, nahm man das nicht einfach so hin, wie es vielleicht in so manchem sozialen Brennpunkt der Fall war.

Jetzt, wo er hier stand und nicht so wirklich wusste, was er tun sollte, ärgerte Felix sich, so übereilt losgefahren zu sein. Bis auf eine grobe Vorstellung von seinem Aussehen wusste er rein gar nichts über Oliver Hofmann. Weder, in welchem Stockwerk seine Wohnung sich befand, noch, welchen Wagen er fuhr oder was für einen Job er hatte und mit welchen Gewohnheiten er dementsprechend rechnen musste.

Um sich genauer umzusehen, stieg er von seiner Vespa und schlenderte in die Richtung des Hauses. Beim Vorbeigehen schielte er auf die Klingelschilder. Wenn sich von denen auf die Lage der Wohnung schließen ließ, befand sich Hofmanns im obersten Stockwerk auf der linken Seite. Er warf einen Blick nach oben, konnte von hier aus jedoch keine Hinweise darauf erkennen, ob jemand zu Hause war.

Diese Information bekam er glücklicherweise kurz darauf von seiner Schwester, die ihm eine Sprachnachricht über WhatsApp schickte.

»Er ist wieder am Computer aktiv. Zuerst hat er gegoogelt, wo man in München Flusssäure kaufen kann, was ich parallel überprüft habe. Die gibt es in der Regel nur gewerblich und nicht für Privatpersonen. Daraufhin hat er sich weiter damit beschäftigt, wie man Leichen auflöst, und hat hoch konzentrierte Natronlauge entdeckt. Die kann man ganz einfach mit handelsüblichem Natron selbst herstellen, und sie wirkt sehr ätzend. Zum Schluss hat er Informationen darüber gesucht, wo man Natron in großen Mengen kaufen kann.«

Felix öffnete den Browser auf seinem Handy, um dieser Frage nach Bezugsquellen selbst nachzugehen. Tatsächlich konnte man einfaches Natron in jedem Supermarkt bekommen. Wollte man eine größere Menge, wurde man in gut sortierten Baumärkten fündig. Jetzt war er schon mal ein ganzes Stück weiter. Wenn sich Hofmann jeden Moment auf den Weg zum Einkaufen machen würde, wäre das für ihn ein sicheres Zeichen, dass er wirklich plante, sich einer Leiche zu entledigen.

Jetzt musste er nur noch herausfinden, wie er unauffällig das Haus im Auge behalten könnte. Ein Fremder, der den ganzen Mittag tatenlos auf einer Vespa herumstand und die Umgebung beobachtete, würde in diesem Viertel sehr wahrscheinlich schnell auffallen. Andererseits konnte er kaum über längere Zeit hier auf und ab wandern, sonst würde er noch für einen Einbrecher gehalten, der die Gegend auskundschaftete.

Tatsächlich musste sich Felix nicht lange mit diesen Überlegungen aufhalten, denn als er sich gerade auf den Weg zurück zu seinem Roller machte, öffnete sich die Tiefgarage. Ein BMW mit eingedellter Stoßstange und defektem Frontlicht kam die steile Einfahrt heraufgefahren. Er bremste ab, um Felix auf dem Gehsteig vorbeizulassen. Der nutzte die Gelegenheit, einen Blick auf den Fahrer zu werfen. Seine Hand würde er nicht dafür ins Feuer legen, aber für ihn sah es so aus, als wäre es Oliver Hofmann.

Es kostete ihn Überwindung, nicht sofort zu seiner Vespa zu stürmen, sondern langsam weiterzugehen und zu warten, bis der BMW sich außer Sichtweite befand. Dann rannte er los, sprang auf den Sitz, setzte seinen Helm auf und startete den Motor. Ohne auf die

Geschwindigkeitsbegrenzung zu achten, raste er los. An der nächsten Straßenecke musste er ausweichen, da ihn sonst ein von rechts kommendes Auto gerammt hätte. Mit zittrigen Händen umklammerte er den Lenker und gab weiter Gas. An der nächsten Ampel entdeckte er den BMW und drosselte sein Tempo.

Beim Warten auf Grün dachte er einen Moment darüber nach, ob er nicht besser die Gelegenheit nutzen sollte, sich ein wenig in Hofmanns Wohnung umzusehen, entschied sich aber dagegen. Er konnte sich nicht vorstellen, dass Daniela dort festgehalten, geschweige denn ihre oder Sophies Leiche in der Wohnung oder im Keller des Wohnhauses gelagert wurde. Viel eher ging er davon aus, dass Hofmann sie woandershin gebracht hatte, in die Laube eines Schrebergartens oder, was Felix für wahrscheinlicher hielt, in irgendeine Waldhütte oder ein verlassenes Gebäude, wo er sich ungestört fühlte. Was es genau war, würde er nur herausfinden, wenn er an ihm dranblieb.

Mit ausreichend Abstand folgte er ihm in ein Industriegebiet, wo der BMW eine Autowerkstatt ansteuerte. Felix stellte sich auf den Parkplatz eines Softwareunternehmens auf der anderen Straßenseite und beobachtete, wie Oliver Hofmann seine Autoschlüssel einem Mechaniker übergab und in die Büroräume ging.

Kurze Zeit später kam er wieder heraus und stieg in einen Ersatzwagen, einen weißen Audi. Damit kurvte er durch das Gewerbegebiet und zum nächsten Baumarkt. Da Felix ihm nicht nach drinnen folgen wollte, stellte er sich an den Imbisswagen und gönnte sich ein Frikadellenbrötchen. Noch bevor er es aufgegessen hatte, kam Hofmann mit leeren Händen wieder aus dem Markt. Anscheinend war er nicht fündig geworden.

Felix stopfte sich den Rest des Brötchens in den Mund und ging zurück zu seinem Roller. Auf der Straße herrschte mittlerweile reger Verkehr, und es dauerte, bis ein Müllwagen eine Lücke ließ, in die Hofmann vom Parkplatz fahren konnte. Felix hingegen hatte weniger Glück, er musste eine Weile warten, bis sich ein weiterer Fahrer erbarmte, und ihn herauswinkte.

Den weißen Audi konnte er in der Schlange des stockenden Verkehrs nicht entdecken, aber immerhin den Müllwagen. Damit er ihn nicht gänzlich aus den Augen verlor, zog er zähneknirschend zwischen den beiden Spuren an den anderen Fahrzeugen vorbei. Dieses Verhalten hasste er an anderen Zweiradfahrern, wenn er selbst im Auto saß, und jetzt hatte er Angst, dass einer der Fahrer die Tür aufstieß, um ihn zu Fall zu bringen.

Glücklicherweise geschah das nicht, und nach einer Weile bog Hofmann auf den Parkplatz eines Elektronikfachmarktes ein. Um nicht aufzufallen, fuhr Felix an der Einfahrt vorbei und parkte die Vespa etwas weiter am Straßenrand. Dann ging er zum Markt und platzierte sich an der Tür, wo er sich bei einem Raucher eine Zigarette schnorrte, damit er nicht einfach tatenlos vor dem Eingang herumstand.

Während er wartete, fragte er sich, was Hofmann hier wollte. Natron würde er in diesem Laden wohl kaum bekommen. Unschöne Bilder von Foltermethoden mit Strom drängten sich ihm auf. Lebte Daniela vielleicht doch noch und Hofmann hielt sie irgendwo gefangen, um seine sadistischen Spielchen mit ihr zu treiben und anschließend ihre Überreste in Natronlauge aufzulösen? Felix musste unbedingt an ihm dranbleiben, um Daniela im Notfall zu retten, auch wenn das bedeutete, dass er dann unweigerlich auf seine ehemaligen Kollegen treffen würde.

Nach etwa 15 Minuten entdeckte Felix Oliver Hofmann an der Kasse, wo er zwei weiße Eimer auf das Band hob. Schnell betrat er den Eingangsbereich des Marktes, in dem sich eine Bäckereifiliale befand, und stellte sich dort in die Schlange. Als Hofmann an ihm vorbeiging, schoss er unauffällig mit seinem Smartphone ein paar Fotos von den Eimern. Auf dem Weg zu seinem Roller schaute er sie durch. Nur auf einem davon war annähernd zu erkennen, was auf dem Etikett stand. *»Entwickler für fotopositiv beschichtetes Basismaterial«*, entzifferte er. Handelte es sich dabei um eine Form von Natron, oder hatte er sich getäuscht und diese ganze Tour hatte gar nicht den Zweck gehabt, die Chemikalien zur Herstellung einer Natronlauge zu besorgen?

Bevor er aufstieg, um Hofmann weiter zu verfolgen, schickte er Natalie das Foto mit der Bitte, mehr über diese Substanz herauszufinden. Zu seiner Enttäuschung führte Oliver Hofmann ihn nicht zu einem abgelegenen Versteck, sondern fuhr auf direktem Weg wieder zurück nach Harlaching in seine Wohnung. Allerdings vermeldete seine Schwester einen Treffer. Bei dem Entwickler, den Hofmann gekauft hatte, handelte es sich um nichts anderes als um reines Natriumhydroxid.

Der Typ hatte Dreck am Stecken, so viel war klar, doch Felix konnte es nicht riskieren, selbst tätig zu werden. Er brauchte Hilfe von offizieller Seite, und ihm fiel nur eine Person ein, die möglicherweise bereit wäre, ihm zuzuhören: Steffen Allmendinger.

14. Kapitel

Zᴜᴍ Glück war die Straße vor dem Buchladen relativ frei. Es war schon vorgekommen, dass er eine halbe Stunde um den Block hatte fahren müssen, bis er einen passenden Parkplatz entdeckte. Das Autofahren hatte er sich mit dem alten Golf seiner Mutter selbst beigebracht, heimlich, nachts auf den Feldwegen in der direkten Umgebung des Hauses. Allerdings nicht, ohne vorher ausführlich im Internet die Fragebögen von Fahrschulen auswendig zu lernen, um in der Theorie vollkommen sicher zu sein. Eine Gelegenheit, das Einparken zu üben, hatte er nie bekommen, und auch wenn er wusste, was er tun musste, bekam er es trotzdem nicht hin.

Er stellte den Hebel des Automatikgetriebes auf Parken und schnallte sich ab. Zögernd griff er nach der Rose auf dem Beifahrersitz, die er auf dem Hinweg besorgt hatte. Die Stacheln, die sich über dem wattierten Stiel in seine Hand bohrten, schienen ihn zur Umkehr überreden zu wollen. Es war einfach nicht richtig, Louisa diese Rose zu überreichen. Nicht, dass sie keine Blumen verdiente, er hätte ihr gern welche geschenkt. Aber eben nicht diese. Es war einfach nicht richtig.

In seinem Kopf sagte er sich mit geschlossenen Augen die Textzeile auf, um fokussiert zu bleiben und sich nicht von seinen Gefühlen lenken zu lassen. Da er nie richtig Englisch gelernt hatte, hatte er sich das Lieblingslied seines Vaters mithilfe eines Wörterbuches übersetzt. *Seit dem Tag, als ich sie sah, wusste ich, sie ist die Eine. Sie sah mich so an und lächelte hold. Ihre Lippen so rot wie die Rosen am Fluss.*

Er öffnete die Augen und blickte über die Straße auf den Laden, der in einem alten Fachwerkhaus untergebracht und über und über mit Efeu bewachsen war. Im Spätsommer blühten dort irgendwelche Kletterpflanzen, deren Namen er nicht kannte. Über dem Geschäft hing ein Schild im Vintage-Stil, so hatte es die Besitzerin mal genannt. *Lesewurm* hieß die Buchhandlung. Die Fenster waren winzig und luden liebevoll dekoriert zum Hineinsehen ein. Im oberen Stockwerk gab es eine Lese- und Tee-Ecke. Unten war der Laden selbst, und jeder Winkel war mit gut gefüllten Regalen bestückt. Überall Bücher. Sogar antiquarische Bücher konnte man hier bestellen.

In seiner Vorstellung betrieb er einen ähnlichen Laden mitten in der Toskana, natürlich gemeinsam mit Louisa. Sie wären bekannt in der Region, vor allem für ihr selbst gepresstes Olivenöl, das sie ebenfalls dort verkauften. Die Bewohner des Ortes würden sie gerne besuchen und etwas mitbringen, bevor sie mit einem Buch in der Hand in einem gemütlichen Sessel der Realität entflohen.

Nun wollte sein Vater ihm diesen Traum zerstören, alles kaputt machen. Ja, er schuldete seinem Vater viel, immerhin hatte er ihm in seinen dunkelsten und einsamen Stunden zur Seite gestanden. Aber es musste doch auch eine Grenze geben. Etwas, das er für sich haben durfte.

Er schüttelte den Gedanken ab und stieg aus. Ohne sich umzusehen, stiefelte er über die Straße und wurde durch lautes Hupen aufgeschreckt. Kurz vor ihm bremste ein Kleinlaster stark ab und schlingerte in Richtung des Ladens. Der Kerl brachte den Wagen zum Stehen, ließ das Fenster herunter und hob die Faust. »Bist du irre? Hast du keine Augen im Kopf?«

Er senkte demütig den Kopf. »Tut mir leid. War in Gedanken.« Er stellte sich vor, wie er die Wagentür aufriss und dem Kerl die Rose in den Hals stopfte.

»Blöder Irrer!«, rief der Mann ihm zu und rangierte vor und zurück, bis er wieder gerade auf der Straße stand und davonfuhr.

Sein Herz schlug wie wild, und die Rose in seiner Hand zitterte, während er noch wie paralysiert dastand und dem Transporter hinterherschaute. Das war ganz schön knapp gewesen. Was wäre wohl passiert, wenn der Fahrer ihn frontal gerammt hätte? Vielleicht hätte er den Unfall überlebt, aber in jedem Fall wäre er ins Krankenhaus gekommen und hätte für eine Weile dortbleiben müssen. Eigentlich eine gute Ausrede, um sich den Anweisungen seines Vaters zu widersetzen. Womöglich hätte er einen Arm oder ein Bein verloren oder zumindest ein steifes Gelenk bekommen, und bis er wieder gesund wäre, hätte sein Vater Louisa längst vergessen. Jetzt wünschte er sich, der Transporter hätte ihn erwischt. Nur ein ganz kleines bisschen, mit sehr wenig Tempo, aber doch so, dass er eine Weile außer Gefecht gewesen wäre.

»Alles in Ordnung?« Die Besitzerin des Buchladens war auf den Bürgersteig getreten, ohne dass er es gemerkt hatte.

»Ja, danke. Nur noch Idioten auf der Straße.« Er lächelte sie freundlich an.

»Ah, Sie sind es, ich habe Sie gar nicht erkannt auf der anderen Straßenseite.« Ihr Gesicht verzog sich zu einem breiten Lächeln. »Ihre Bücher sind da. Kommen Sie doch rein.«

Die kleine Glocke über der Tür erklang, als sie diese öffnete, und er entdeckte Louisa im hinteren Bereich, wo sie Bücher einsortierte. Natürlich in der Abteilung für Blindenschrift. Meist arbeitete sie am Computer, der extra für Blinde eingerichtet war. Die Inhaberin der Buchhandlung musste ein guter Mensch sein, wenn sie nur für Louisa so eine Ausstattung bereitstellte. Von Louisa hatte er außerdem erfahren, dass der Laden viele blinde Kunden hatte, weil es hier immer eine Auswahl an Braille-Büchern gab, was wohl nicht normal war. Das hatte er gar nicht verstanden, denn Blinde hatten doch wohl auch ein Recht darauf, sich mit Hilfe von Literatur zu bilden. Warum sollten ausgerechnet Buchhandlungen ihnen diese Möglichkeit verwehren?

»Hier duftet es ganz wunderbar nach Rosen«, sagte Louisa und drehte sich um.

Aus dieser Entfernung hatte sie den Geruch wahrgenommen? Es faszinierte ihn immer wieder, wie viel besser ihre restlichen Sinne ausgebildet waren, um den Verlust des Sehvermögens zu kompensieren. Der menschliche Körper war ein wahres Wunderwerk, und je mehr man darüber lernte, desto faszinierender war es.

Langsam stieg sie von dem Hocker, auf den sie sich gestellt hatte, um an die oberen Regalfächer zu kommen, und kam in seine Richtung. Dabei schob sie ihre Sonnenbrille die Nase hoch. Er hatte sie noch nie danach gefragt, warum sie eine trug, denn er wollte nicht neugierig erscheinen. Im Internet hatte er verschiedene Erklärungen dafür gefunden. Zum einen waren Blinde ähnlich wie Sehende lichtempfindlich, andere wollten ihre Augen verbergen, um die Mitmenschen nicht zu irritieren. Wie rücksichtsvoll von ihr, wo es ihr doch gleichgültig sein konnte. In seiner Vorstellung sah er sie so, wie sie wirklich war, ohne diese Barriere zwischen ihnen.

»Die sind doch nicht etwa für mich?«, fragte sie und grinste.

Verlegen trat er von einem aufs andere Bein und starrte auf seine Füße. Er konnte es nicht tun, egal, wie wütend sein Vater darüber wäre.

Er lachte leise. »Nein, sie ist für meine Mutter, sie liebt Rosen. Früher hatten wir mal viele Sträucher im Garten. Es ist übrigens nur eine«, sagte er. »Aber sie riecht sehr intensiv«, fügte er schnell hinzu, um nicht belehrend zu wirken.

Sie tastete nach ihm und strich ihm über den Unterarm. »Das hatte ich auch nicht erwartet, mach dir keine Gedanken.«

Sie machte sich nicht über ihn lustig, lachte nicht schrill, wie es die Frauen taten, die er tatsächlich auswählte, dieses Geschenk von ihm zu erhalten. Nein, Louisa war nicht richtig. Es war nicht richtig.

Er musste es seinem Vater klarmachen und einen perfekten Ersatz finden, sodass er nicht mehr an ihm zweifeln konnte.

15. Kapitel

ZUR Sicherheit hatte Felix noch etwa eine Stunde in Hofmanns Straße gewartet, doch der hatte das Haus nicht mehr verlassen. Auch Natalie meldete keine weiteren verdächtigen Aktivitäten am PC. Womöglich war er beschäftigt, die Natronlauge herzustellen, denn damit sich das Natriumhydroxid in Wasser auflöste, musste man das Gemisch erwärmen. Jedenfalls hatte Felix das so verstanden, als er schnell gegoogelt hatte. Irgendwas mit endothermer Reaktion, aber von Chemie verstand er absolut gar nichts. Natalie könnte ihm das sicher genauer erklären, nachdem sie sich eingelesen hatte.

Damit Steffen ihn nicht bereits am Telefon abwimmeln konnte, hatte Felix beschlossen, ihn mit einem Besuch zu überraschen, und war direkt zu ihm nach Hause gefahren. Gemeinsam mit seiner Frau wohnte Felix' ehemaliger Kollege etwas außerhalb von München im beschaulichen Gröbenzell. Sein Auto stand nicht in der Einfahrt des Einfamilienhauses, weshalb Felix davon ausging, dass er noch nicht zu Hause war. Klingeln wollte er nicht, denn Steffens Frau Melanie sollte nichts davon mitbekommen, was er von ihm wollte.

Außerdem war sie nicht sonderlich gut auf ihn zu sprechen, weil sie von seinem unrühmlichen Ausscheiden aus dem Polizeidienst wusste. Den wahren Hintergrund kannten bis heute weder sie noch Steffen, sonst würde sie das sicherlich anders sehen.

Damals, er war gemeinsam mit Steffen im Drogendezernat gewesen, hatte Felix eine Entdeckung gemacht, die sein Berufsleben grundlegend verändern sollte. Einmal im Monat, nie zur selben Zeit, wurde das beschlagnahmte Rauschgift aus der Asservatenkammer in die örtliche Müllverbrennung gebracht, um es dort zu vernichten. In den Prozess waren nur wenige Kollegen eingebunden, und genau diese Gesetzeshüter hatten kurz vor der Verbrennung die Drogen gegen Mehl, Aspirin oder braunen Zucker ausgetauscht und sich die Betäubungsmittel eingesteckt oder verkauft. Felix begann, auf eigene

Faust Ermittlungen anzustellen, und fand auf den Vernichtungsbelegen Steffens Unterschrift.

Nach dem anfänglichen Schock, dass sein langjähriger Freund in diese Sache verwickelt sein sollte, schaute er genauer hin und stellte fest, dass die Unterschrift gefälscht war. Den Beweis hatte er in der Hand, als er einen Beleg fand, bei dessen Unterzeichnung Steffen definitiv im Urlaub gewesen war.

Leider bekam zu diesem Zeitpunkt auch die Führungsriege Wind von den illegalen Machenschaften und befragte Felix zu seinem Freund und Kollegen. Da Steffen sich gerade mit Melanie verlobt hatte und Felix ihn schützen wollte, tauschte er in einer Kurzschlusshandlung die Vernichtungsbelege gegen Dokumente mit seiner Unterschrift. Nachdem alles aufgeflogen war, lieferte Felix die verantwortlichen Kollegen mit ans Messer und handelte einen Deal aus. Als angeblich Hauptverantwortlicher würde er seinen Dienst quittieren, sofern alle anderen beteiligten Beamten versetzt würden. Da die Führungsriege einen Skandal in der Presse vermeiden und den Vorgang möglichst ohne Aufsehen unter den Tisch fallen lassen wollte, stiegen sie auf Felix' Forderungen ein.

Steffen hatte er nie davon erzählt, dass er sich vor ihn geworfen hatte, denn der hätte die Vertuschungsaktion niemals akzeptiert und wäre am Ende doch selbst in die Schusslinie geraten. Immerhin hatte der Kommissariatsleiter die Belege mit Steffens Unterschrift noch gesehen, bevor Felix sie vernichtet hatte.

Gegen acht Uhr tauchte endlich Steffens Auto in der Straße auf. Das Hoftor öffnete sich automatisch, und er parkte vor der Garage. Als er ausstieg, entdeckte er Felix auf der anderen Straßenseite und schaute ihn über die verspiegelte Pilotenbrille hinweg an. Felix nickte ihm zu, woraufhin er die Arme vor der Brust verschränkte und sich mit dem Rücken gegen die Fahrertür lehnte. Sogar von seiner Position aus konnte Felix erkennen, wie ein Muskel in seinem Bizeps unablässig zuckte. Er und Felix kannten sich schon seit der fünften Klasse und hatten gemeinsam bei der Polizei angefangen, wahrscheinlich ahnte er, dass Felix nicht unangekündigt für einen Plausch übers Wetter bei ihm zu Hause vorbeischaute.

Felix stieg von der Vespa, zog den Helm ab und schlenderte auf Steffen zu. Der löste die Verschränkung seiner Arme und reckte ihm die Faust hin.

»Es wird bald dunkel«, sagte Felix nach der kurzen Begrüßung und deutete auf die Sonnenbrille.

»Hab empfindliche Augen. Was gibt's?«, kam er direkt auf den Grund von Felix' Besuch zu sprechen und ging ein Stück vom Tor seiner Einfahrt weg. Anscheinend wollte er verhindern, dass seine Frau ihr Gespräch mitbekam, und vor allem machte es den Eindruck, als wollte er es besonders kurz halten. Kein Problem für Felix, aber eine Begrüßung sollte schon drin sein. Es war nun nicht so, dass sie sich wöchentlich trafen, da wäre etwas mehr Wiedersehensfreude seiner Ansicht nach angemessen gewesen. Immerhin waren sie in der Zeit, da Felix noch als Polizist gearbeitet hatte, ein Arsch und ein Eimer gewesen, wie die Kollegen öfters gewitzelt hatten. Davon war nicht mehr viel übrig, ihre Beziehung wirkte unterkühlt.

»Mir geht's gut, danke der Nachfrage. Wie läuft es bei dir so?«, fragte Felix trocken und folgte Steffen die Straße entlang. Wie bei einem gemütlichen Sonntagsspaziergang trotteten sie nebeneinander her.

»Hmm«, brummte Steffen. »Etwas übermüdet. Mein kleiner Stammhalter hält mich in den Nächten ziemlich auf Trab.«

Felix packte Steffen an der Schulter. »Mensch, du bist Vater geworden? Warum hast du mir denn nichts davon gesagt, als wir uns das letzte Mal gesprochen haben? Glückwunsch, Mann!«

Ein Grinsen breitete sich auf Steffens Gesicht aus. Man sah ihm an, wie stolz er war. »Danke. Beim letzten Mal war Jannis noch ein Bewohner von Melanies Bauch, und du warst zu sehr damit beschäftigt, die Arbeit der Kripo zu erledigen und diesen Pferderipper dingfest zu machen. Das war irgendwie nicht die richtige Gelegenheit, dir von meinem Nachwuchs zu berichten.«

»Den keinen Racker würde ich ja zu gern mal kennenlernen. Jannis. Cooler Name.« Felix konnte kaum fassen, dass Steffen tatsächlich Vater war. Es kam ihm so vor, als wäre es gerade mal ein paar Jahre her, dass sie sich gemeinsam auf ihrer Abifeier die Kante gegeben hatten. Seinem Gefühl nach waren Steffen und er immer noch zwei halbstarke Hitzköpfe und alles andere als bereit dafür, eine Familie zu gründen. Gleichzeitig war in den letzten Jahren so viel passiert, dass ihm die Schulzeit und das Studium eine Ewigkeit her zu sein schienen.

»Also, sag an, was du willst. Melanie hat extra mit dem Abendessen auf mich gewartet, und ich will ihre Geduld nicht länger strapazieren als notwendig. Du weißt, dass mit hungrigen Frauen nicht zu spaßen ist.«

»Es geht um Sophie Angermayer. Bist du da zufällig in die Ermittlungen involviert?«

Steffen blieb stehen und zog endlich die Pilotenbrille von der Nase, um sie mit dem Bügel in den Kragen seines T-Shirts zu hängen. Er runzelte die Stirn. »Der Name sagt mir nichts. Worum geht es da? Mord?«

»Bislang ist es nur ein Vermisstenfall. Allerdings wird da bisher nicht wirklich ermittelt, weshalb die Eltern sich an mich gewendet haben. Jetzt dachte ich …«

Steffen schnaufte genervt. »Felix, du kennst die Regeln. Wenn du von mir willst, dass ich was ins Rollen bringe, kannst du das vergessen. Sollte jemand davon Wind bekommen, dass du in der Sache mit drin hängst, gibt das nur böses Blut. Wenn die allein wüssten, dass wir beide uns gerade unterhalten, wären sie nicht begeistert.«

»Ja, das weiß ich doch«, sagte Felix ernst und fixierte ihn mit seinem Blick. Früher hatte Steffen sich nicht so angestellt, auch mal fünfe gerade sein zu lassen. Dass er ausgerechnet jetzt den Moralapostel spielen wollte, ärgerte ihn.

»Sofern es keine Hinweise gibt, dass ein Verbrechen vorliegt, kann ich leider nichts für dich tun. Wenn alles seinen Gang genommen hat, wird ein Foto von der Angermayer als Fahndung an die Polizeistationen rausgegangen sein. Falls ich was höre, informiere ich dich, mehr ist nicht drin.«

Felix ballte eine Faust. Er hatte es immer gehasst, wenn Polizisten mögliche Opfer nur beim Nachnamen nannten. Er empfand es als respektlos, weder den Vornamen noch eine Anrede zu benutzen, das machte er lediglich bei Tatverdächtigen oder im Bekanntenkreis. Dass Steffen sich diese Marotte in der Zwischenzeit angewöhnt hatte, zeigte Felix wieder einmal, dass das Hamsterrad seinen alten Kumpel immer mehr einnahm. Aber immerhin wollte Felix etwas von ihm, also musste er für diesen Moment gute Miene zum nervigen Spiel machen.

»Was hast du denn rausgefunden? Irgendwas, mit dem wir arbeiten können?« Anscheinend hatte er Steffen zumindest ein wenig neugierig gemacht. Jetzt kam es darauf an, ihm genug Brocken hinzuwerfen, damit er doch tätig wurde. Die beiden setzten sich wieder in Bewegung.

»Die Eltern haben mir den Schlüssel ausgehändigt, und ich habe mich in ihrer Wohnung umgesehen. Insgesamt deutet einiges darauf hin, dass sie nicht freiwillig verschwunden ist. Sie hat ihre kranke Katze mehrere Tage alleingelassen und einen Tierarzttermin versäumt.«

Steffen erhöhte plötzlich das Tempo, sodass Felix fast hinter ihm herrennen musste. Als wollte er ihn abhängen. Sein Kreuz schmerzte, und er lief so verkrampft, dass er Mühe hatte, ordentlich Luft zu bekommen.

»Einen Tierarzttermin versäumt. So, so«, sagte Steffen und klang belustigt. »Ich wusste gar nicht, dass du plötzlich was für Tiere über hast.«

»Es geht dabei doch nicht darum, was ich von Tieren halte, sondern um Sophie Angermayer. Sie liebt ihren Kater, und sowohl die Eltern als auch ihre Freundin sind davon überzeugt, dass sie ihn nicht freiwillig zurückgelassen hätte.« Felix entspannte die Finger und formte erneut eine Faust. Er versuchte, sich nicht anmerken zu lassen, wie genervt er davon war, dass Steffen ihn offenbar nicht ernst nehmen wollte. »Das ist außerdem noch nicht alles. Als ich auch ihr Auto durchsucht habe, war da ihre Tasche mitsamt dem Geldbeutel. Wenn jemand vorhat, sich abzusetzen, lässt er das doch nicht einfach zurück.«

»Außer, die Person will, dass es so aussieht, als wäre sie nicht freiwillig verschwunden. Aus welchem Grund auch immer«, warf Steffen ein.

Über diese Möglichkeit hatte Felix sich noch gar keine Gedanken gemacht. Da allerdings Daniela ebenfalls vermisst wurde, verwarf er die Idee sofort wieder. »Gehen wir für den Moment mal davon aus, dass dem nicht so ist. Mit Erlaubnis der Eltern habe ich mir das Notebook von Sophie Angermayer mal genauer angesehen ...«

Steffen blieb abrupt stehen und hob eine Augenbraue. »Du meinst, deine Schwester hat sich das Teil angesehen?«

»Jetzt lass mich doch einfach mal ausreden.« Langsam reichte es Felix. Wenn Steffen unbedingt schnell nach Hause wollte, sollte er ihn vielleicht nicht ständig mit irgendwelchen Sticheleien unterbrechen. Um die Geduld seines ehemaligen Kollegen nicht länger als nötig zu strapazieren, fasste er grob zusammen, was er und Natalie bislang herausgefunden hatten, und endete damit, dass Daniela heute Morgen nicht auf der Arbeit erschienen war.

Steffen rieb sich das Kinn. »Hat deine Anwältin ihre Mitarbeiterin als vermisst gemeldet?«

»Noch nicht. Wozu auch? Es würde vermutlich dasselbe passieren, was bislang bei Sophie Angermayer unternommen wurde. Nämlich nichts. Deshalb habe ich selbst etwas nachgeforscht. Gestern Abend hat sich Daniela mit einem gewissen Oliver Hofmann getroffen. Wie es aussieht, fährt dieser Typ allerdings zweigleisig. Dreimal darfst du raten, mit wem er noch eine Affäre hatte.«

»Mit der Angermayer?«

»Sophie Angermayer, ganz genau. Beide Frauen haben Rosen von ihm erhalten, bevor sie verschwanden. Ich habe ihn heute observiert, und er hat zwei Eimer Natriumhydroxid gekauft.« Mehr konnte er nicht erzählen, ohne, dass er Natalies Hackeraktivitäten erwähnte.

»Vielleicht will er eine ganze Menge Laugenbrezeln backen oder so«, sagte Steffen achselzuckend.

»Oder aber er will versuchen, einen Leichnam verschwinden zu lassen. Bevor du es ansprichst: Natürlich weiß ich, dass das nicht so einfach funktioniert wie in irgendwelchen Krimiserien, aber er wahrscheinlich nicht. Es spielt auch überhaupt keine Rolle, denn er wird mit der Lauge alle Spuren vernichten, die er an ihr zurückgelassen hat.«

Steffen warf ihm einen eindringlichen Blick zu. »Also hat deine Schwester doch etwas herausgefunden, wenn du dir so sicher bist, dass es eine Leiche gibt und er das Zeug für diesen Zweck gekauft hat?«

Felix hielt dem Blick stand. »Die Adresse von Hofmann haben wir offiziell über Sophies Notebook gefunden. Alles andere sind Schlussfolgerungen von mir. So oder so ist der Typ eine nähere Untersuchung wert, und das sollte schnell passieren.«

Anhand des Gesichtsausdrucks von Steffen wusste Felix, dass sein ehemaliger Kollege ihm in Bezug auf die Herkunft der Informationen kein Wort glaubte. Aber das war für den Moment nicht wichtig. »Frau Hart soll eine Vermisstenanzeige aufgeben, dann sehe ich, was ich für euch tun kann, um die Suche nach den beiden Frauen ins Rollen zu bringen.« Steffen drehte sich um und ging zurück in Richtung seines Hauses.

»Und Oliver Hofmann?«

»Was soll mit dem sein? Denkst du, ich kann aufgrund deiner Schlussfolgerungen einfach ein Sondereinsatzkommando in seine Wohnung schicken?«

»Steffen, der Typ könnte gefährlich sein«, versuchte Felix noch einmal, seinen ehemaligen Kollegen zu überzeugen. »Daniela und Sophie könnten längst tot sein und er auf der Suche nach seinem nächsten Opfer. Schau doch wenigstens mal nach, ob er einen Eintrag in der Datenbank hat.« *Oder ich muss das Natalie erledigen lassen,* fügte er in Gedanken hinzu. Allerdings war ihm nicht wohl dabei, seine Schwester zu dieser illegalen Aktivität anzustiften. Wenn sie das von sich aus machte, gut, sie war erwachsen, aber er wollte sie nicht dazu antreiben.

»Na klar, noch ein Opfer. Wir sind hier nicht in den USA, mein Lieber. Serienmörder sind ein Ding aus Romanen, in der echten Welt haben wir recht selten mit ihnen zu tun. Das solltest du eigentlich wissen.« Sie blieben vor dem Tor stehen. Steffen legte ihm eine Hand auf die Schulter. »Wie gesagt, meldet die Mitarbeiterin als vermisst, und ich sehe, was ich tun kann.«

16. Kapitel

AM Montag war Anna entgegen ihrer Gewohnheit früh auf den Beinen. Dass von Daniela weiterhin jede Spur fehlte, ließ sie einfach nicht zur Ruhe kommen, und sie saß bereits vor acht Uhr an ihrem Schreibtisch. Die Kanzlei wirkte ohne ihre Assistentin wie ausgestorben. Am Freitag hatte es noch funktioniert, sich mit der Ablage von Akten und der Bearbeitung von Fristsachen abzulenken, und am Wochenende hatte sie sich bei Kathi einquartiert, um nicht allein zu sein. Kathi hatte die zwei Tage ihr Bestes gegeben, sie auf andere Gedanken zu bringen. Die beiden hatten zusammen gekocht – also Kathi hatte gekocht und Anna Wein dabei getrunken und immer mal wieder im Topf gerührt –, die neue Star Wars-Serie auf Disney+ gebingewatched und waren am Sonntag gemeinsam frühstücken gewesen.

Jetzt, allein in ihrer Kanzlei, noch immer ohne Nachricht von Daniela, musste Anna der Realität ins Auge blicken, und es fehlte ihr die Kraft, sich zusammenzureißen. Sie erwischte sich dabei, wie sie gedankenlos ins Vorzimmer starrte, in der Hoffnung, jeden Moment würde die Tür aufgehen und Daniela putzmunter hereinspazieren.

Die ungewohnte Ruhe war für sie schwer auszuhalten. In den letzten drei Jahren war sie nie ohne Daniela hier gewesen. Da es keine weiteren Mitarbeiter gab, hatten sie ihre Urlaubszeiten bislang immer aufeinander abgestimmt, und es war nur einmal vorgekommen, dass ihre Assistentin wegen Krankheit ausfiel. Am liebsten wäre sie selbst losgezogen, um nach ihr zu suchen und dafür zu sorgen, dass sie wohlbehalten zurückkehrte. Zum Nichtstun verdammt zu sein, fühlte sich unerträglich an.

Den fünften Tag war Danielas Handy jetzt ausgeschaltet, und auch auf der Festnetznummer meldete sich niemand. Für Anna stand zweifellos fest, dass ihr wie ihrer Freundin Sophie etwas zugestoßen war. Freitagmorgen hatte sie Daniela bei der Polizei als vermisst gemeldet, und die Beamten waren zumindest ein bisschen hellhörig geworden. Wenn zwei junge Frauen innerhalb weniger Tage spurlos verschwanden, sie befreundet waren und auch noch mit demselben Mann anbandelten, war das nichts, was man mit der freien Wahl des Aufenthaltsortes abtun konnte. Jetzt konnten sie nur hoffen, dass Felix' Gespräch mit seinem ehemaligen Kollegen die Ermittlungen in die richtige Richtung lenkte und die Beamten schnell Oliver Hofmann unter die Lupe nahmen.

Zur Sicherheit hatte Felix seine Überwachung fortgeführt, aber als wüsste er, dass er beobachtet wurde, verhielt Hofmann sich seit dem Kauf des Natronpulvers unauffällig, was ihn in Annas Augen noch verdächtiger machte. Sollte er Daniela tatsächlich, wie Felix vermutete, an einem anderen Ort festhalten, hatte er den seit Donnerstag sehr wahrscheinlich nicht mehr besucht. Wenn ihre Assistentin dort nicht mit Lebensmitteln und Getränken versorgt wurde, dürfte ihr Zustand langsam kritisch werden. Die Möglichkeit, dass sie längst nicht mehr lebte, wollte Anna vorerst nicht in Betracht ziehen, dieser Gedanke war einfach zu schrecklich.

Es fühlte sich an, als trage sie eine Mitschuld an dem, was passiert war. Sie hätte darauf bestehen müssen, dass Daniela noch am Mittwoch ihre Aussage bei der Polizei vervollständigte. Hätten die Beamten Oliver Hofmann gleich befragt, wäre es vermutlich gar nicht erst zu dem Date zwischen den beiden gekommen, und falls doch, wäre er sicher nicht das Risiko eingegangen, eine weitere Frau zu entführen. Das hatte sie davon, dass sie sich nicht in das Privatleben ihrer Assistentin einmischen wollte. Wenn Daniela nun mit Sophie in irgendeinem Kellerloch auf Hilfe wartete, während dieser Verrückte längst eine todbringende Säure anrührte, würde sie sich den Rest ihres Lebens Vorwürfe machen.

Das Telefon auf dem Schreibtisch im Vorzimmer klingelte, und Anna hatte für einen Moment die irrationale Hoffnung, dass es Daniela war, die sich nachträglich krankmeldete. Die Nummer auf dem Display war allerdings nicht ihre, sondern unbekannt.

O bitte, lass es nicht die Polizei sein, die mir mitteilen möchte, dass Danielas Leiche gefunden wurde, schoss es ihr durch den Kopf. Dieser Gedanke lähmte sie beinahe, und sie musste sich zwingen, ihre Hand zum Telefon zu führen. Sie räusperte sich und nahm das Gespräch entgegen. Als sie hörte, wer am anderen Ende der Leitung war, wäre ihr fast der Hörer auf den Schreibtisch gefallen.

»Daniela, bist du es? Hier ist Oliver. Also Hofmann, du weißt schon. Mir ist klar, dass wir uns gestritten haben, aber ich brauche jetzt dringend deine Hilfe. Oder eher die deiner Chefin.«

Anna verschlug es die Sprache. Legte dieser Kerl sich gerade eine Strategie zurecht, zu beweisen, dass er nichts mit Danielas Verschwinden zu tun hatte, und missbrauchte sie dafür? *Nein, Herr Kommissar, ich bin unschuldig. Fragen Sie doch Danielas Arbeitgeberin, da habe ich am Montag noch angerufen. Warum sollte ich das tun, wenn ich doch wusste, dass sie ganz bestimmt nicht dort ist?*

Wie unfassbar dreist und gleichzeitig naiv konnte man sein? Selbst ein Schulpraktikant, der sich den Beruf des Polizisten anschauen wollte, würde eine solche Lüge durchschauen. Sie öffnete den Mund, um zu antworten, bekam aber keinen Ton heraus.

»Hallo? Hörst du mich? Mir ist klar, dass das jetzt echt blöd aussieht, nachdem ich dich am Mittwoch so ausgehorcht habe, aber hier brennt die Hütte.«

Anna straffte die Schultern und holte tief Luft. »Sie sprechen mit Annabelle Hart. Worum geht es bitte?«, fragte sie und bemühte sich, professionell zu wirken.

»Oh, gut, dass ich Sie direkt dran habe. Die Polizei steht vor meiner Tür mit einem Durchsuchungsbeschluss. Ich möchte eine Anwältin dabeihaben. Das hat man mir gestattet, aber dazu müssten Sie gleich herkommen.« Er klang zerknirscht. »Ich hoffe, das käme infrage für Sie.«

Anna holte tief Luft und blies sie leise aus, sodass er hoffentlich nicht mitbekam, wie nervös sie war. Hatte er wirklich keine Ahnung, dass Daniela verschwunden war, oder wollte er sie dabeihaben, wenn sie die Leiche fanden? Hofmann glaubte doch nicht im Ernst, dass sie den Mörder ihrer Assistentin vor Gericht vertreten würde. Wollte er sie zum Teil eines perfiden Spiels machen, ihre Reaktion genießen, sobald ihr klar wurde, dass Daniela brutal ermordet worden war?

»Wissen Sie, worum es geht und was Ihnen vorgeworfen wird? Sie haben den Beschluss sicherlich zur Ansicht erhalten«, gab sie sich ahnungslos.

Er durfte auf keinen Fall mitbekommen, dass sie längst wusste, weshalb die Polizei ihm einen Besuch abstattete, und dass sie erleichtert war, dass der Fall endlich ins Rollen kam. Wahrscheinlich wäre es vernünftig gewesen, ihn abzuweisen, aber wenn sie seinen Auftrag annahm, käme sie an mehr Informationen. Felix würde vermutlich frühestens in ein paar Tagen von seinem ehemaligen Kollegen auf den neuesten Stand gebracht werden. Andererseits machte ihr die Vorstellung Angst, dass tatsächlich vor ihren Augen Danielas halb aufgelöste Leiche gefunden wurde. Der Anblick würde sie bis an ihr Lebensende in ihren schlimmsten Albträumen verfolgen.

Sie schluckte und wartete auf Olivers Antwort. Es raschelte im Hintergrund, als würde er ein Blatt Papier auseinanderfalten.

»Hier steht: Beschluss, gemäß Paragraf irgendwas wird auf Antrag der Staatsanwaltschaft in dem Ermittlungsverfahren gegen Oliver Hofmann wegen des Verdachtes eines Tötungsdeliktes ohne vorherige Anhörung die Durchsuchung seiner Wohn- und Kellerräume angeordnet. Frau Hart, die glauben, ich hätte jemanden umgebracht!« Er klang ehrlich schockiert. Klar, wenn einem bewusst wurde, dass man bereits mit einem Bein im Gefängnis stand, konnte man schon mal die Hose voll haben.

»Ah ja …« Anna tat so, als würde sie mitschreiben. Am liebsten hätte sie Felix angerufen, aber der schlief um die Zeit vermutlich noch und würde nicht rangehen. Außerdem blieb ihr nicht genug Zeit, die Polizei würde nicht ewig auf ihr Eintreffen warten. »Wo wohnen Sie?«, fragte sie.

»Harlaching. In der Harthauser Straße.«

Anna gab die Daten in den Routenplaner ihres Handys ein. »Wenn ich gut durchkomme, kann ich in einer halben Stunde bei Ihnen sein. Bis dahin: Keine Aussage machen und die Beamten darauf hinweisen, dass sie auf mich warten sollen.« Anna legte rasch auf, bevor sie es sich anders überlegen konnte, und schickte Felix eine Nachricht.

Als Anna knapp 40 Minuten später bei der Adresse ankam, standen auf dem Bürgersteig mehrere Mannschafts- und ein Rettungswagen. Sie stieg aus und strich sich das Kostüm glatt. Von der Isar wehte ein frischer Wind herüber, während sie auf den imposanten Neubau zuging. Hofmann musste viel Geld verdienen, um sich in dieser Lage eine Wohnung leisten zu können. Anna näherte sich den Beamten, die am Eingang standen und wachsam jeden ihrer Schritte verfolgten. Sie verdrängte die Anna, die sich Sorgen um Daniela machte, und wechselte in den Arbeitsmodus. Mit gerecktem Kinn und professioneller Miene trat sie zu den beiden.

»Mein Name ist Annabelle Hart, und ich bin hier, um als Rechtsanwältin von Oliver Hofmann der Durchsuchung beizuwohnen.« Sie mussten nicht wissen, dass sie noch kein Mandat vorliegen hatte. Vermutlich würden die beiden jungen Streifenpolizisten auch gar nicht danach fragen. Die Männer wechselten einen Blick, und einer setzte sich in Bewegung.

»Folgen Sie mir, bitte.« Er stieß die Tür auf und stieg die Treppe nach oben, wo er sie zu einer offen stehenden Wohnungstür führte. Sie nickte dem Beamten zu und steuerte eine Couchlandschaft an, auf der ein junger Mann mit zusammengesunkenen Schultern saß, von der er aufsprang, als er sie entdeckte. Er wirkte sichtlich erleichtert und gleichzeitig aufgewühlt, als er ihr den Durchsuchungsbeschluss hinhielt. Einen kaltblütigen Mörder von zwei Frauen hatte sie sich anders vorgestellt.

Anna überflog das Papier in ihren Händen. Viele Details waren nicht aufgeführt, denn die Ermittlungen durften nicht gefährdet werden, indem der Verdächtige zu viele Informationen bekam. Es war die Rede von Blutanhaftungen unbekannten Ursprungs an der Stoßstange sowie im Kofferraum seines Wagens, als Zeuge war ein Mitarbeiter einer Autowerkstatt aufgeführt, außerdem der Kellner eines indischen Restaurants, der einen Streit zwischen Hofmann und dem potenziellen Opfer am letzten Mittwoch beobachtet hatte.

Was hast du Schwein mit meiner Assistentin angestellt?, dachte sie, fragte aber: »Haben Sie sich das durchgelesen?« Er musste doch verstanden haben, dass es sich bei dem vermuteten Opfer um Daniela handelte. Wie konnte er da auf die Idee kommen, sie zu engagieren?

Hofmann schüttelte den Kopf. »Momentan bin ich viel zu nervös, sodass ich eh kein Wort verstehen würde. Können wir vielleicht kurz unter vier Augen sprechen?«

Anna war froh, dass die Beamten ihnen wohl kaum die Zeit dafür geben würden. Auf keinen Fall wollte sie sich jetzt ein Geständnis anhören, bevor sie die Durchsuchung hinter sich gebracht hatte. Wenn da wirklich Daniela im Keller lag, würde sie ganz sicher nicht die Vertretung übernehmen.

Wie um sie anzutreiben, kam ein durchtrainierter Kerl mit kahlem Kopf auf sie zu und musterte sie von oben bis unten. »Die Anwältin nehme ich an«, sagte er mit ausdrucksloser Miene.

»Richtig. Mein Name ist Annabelle Hart«, antwortete sie. Von Felix' Beschreibung her könnte dieser Typ Steffen Allmendinger sein, sofern er überhaupt selbst an den Ermittlungen beteiligt war. Hoffentlich war er so professionell, jetzt nicht den rosafarbenen Elefanten im Raum anzusprechen und sie zu fragen, was ausgerechnet sie hier zu suchen hatte.

»Allmendinger, ich bin der Ermittlungsleiter«, bestätigte er ihre Vermutung. An seinem Blick sah sie, dass er neugierig war, weshalb sie Oliver Hofmann vertrat, aber zum Glück verkniff er sich die Frage und wandte sich Oliver zu. »Dann legen wir mal los.«

Er ging zu den anderen Beamten, die Anna zunächst nicht bemerkt hatte. Sie war bereits bei Hausdurchsuchungen dabei gewesen, aber bei keiner davon war es jemals um den Vorwurf eines Tötungsdeliktes gegangen. Einmal waren die Geschäftsräume eines Mandanten wegen Steuerhinterziehung durchsucht worden, was weniger intensiv gewesen war, als es jetzt werden würde. Hier suchte man, so vermutete sie, nach einer Leiche beziehungsweise einem Behältnis, in dem Oliver Hofmann versuchte, sie aufzulösen. Die Beamten würden wohl damit anfangen, und wenn sie nicht fündig wurden, würden Hinweise darauf gesucht werden, wo er sie hingebracht hatte. Dabei waren die Männer nicht gerade zimperlich, alle Schubladen, Regale und Schränke würden bis ins hinterste Eck untersucht, Computer und andere elektronische Geräte würden sichergestellt werden.

Einerseits hoffte Anna, dass sie Daniela nicht hier fanden, andererseits hoffte sie, dass man wenigstens einen Anhaltspunkt entdeckte, wo Oliver sie und womöglich Sophie festhielt.

»Gibt es hier Kellerräume? Vielleicht sollten wir dort starten und uns dann nach oben vorarbeiten«, sagte Steffen Allmendinger.

Oliver erbleichte und starrte Anna wortlos an. Er sah aus, als würde er sich gleich in die Hose machen. Sein Anblick beunruhigte Anna. Irgendwas war da unten, von dem er nicht wollte, dass es die Polizei entdeckte.

»Würden Sie uns bitte begleiten, Herr Hofmann?«

Zerknirscht nickte er und strich sich eine schweißnasse Haarsträhne aus dem Gesicht. Aus einer Schale auf dem Küchentresen nahm er einen Schlüssel und ging voraus aus der Wohnung. Anna folgte ihm mit dem Ermittlungsleiter und zwei weiteren Beamten eine Treppe hinunter. Das Licht schaltete sich automatisch ein, als Oliver eine Stahltür öffnete. Ein ätzender Geruch schlug ihnen entgegen, vermischt mit einer süßlichen Note. Anna schluckte. Sie kannte den Geruch. Und er drehte ihr den Magen um. Es war etwas anderes, wenn das Opfer einem nahegestanden hatte. Am liebsten hätte sie sich umgedreht, um aus der Situation zu fliehen.

»Was ist das für ein Geruch?«, fragte Steffen Allmendinger mit harter Stimme. Sie betraten den Raum, und der süßliche Gestank wurde intensiver. Annas Knie begannen zu zittern.

»Da steht ein Fass, Herr Allmendinger. Es ist verschlossen.«

Felix' ehemaliger Kollege sah sie an. »Wollen Sie draußen warten?«, flüsterte er.

Mit tränenden Augen blickte Anna zu dem Fass. Es war neu, aber durch das Licht konnte man erkennen, das sich etwas darin befand. »Es geht schon«, presste sie mit zusammengebissenen Zähnen hervor. Oliver Hofmann neben ihr atmete so hektisch, dass sie befürchtete, er würde jeden Augenblick umkippen. Im kaltweißen Licht der Neonröhre an der Decke wirkte er so blass wie ein Vampir, der seit Jahrhunderten die Sonne nicht gesehen hatte.

»Öffnen Sie es«, sagte Steffen Allmendinger nach einer Pause und nickte Anna zu, die sich auf die Lippen biss. Die nahm ihr Handy heraus, um Felix eine weitere Nachricht zu schreiben.

Währenddessen machten sich zwei Beamte mit behandschuhten Fingern daran, den Deckel des Fasses aufzuhebeln. Anna stand in der Tür und konzentrierte sich darauf, ihren Blick ins Leere gehen zu lassen. Oliver sah zu Boden.

»Das gibt's doch nicht«, rief einer der Beamten aus, während der andere in eine Ecke eilte und sich lautstark übergab.

17. Kapitel

DIE letzten Tage war sein Vater außerordentlich schweigsam gewesen. Natürlich hatte er nicht lange vor ihm verbergen können, dass er Louisa die Rose nicht gegeben hatte. Stattdessen lag sie nun auf der Terrasse, unter deren Holzlatten seine Mutter ihre ewige Ruhe gefunden hatte. Sein Vater hatte ihn dafür nicht mal angebrüllt, sondern strafte ihn damit, dass er ihn ignorierte. Es schmerzte, aber die Ruhe tat ihm auch gut. Die Zeit hatte er genutzt, um nach einem neuen Opfer zu suchen, das seinem Vater gefallen würde.

Gestern Abend hatte er sich zu seiner Mutter nach draußen gesetzt und in der Abenddämmerung den Klängen einer Nachtigall gelauscht. Aus einem Buch über Ornithologie wusste er, dass nur die männlichen Tiere sangen, um in der Nacht eine Brutpartnerin anzulocken. Es war quasi ihre Bestimmung, ein Weibchen zu finden und sich fortzupflanzen. Während er so zuhörte, fragte er sich, wozu er auf dieser Erde war. Seine Mutter hatte ihm vieles beigebracht, aber darüber, was seine Aufgabe war, hatte sie nie ein Wort verloren. Nachdem sie nicht mehr da war, hatte sein Vater übernommen und ihm eingebläut, dass er dessen Aufgabe zu Ende führen musste.

Während er so nachdachte, war er auf dem Gartenstuhl eingenickt. Jetzt blinzelte er in der aufgehenden Sonne und schaute auf die Rose, deren Blüte mittlerweile so gut wie verwelkt war.

Drei Rosen.

Drei Tage.

Drei Versuche hatte sein Vater unternommen, sich für das, was geschehen war, zu entschuldigen. Nur um am dritten Tag doch alles zu verlieren, weil es nicht gereicht hatte.

Und an all dem war nur er schuld. Er erinnerte sich noch genau an den Tag, an dem all das Unglück seinen Lauf genommen hatte.

Nach der Schule war er nach Hause gekommen und hatte den Wagen seines Vaters in der Einfahrt entdeckt. Da freute er sich noch.

Normalerweise arbeitete sein Vater viel, und sie konnten nur in den Abendstunden Zeit miteinander verbringen. Wenn er mal früher zu Hause war, unternahmen sie meist etwas Schönes. Manchmal fuhren sie in den Zoo, und einmal hatte sein Vater ihn zum Oktoberfest gebracht und war mit ihm eine Achterbahn gefahren, die »Wilde Maus« hieß. Sie hatten sich so lange immer wieder an die Schlange angestellt, bis ihnen beiden schlecht von der ganzen Zuckerwatte wurde, die sie vorher gegessen hatten.

An diesem Tag aber war alles anders. Seit Kurzem hatte er einen Schlüssel für die Haustür, damit er nicht immer klingeln musste, wenn er nach der Schule oder vom Spielen kam und reinwollte. Bedächtig steckte er den Schlüssel ins Schloss. Für ihn war das etwas wie ein heiliges Ritual, das zeigte, dass er jetzt ein großer Junge war und kein kleiner mehr.

Als er den Flur betrat, hörte er die aufgeregte Stimme seiner Mutter. Sie stritten. Mal wieder. Es machte ihm Angst, wenn sie das taten. Oft redete seine Mutter davon, dass sein Vater ihn nie wiedersehen würde, wenn er nicht tat, was sie von ihm verlangte. Er würde dann nur noch den kalten Körper seines Sohnes vorfinden, hatte sie einmal gesagt, und er hatte sich gefragt, warum sein Körper kalt sein sollte. Wollte sie ihn im Winter in den Keller sperren? Da war es immer mächtig kalt. Erst später hatte er verstanden, was sie wirklich damit meinte.

»… habe es immer gewusst, dass mit dir etwas nicht stimmt. Und offenbar hast du es an deinen Sohn weitergegeben.«

Er schluckte schwer. Hatte er irgendwas ausgefressen? Und was sollte mit seinem Vater nicht stimmen? Es war doch seine Mutter, die jedes Mal mit dem Streit anfing. Leise zog er sich die Schuhe aus, um zum Wohnzimmer zu schleichen.

Es gab einen dumpfen Schlag, der ihn zusammenzucken ließ. Anscheinend hatte sein Vater mit der Faust auf den Tisch gehauen. »Lass gefälligst *unseren* Sohn da raus.«

Er erreichte die Wohnzimmertür und spähte um die Ecke. Als er sah, was seine Mutter in den Händen hielt, schoss ihm eine Welle der Hitze in den Kopf.

»Er ist krank, genauso wie du. Das kannst du nicht leugnen. Jeder normale Mensch hätte mit seiner Mutter darüber gesprochen. Und du

… dafür habe ich keine Worte! Ich ekle mich vor dir!« Seine Mutter knallte sein Tagebuch auf den Tisch.

»Liebes, es war ein schrecklicher Fehler. Kannst du nicht verzeihen? Wir gehören doch zusammen als Familie. Erinner dich. Am ersten Tag, als ich dich sah, wusste ich, dass du die eine bist. Du hast in meine …«

Eine heftige Ohrfeige seiner Mutter unterbrach seinen Vater, sein Kopf flog herum. »Hör auf mit deinem bescheuerten Lied. Dieses Mal bekommst du mich nicht damit rum.«

Draußen in der Diele fing er leise an zu weinen und stürmte nach oben in sein Zimmer. Er ahnte da noch nicht, dass alles noch viel schlimmer werden sollte.

18. Kapitel

UNRUHIG ging Felix auf dem Bürgersteig umher und schaute immer wieder auf sein Handy. Nachdem er die Nachricht von Anna entdeckt hatte, war er sofort hergekommen. Sie musste verrückt sein, dass sie eingewilligt hatte, als Hofmanns Anwältin bei der Durchsuchung dabei zu sein. Wenigstens konnte ihr nichts passieren, denn es waren genug Polizisten in der Nähe, die das zu verhindern wussten.

Neben Felix hatten sich auch einige Nachbarn auf der Straße eingefunden, die sensationsgierig darauf warteten, zu erfahren, was in dem Haus vor sich ging. Hausdurchsuchungen waren in Harlaching eher nicht an der Tagesordnung. Was hier wohl erst los wäre, wenn die Anwohner erführen, dass jemand in ihrer unmittelbaren Umgebung versucht hatte, eine Leiche in Natronlauge aufzulösen?

Sein Handy vibrierte, und Felix zog es aus der Hosentasche. Endlich eine Nachricht von Anna.

»Haben ein Fass entdeckt und öffnen es jetzt.«

Seine Kiefermuskeln verspannten sich. Er hatte damit gerechnet, richtig zu liegen mit seiner Verdächtigung, jetzt aber von Anna die Bestätigung zu erhalten, war noch einmal eine andere Nummer. Hoffentlich verkraftete sie es, mit eigenen Augen zu sehen, wie ihre Assistentin verätzt aus dem Fass geborgen wurde. Felix rechnete damit, dass sie völlig hysterisch herausstürmen würde, während die Beamten Oliver Hofmann abführten, also ging er hinter einem SUV in einiger Entfernung in Deckung, damit ihn keiner seiner ehemaligen Kollegen sah. Außer Steffen sollte möglichst niemand wissen, dass er hier war.

Es vergingen mehrere Minuten, in denen alles ruhig blieb, dann endlich regte sich etwas an der Haustür. Anna und Steffen traten auf die Straße und unterhielten sich. Die große Hektik, die er erwartet hatte, blieb aus, und auch Anna wirkte recht gefasst. Nach und nach kamen weitere Beamte hinzu, einige von ihnen steckten sich eine Zigarette an. Das sah eher nach Frühstückspause und nicht nach dem Vorgehen bei einem Leichenfund aus. Da er niemanden von seinen ehemaligen Kollegen erkannte, wagte er sich aus seinem Versteck.

Steffen schaute sich um, sah ihn und kam mit großen Schritten auf ihn zu. Im Gehen schob er sich die Sonnenbrille auf seinen kahl rasierten Schädel, seine Stirn lag in angespannten Falten.

»Wir haben zu reden«, sagte er mit unnachgiebigem Tonfall, als er Felix erreicht hatte.

Warum nur fühlte Felix sich augenblicklich wie ein Schüler, den man beim Spicken erwischt hatte? Steffen war nicht sein Vorgesetzter, es gab keinen Grund für ihn, eingeschüchtert zu sein.

»Was habt ihr gefunden?«, fragte Felix.

»Jedenfalls keine Frauenleiche, wie von dir behauptet.« Steffen stellte sich vor ihn und verschränkte die Arme vor der Brust.

»Hey, Moment. Ich hab nie gesagt, dass sich die Leiche bei ihm zu Hause befindet«, verteidigte Felix sich. »Zwei Frauen sind vermisst, und ihr werdet diese Durchsuchung ja wohl nicht allein aufgrund meiner Beobachtungen durchgeführt haben. Wenn ihr sie nicht in seinem Keller gefunden habt, dann hat er sie irgendwo anders hingebracht.« Er erinnerte sich an Annas Nachricht. »Aber ein Fass war da doch, oder nicht? Was war denn drin?«

»Ach so, die Anwältin hat dich also schon mit Interna versorgt, ja?« Steffen schien nicht begeistert zu sein. »Dass wir ein Wildschwein gefunden haben, dessen Fell und Haut von der Lauge bereits verätzt waren, hat sie dir wohl nicht verraten.«

Felix traute seinen Ohren kaum. »Ein … was?« Er musste sich zusammenreißen, nicht laut loszulachen. So unangenehm die Situation auch war, so irrwitzig war sie. Auf der anderen Seite bedeutete das noch lange nicht, dass Daniela und Sophie lebten. Sie waren lediglich nicht in dem Fass in Hofmanns Keller.

»Du hast richtig gehört. Oliver Hofmann hat vergangene Woche ein Wildschwein angefahren. Es ist gestorben, und statt wie jeder normale Mensch die Polizei und seine Versicherung zu informieren, hat er das Tier in seinen Kofferraum gepackt und anschließend versucht, es in

Natronlauge aufzulösen. Das muss man sich mal vorstellen. Wie zum Teufel kommt man auf so eine hirnverbrannte Idee?«

Felix starrte ihn verdattert an. Wie Steffen schon selbst gesagt hatte, war das keine normale Reaktion auf einen Wildunfall. Womöglich hatte Hofmann mit dem Tier in seinem Keller nur einen Testlauf für die Methode der Leichenentsorgung gestartet. Und noch eine andere Idee kam ihm. »Vielleicht dient das Wildschwein nur zur Ablenkung, weil er gemerkt hat, dass ich ihn observiere. Habt ihr sein Fahrzeug überprüft? Bestimmt finden sich Spuren von den Frauen darin, er muss sie ja irgendwie transportiert haben.«

Steffen schüttelte den Kopf und sah sich nach den Kollegen um, die sich langsam zurück ins Haus begaben. »Wie du selbst weißt, hat er es in der letzten Woche zur Reparatur gebracht. Wir haben die Spurensicherung bereits dran gehabt, die haben nichts entdeckt. Wir durchsuchen jetzt noch seine Wohnung, aber ehrlich gesagt habe ich so meine Zweifel, dass wir was finden werden.«

»Was ihn aber noch lange nicht entlastet«, setzte Felix an, doch mit einer Handbewegung brachte Steffen ihn zum Schweigen.

»Glaubst du vielleicht, ich bin dumm und weiß nicht, wie ich meinen Job zu machen habe? Ich gebe dir hiermit den freundlichen Rat, ab jetzt nichts mehr wegen dieser beiden Frauen zu unternehmen und vor allem mir nicht weiter mit irgendwelchen Hinweisen zu kommen, die dann zu so einem Fiasko führen. Du weißt genau, was Aktionen wie diese hier kosten. Und das alles für ein Wildschwein, mein lieber Herr. Dafür werde ich mir von oben was anhören dürfen.«

Felix schüttelte den Kopf. Er konnte nicht glauben, dass dieser Einsatz so ein Reinfall gewesen sein sollte. »Trotzdem ist es merkwürdig, dass man einen Wildunfall nicht meldet, und das weißt du genau, Steffen. Kein normaler Mensch würde das tote Tier mit nach Hause nehmen, um es in seinem Keller aufzulösen. Da fährt man doch eher weiter und lässt es liegen. Beim Pferderipper lag ich auch richtig, obwohl niemand glauben wollte, was wirklich dahintersteckt«, versuchte er noch einen letzten Ansatz, doch sein Freund schüttelte den Kopf.

»Man muss Menschen nicht verstehen, aber er hat definitiv keine Frauen in Natronlauge aufgelöst. Noch mal werde ich mich bei meinen

Ermittlungen von dir nicht in eine Richtung drängen lassen. Der Ripper war vielleicht ein Glückstreffer, aber hier hast du dich von deinen Emotionen an der Nase herumführen lassen. Wie dem auch sei, Herr Hofmann ist später noch für seine offizielle Aussage auf dem Revier. Im Moment spricht er mit Anna Hart.«

Felix sah ein, dass Steffen nach dieser Pleite zu aufgebracht war, um weitere Theorien mit ihm zu besprechen. Wahrscheinlich hatte sein früherer Kollege sogar recht und er hatte ziemlich danebengelegen. Das machte ihn aber noch nicht zu einem schlechten Ermittler, denn immerhin hatte Hofmann tatsächlich versucht, eine Leiche in seinem Keller aufzulösen, auch wenn es sich lediglich um eine Tierleiche handelte.

Steffen ließ ihn stehen, stattdessen kam Anna zu ihm über die Straße. »Na? Ärger gekriegt?«

Felix zuckte mit den Schultern. »Halb so wild. Erzähl mal, was da los war.«

Anna strich sich über den Dutt, der perfekt wie eh und je saß. »Viel hat er noch nicht gesagt. Er hatte Alkohol getrunken, und der Wagen war ein Firmenauto, weshalb er Angst um seinen Job hatte und natürlich um seinen Führerschein. Außerdem war er wohl auf einem Forstweg unterwegs, wo er gar nicht hätte fahren dürfen.«

»Deshalb kauft man eben mal so ein Fass und Natronlauge und versucht, im Keller ein Wildschwein aufzulösen?« Felix schüttelte den Kopf.

Anna seufzte und legte ihre Hand auf seinen Unterarm. »Der Moment, als man das Fass geöffnet hat …« Ihre Stimme begann zu zittern. Sie unterdrückte die Tränen, indem sie immer wieder schluckte. »Ich weiß nicht, wie ich reagiert hätte, wenn Daniela darin gelegen hätte.« Felix zog sie aus einem Impuls heraus an sich und umarmte sie. Anna barg zitternd den Kopf an seiner Brust.

»Das muss ganz schön aufreibend gewesen sein«, flüsterte er und streichelte über ihren Rücken. Sie versuchte immer, so schrecklich kontrolliert zu sein, und dieser Moment würde sicherlich nicht lange währen, bevor sie die Mauer vor sich hochzog und vom Thema ablenkte. Tatsächlich löste sie sich von ihm und schaute ihm gefasst ins Gesicht.

»Wie geht es jetzt weiter?«, fragte sie.

»Keine Ahnung. Steffen hat mir verboten, noch was zu unternehmen.«

»Und du willst auf ihn hören?« Es klang, als wäre sie von dieser Aussicht nicht gerade begeistert. Spätestens seit das Versagen von Staatsanwalt Feindt dafür gesorgt hatte, dass sie beinahe einem skrupellosen Mörder zum Opfer gefallen wäre, schien sie nicht mehr allzu viel Vertrauen in die Arbeit der Staatsanwaltschaft und der Kripo zu haben.

Felix zuckte mit den Schultern. Sie standen wieder am Anfang und wussten genauso viel wie letzte Woche. Aber sie würden gemeinsam herausfinden, was passiert war. »Nun ja«, sagte er grinsend. »Ich war noch nie dafür bekannt, mich innerhalb irgendwelcher auferlegter Grenzen zu halten.«

19. Kapitel

DIE Auswahl eines geeigneten Opfers hatte sich dieses Mal wesentlich aufwendiger gestaltet als die vorherigen beiden Male. Die zweite Frau hatte er durch Zufall entdeckt, während er die erste beobachtet hatte. Er war völlig perplex von der Ähnlichkeit gewesen, als wären sie Schwestern. Dieselbe blasse Gesichtsfarbe, die Haare, der zarte Körperbau … Als klar wurde, dass sein erster Versuch ein Reinfall war, hatte er sofort gewusst, wer die geeignete Wahl für den nächsten sein würde.

Dieses Mal musste er quasi bei null anfangen. Außerdem musste sie perfekt sein, damit sie seinen Vater von Louisa ablenkte und er keinen Widerspruch einlegte. Ein paar Tage war er mit Bus und Bahn durch das gesamte Stadtgebiet gefahren und hatte Ausschau gehalten, bis er schließlich eine entdeckte, die genau richtig war. Der war er nach Hause gefolgt. Wie in dem Lied beschrieben, hatte er sofort gewusst, dass sie die Richtige war. Als sie frühmorgens im Bus aufschaute und bemerkte, dass er sie beobachtete, hatte sie ihn angelächelt mit ihren blutrot geschminkten Lippen.

Sie lebte in einem Schwesternwohnheim direkt gegenüber dem Klinikum Großhadern. Um ihren Namen herauszufinden, folgte er ihr in das Gebäude bis auf den Flur, auf dem sich ihr Apartment befand. Chantal de Mattia stand auf dem Schild an der Tür. Was für ein schöner, exotischer Klang! Damit fand er sie auch leicht auf Facebook, und wie so viele hielt sie sich dort nicht mit Informationen zurück.

Heute war der Tag gekommen, an dem sie die erste Rose erhalten sollte. Er stand vor dem Blumenladen und summte leise die Melodie des Lieblingsliedes seines Vaters. Der Weg hierher war weit, und er konnte nicht das Auto nehmen, da die Straße immer zugeparkt war und er nicht wusste, wo er den Wagen abstellen sollte, aber es lohnte sich. Die Blume, die er suchte, wurde nicht in vielen Läden in München verkauft. Black Baccara hieß sie, und es war eine der dunkelsten

Rosen der Welt mit zart schimmernden, fast schwarzen Blüten. Sie hielt sehr lange und war für seine Zwecke genau richtig. Auf Nachfrage hatte ihm die Besitzerin versichert, immer welche im Laden zu haben, weshalb er nur noch hierherfuhr.

Er wählte stets mit Bedacht die frischesten Rosen aus, auf denen noch leichte Wasserperlen zu sehen waren, und die am intensivsten rochen. Manchmal dauerte dieser Vorgang lange, und gelegentlich nervte ihn die Verkäuferin, aber heute hatte sie wohl einen Großauftrag reinbekommen und stand hinter der Theke, um einen Kranz zu fertigen. Er betrat den Laden und steuerte direkt auf die Vase mit den Black Baccaras zu. Im Hintergrund lief leise Helene Fischer.

Während er die einzelnen Blüten genau begutachtete, kam eine Kundin herein und unterhielt sich mit der Verkäuferin. Er blendete die beiden aus und suchte nach der schönsten Rose mit dem längsten Stiel und gut verteilten Dornen. Bedächtig zog er sie aus der Vase und nickte zufrieden. An der Kasse nahm die ältere Kundin die Verkäuferin mit ihrem belanglosen Gerede über Trauerkränze weiter in Beschlag. Ungeduldig wartete er und atmete erleichtert auf, als sich die Verkäuferin ihm endlich zuwendete. Sie musste neu sein, denn er hatte sie noch nie zuvor gesehen.

»Da haben Sie aber eine ausgezeichnete Wahl getroffen.« Sie hielt die Rose ins Licht und bestaunte die Blüte. »Dieser Farbverlauf. Außen fast schwarz und innen tiefrot. Wunderschön und so samtig. Ihre Freundin bekommt ein ganz besonderes Geschenk.«

»Die ist für meine Mutter«, entgegnete er und wusste selbst nicht, warum er diese Lüge erzählte. Vielleicht, weil er das schon der Besitzerin so gesagt hatte und die Geschichte fortführen wollte.

»Ach, wie schön. Da wird sich die Mama aber freuen. Es ist selten heutzutage, dass Söhne ihren Müttern noch Blumen mitbringen. Soll ich Ihnen die Stacheln abzwicken?«

»Auf keinen Fall, lassen Sie die Dornen bitte dran. Das würde die Rose kaputt machen«, antwortete er schnell, bevor sie auf die Idee kam, ihren Vorschlag umzusetzen. Damit schützte sich die Pflanze vor Fressfeinden, und außerdem halfen sie ihr, sich an Stützen festzuhalten. Eine faszinierende Blume.

»Oh, nehmen Sie es mir nicht übel, aber Rosen haben Stacheln und keine Dornen. Botanisch gesehen sind Dornen zugespitzte, verkümmerte Kurztriebe mit einem Holzkern. Ein Kaktus hat zum Beispiel welche, und die können Sie nicht abtrennen, ohne die Pflanze zu verletzen. Stacheln sind oberflächliche Ausbildungen der Rinde, die man ohne schlechtes Gewissen abzwicken kann. Die Rose wird dadurch nicht verletzt.«

»Wie faszinierend. Das wusste ich nicht«, antwortete er. Tatsächlich hatte er sich bislang in Botanik nur oberflächlich belesen. Es war wohl an der Zeit, bei Louisa ein Buch über dieses Thema zu bestellen. Dann würde er vielleicht auch lernen, wie er die wuchernden Brombeerbüsche im Garten in den Griff bekommen konnte.

»Na ja, wie auch immer.« Die Verkäuferin wirkte beleidigt. Anscheinend nahm sie sein Interesse nicht ernst und glaubte, er würde sie veräppeln. »Achten Sie nur darauf, dass sich Ihre Mutter nicht daran sticht.«

Bei der Vorstellung, wie sich die Stacheln in Chantals Finger bohrten, wenn sie die Rose aus ihrem Briefkasten nahm, musste er lächeln. Das war nicht das Schlimmste, was ihr in nächster Zeit passieren würde.

20. Kapitel

»Was für eine Strafe erwartet mich?« Oliver Hofmann saß sichtlich erschöpft vor Anna in ihrer Kanzlei und umklammerte das Glas Wasser, das sie ihm angeboten hatte.

Zu ihrer Sicherheit hatte sie Felix hinzugebeten. Seit ihrem Erlebnis in der Scheune fühlte sie sich nicht wohl bei der Vorstellung, mit einem potenziellen Mörder allein in einem Raum zu sein. Zwar hatte die weitere Durchsuchung seiner Wohnung keinerlei Hinweise zutage gefördert, dass er etwas mit Danielas und Sophies Verschwinden zu tun hatte, aber sie wollte kein Risiko eingehen. Mittlerweile hatte er ihr offiziell das Mandat erteilt, und sie wollten seine Anhörung besprechen, die für Mittwochnachmittag angesetzt war. Mit Felix hatte sie abgesprochen, dass er sich nur in die Befragung einmischen würde, wenn es ihm unumgänglich erschien. Was auch immer das bedeuten mochte.

Anna faltete die Hände auf ihrem Schreibtisch und lehnte sich nach vorn, um Oliver fest in die Augen zu sehen. »Nun, zunächst die gute Nachricht: Fahrerflucht haben Sie nicht begangen.«

Erleichterung zeigte sich auf seinem Gesicht, und der Griff um das Glas lockerte sich etwas. »Puh, das ist gut. Ich dachte schon …«

»Lassen Sie mich bitte ausreden«, sagte Anna. »Das Bayerische Jagdgesetz verpflichtet den Führer eines Fahrzeugs, bei einem Wildunfall unverzüglich den Revierinhaber oder die nächsterreichbare Polizeidienststelle zu informieren. Dabei spielt es keine Rolle, ob das Tier durch An- oder Überfahren verletzt oder getötet wurde. Das haben Sie nicht nur versäumt, sondern sich auch noch des Tatbestandes der Jagdwilderei schuldig gemacht.«

»Wilderei?«, wiederholte Hofmann bestürzt. »Aber ich bin doch nicht auf die Jagd gegangen. Das Schwein ist mir vors Auto gerannt.«

»Aber Sie haben eine Sache, die dem Jagdrecht unterliegt, beschädigt und sich anschließend zugeeignet, was nach Paragraf 292 des Strafgesetzbuches mit einer Freiheitsstrafe von bis zu drei Jahren oder einer Geldstrafe geahndet werden kann«, erklärte Anna. »Was ich im Übrigen auch nur schwer nachvollziehen kann. Wie kommt man auf die Idee, so eine Bagatelle nicht zu melden? Stattdessen besorgen Sie ein riesiges Fass, eine giftige Lauge und mischen alles in Ihrem Keller zusammen ...« Es wollte ihr einfach nicht in den Kopf, weshalb jemand wegen eines Wildunfalls einen solchen Aufwand betrieb.

»Ich weiß auch nicht. Irgendwie bin ich in der Nacht in Panik geraten und habe gar nicht rational darüber nachgedacht. Ich war mit dem Firmenwagen unterwegs und hatte Angst, dass mein Arbeitgeber Stress macht. Außerdem hatte ich was getrunken, und um nicht in eine Polizeikontrolle zu kommen, bin ich einen Schleichweg gefahren. Der Förster hatte mich schon mal dabei erwischt und mich gewarnt, dass er mich dort nicht mehr sehen will. Alles zusammen hätte mich in große Erklärungsnot gebracht«, stammelte er und nahm einen Schluck aus dem Glas. »Würde ich meinen Führerschein verlieren, wäre ich ziemlich sicher auch den Job los. Das konnte ich nicht riskieren.«

»Und deshalb nimmt man das Tier im Kofferraum mit nach Hause und versucht, es in einem Laugenbad aufzulösen? Das ist doch bizarr.« Anna schüttelte den Kopf. Hofmann hatte eindeutig zu viele schlechte Filme geschaut. »Warum haben Sie es nicht einfach liegen gelassen und sind weitergefahren?«

Er zuckte mit den Schultern und schaute ratlos zwischen Anna und Felix hin und her. »Irgendwie ... ich hab mir eingeredet, dass die das Tier dann untersuchen und vielleicht Lackspuren finden, die sie zu meinem Auto führen könnten. Das liest man doch immer wieder, dass Täter so überführt werden. Also habe ich es in meiner Panik in den Kofferraum gepackt und mit nach Hause genommen. Am nächsten Morgen wusste ich einfach nicht, wohin damit. Essen wollte ich es nicht, könnte ja immerhin sein, dass es krank ist oder so.«

Anna musste sich zusammenreißen, nicht loszulachen. Einen solchen Aufwand betrieb die Polizei vielleicht bei einem Unfall mit Fahrerflucht, wenn ein Mensch zu Schaden gekommen war. Um derartige Ermittlungen wegen eines toten Wildschweines anzustellen, dafür fehlte schlichtweg das Geld. Hatte er solche Angst davor, ins Visier der Polizei zu geraten, weil er noch ganz andere Vergehen auf dem Kerbholz hatte? Weil er irgendwo Sophie und Daniela gefangen hielt oder ihre Leichen verborgen hatte? Nein, Anna glaubte nicht daran. Auf sie wirkte er nicht abgeklärt genug. Wer so kopflos auf einen Unfall unter Alkoholeinfluss reagierte, war sicherlich nicht so kaltblütig, zwei Frauen umzubringen. Aber sie konnte sich täuschen.

»Also, was glauben Sie, bekomme ich einen Eintrag ins Vorstrafenregister wegen der Sache?«, fragte er.

»Nun ja. Es bleibt abzuwarten, ob der Revierförster Sie wegen Wilderei anzeigt. Da Ihr Vorstrafenregister noch leer ist, dürfte Sie aber auch in dem Fall keine hohe Strafe erwarten«, klärte sie ihn auf. »Sie erwähnen bei Ihrer Aussage selbstverständlich nicht, dass Sie getrunken hatten, so viel ist klar. Lassen Sie sich da nicht reindrängen, denn Sie müssen sich nicht selbst belasten, auch wenn der Kellner des indischen Restaurants etwas anderes aussagt.«

Hofmann war mittlerweile darüber informiert, dass sowohl Daniela als auch Sophie spurlos verschwunden waren. Anna und Felix hofften, im Laufe des Gesprächs zumindest noch ein paar Informationen über den Abend zu bekommen, den er mit Annas Assistentin verbracht hatte.

»Verrückt, dass die Polizei wirklich dachte, ich hätte Daniela etwas angetan, nur weil wir uns gestritten haben«, sagte er. Natürlich wusste er nichts davon, dass Felix bei dieser Vermutung seine Finger im Spiel gehabt hatte, sonst hätte Hofmann sich sicherlich nicht bereit erklärt, in seinem Beisein mit Anna zu sprechen.

»Nun, es ist so, dass Daniela nun seit fast einer Woche vermisst wird, und Sophie Angermayer wahrscheinlich vor mehr als vierzehn Tagen verschwunden ist«, erläuterte Anna. »Sie, Herr Hofmann, sind der gemeinsame Nenner, da Sie mit beiden Frauen zu tun hatten, um es mal harmlos auszudrücken. Dass Sie deshalb erst mal in den Fokus der Ermittlungen geraten, ist nicht so weit hergeholt, oder?«

Hofmann schüttelte erst den Kopf, dann nickte er. »Es stimmt, ich hatte mit beiden Frauen eine Affäre«, gab er schließlich zu. »Dass Sophie verschwunden ist, habe ich aber überhaupt nicht gewusst, und Daniela hat das an dem Abend auch mit keinem Wort erwähnt. Außerdem, warum hätte ich denn gestern ausgerechnet Sie angerufen, wenn ich den beiden etwas angetan hätte?« Mit flehendem Blick starrte er Anna und dann Felix an, der sein Pokerface nicht ablegte. Er war sicherlich ein guter Kripobeamter gewesen. In Verhören unschlagbar. Anna sah man bestimmt an, dass sie nicht mehr wirklich an Hofmanns Beteiligung glaubte.

»Aber Sie haben sich mit Daniela getroffen, richtig? Womöglich waren Sie die letzte Person, die Kontakt zu ihr hatte, und Sie sind im Streit auseinandergegangen.« Felix sprach ganz ruhig, fast sanft. Nur seine Augen erzählten etwas anderes.

Olivers Blick schoss zu Felix. »Das weiß ich nicht, ob ich die letzte Person war.« Eine Schweißperle löste sich von seiner Stirn, doch Hofmann wischte sie nicht fort. Anna beobachtete ihren Weg bis zu seiner Nasenspitze. »Aber ja, wir haben uns getroffen und wir hatten eine kleine Meinungsverschiedenheit am Ende unseres Dates. Ich hatte sie gefragt, ob sie noch mit zu mir kommen will, und sie war nicht begeistert.«

Anna seufzte. »Es muss hoch hergegangen sein, sonst hätte der Kellner im Restaurant es wohl kaum mitbekommen und sich daran erinnert.«

Hofmann zuckte die Schultern und wischte sich nun doch über die Nase. Anscheinend wollte er nicht weiter über das Thema reden.

»Womöglich werden Ihnen die Beamten morgen auch zu den beiden Frauen einige Fragen stellen, denn von ihnen fehlt weiterhin jede Spur«, versuchte Anna, ihn weiter in die Richtung zu drängen. »Wollen wir uns nicht noch ein wenig darüber unterhalten, damit Sie jeden möglichen Verdacht ausräumen?«

Um Zeit zu schinden, griff Hofmann nach dem Glas und trank so hektisch, dass er sich verschluckte. Er hustete lautstark, seine Augen tränten. Als er sich beruhigt hatte, lenkte er ein. »Also schön. Was gibt es da groß zu sagen? Ich hatte schon eine ganze Weile was mit Sophie. Immer mal wieder. Sie war ja auf hoher See mit so 'nem Reiseschiff, wie die Aida, wissen Sie. Da hat sie als Köchin gearbeitet und war ziemlich glücklich mit dem Job. Wenn sie für ein paar Wochen an Land war, haben wir uns getroffen und hatten unseren Spaß. Uns beiden war das eigentlich genug, aber beim letzten Mal sagte sie mir, sie wolle bleiben und hätte sich im Hofbräuhaus beworben. Man hatte ihr dort eine gute Stelle angeboten, und es sah so aus, als wolle sie mehr.« Er schluckte und machte eine Pause.

Anna riss sich zusammen, ihn nicht zu unterbrechen. Eigentlich interessierten sie die Beweggründe für seine Zweigleisigkeit nur wenig.

»Sie wollte eine richtige Beziehung. Das war für mich ein echter Abturner. Ich bin nicht so der Typ für Beziehung und Zusammenziehen und so was. Wir haben uns gestritten, und danach habe ich nichts mehr von ihr gehört. Deshalb ist es mir nicht aufgefallen, dass sie anscheinend verschwunden ist.«

»Und wie war das mit Daniela? Hatten Sie keine Angst, dass auch sie mehr wollen könnte als nur eine lockere Freundschaft mit Vorzügen?«

»Oder hat sie Ihnen letzten Mittwoch eröffnet, dass auch sie mehr von Ihnen erwartet, woraufhin Sie entschieden haben, dass sie von der Bildfläche verschwinden muss?«, mischte Felix sich ein.

Anna warf ihm einen warnenden Blick zu. Hofmann saß hier nicht auf der Anklagebank, und sie erhofften sich Informationen von ihm. Da brachte es nichts, ihn in die Ecke zu drängen. Am Ende würde er nur dichtmachen und kein Wort mehr sagen. Davon abgesehen sollte sie als seine Anwältin zumindest den Eindruck vermitteln, als würde sie auf seiner Seite stehen.

Hofmann faltete die Hände auf seinem Schoß und betrachtete seine Finger. »Um ehrlich zu sein, gab es nur einen Grund, weshalb ich was mit Daniela angefangen hab.«

Anna hob eine Braue. »Sagen Sie bloß. Und der wäre?«

Er entknotete seine Finger und schien sich die nächsten Worte genau zu überlegen. »Ihr Job. Ich wusste, dass sie für eine Anwältin arbeitet, und sollte sie im Auftrag von meinem Bruder ein bisschen aushorchen. Deshalb das Date.«

»Ihr Bruder braucht also eine Anwältin, und deshalb müssen Sie deren Assistentin schöne Augen machen?«, fragte Felix und lachte verächtlich. Anscheinend hatte er die Regel vergessen, sich nur einzumischen, wenn es notwendig war. »So einen Schwachsinn habe ich ja noch nie gehört.«

»Warum hat Ihr Bruder sich nicht direkt an mich oder einen Kollegen gewandt, wenn er anwaltliche Hilfe benötigt?«

»Weil er die noch gar nicht braucht. Bislang liegt nichts gegen ihn vor. Er ist der Gründer eines Softwareunternehmens und hat bei der Buchhaltung ein wenig Mist gebaut. Steuerhinterziehung. Da wollte er sich vorab mit einem Anwalt zusammensetzen, um zu erfahren, wie seine Möglichkeiten sind, aber er hatte Angst, dass der die Straftat anzeigen muss, sobald er davon erfährt. Deshalb sollte ich bei Daniela mal unauffällig nachforschen, und das konnte ich wohl kaum, indem ich sie auf den Kopf zu befrage. Ein vorgeschobenes Date kam mir da diskreter vor.«

Anna schüttelte verständnislos den Kopf. Dieser Kerl hatte wirklich eine krude Logik. Aber wen wunderte das, immerhin hatte er versucht, ein angefahrenes Wildschwein in Natronlauge aufzulösen, anstatt den Unfall zu melden oder sich einfach zu entfernen. Da war es nicht weit hergeholt, einer Frau für ein paar Informationen Honig um den Mund zu schmieren und eventuell im Anschluss noch auf eine heiße Nacht mit ihr zu hoffen.

»Was ist mit den Rosen?«, fragte Felix. In diesem Fall war Anna froh, dass er sich einmischte, denn die hatte sie in der Zwischenzeit völlig vergessen.

»Rosen? Komisch, dass Sie das erwähnen. Daniela hat mich auch darauf angesprochen. Sie hat sich bedankt, aber ich hatte ihr gar keine Blumen geschickt. Jeder, der mich kennt, weiß, dass ich so einen romantischen Blödsinn nicht machen würde. Verzeihung«, wandte er sich entschuldigend Anna zu. Als würde es sie persönlich angreifen, wenn Männer so etwas sagten. Ein typischer Macho also. Schwer zu begreifen, dass Daniela auf so einen stand.

»Und Sie haben das Missverständnis nicht aufgeklärt?«, fragte Anna. Wenn die Blumen nicht von ihm stammten, lag die Vermutung nahe, dass sie von der Person kamen, die für das Verschwinden von Sophie und Daniela verantwortlich war.

»Dazu kam es nicht mehr«, sagte er. »Als ich Daniela ausgefragt habe, wurde sie grantig und hat das Date beendet. Übrigens hat sie mir die Rechnung überlassen, so viel zum Thema Emanzipation. Ich bin ihr noch hinterher, aber konnte sie nirgends entdecken. Allerdings stand auf dem Parkplatz am Ostfriedhof ihr Wagen, was mich gewundert hat.«

»Sie sind aber nicht auf die Idee gekommen, dass ihr auf dem Weg zum Auto etwas zugestoßen sein könnte?«, erkundigte sich Felix.

Hofmann zuckte mit den Schultern. »Davon geht man doch nicht aus. Ich dachte, sie hat eben ein Taxi genommen. Was ich auch hätte tun sollen.«

Anna nickte, und Felix machte sich eine Notiz. Was auch immer mit Daniela geschehen war, es musste an diesem Abend und auf diesem Parkplatz passiert sein. Der Täter musste sie beobachtet und die Gelegenheit abgepasst haben.

»Wissen Sie, ob das Restaurant über Kameras verfügt?«, fragte Felix.

Oliver schnaufte und zuckte mit den Schultern. »Keine Ahnung. Das ist ja ein ganz normaler Inder. Aber der Parkplatz gehört zu einem Supermarkt, gut möglich, dass die den überwachen.«

Felix nickte nachdenklich und unterstrich etwas in seinem Notizbuch.

Das Telefon im Vorzimmer klingelte. Aus Gewohnheit reagierte Anna zunächst nicht, aber nach dem fünften Mal fiel ihr ein, dass Daniela ja nicht da war, um das Gespräch entgegenzunehmen.

»Entschuldigung«, sagte sie, griff nach dem Telefonhörer und holte sich das Gespräch auf ihren Apparat. Sie hörte zu und fühlte sich auf einmal schwindelig. »Was? Sind Sie sicher? Das ist ja fürchterlich.«

21. Kapitel

ANNA parkte ihren Mini am Bahnhof von Hattenhofen. Damit sie nicht mit ihren Pumps im Waldboden versank, zog sie ein Paar Ballerinas an, die sie für lange Gerichtstage im Kofferraum hatte, und rief auf ihrem Handy die Beschreibung auf, die ihr Steffen Allmendinger zugeschickt hatte. Felix war mit seinem Roller hinterhergefahren; er würde sich bedeckt halten. Sein ehemaliger Kollege hatte extra darauf hingewiesen, dass er dem Fundort fernbleiben sollte.

Ihr Magen war zu einem Eisklotz zusammengeklumpt, als sie die Unterführung des Bahnhofs durchschritt und sich auf der anderen Seite in Richtung Wald hielt. Noch immer war sie wie paralysiert von der Nachricht, dass hier im Moor möglicherweise der Leichnam von Daniela aufgetaucht war. Von Statur, Größe und Haarfarbe könnte sie es sein, aber man hatte keinerlei Ausweisdokumente bei der weiblichen Leiche gefunden. Allerdings hatte die Spurensicherung einige Gegenstände in der Umgebung sichergestellt, und Steffen Allmendinger hatte Anna gebeten, sie sich anzusehen und ihnen zu sagen, ob sie zu Daniela gehörten.

Auf dem Teerweg rasten einige Autos rücksichtslos an ihr vorbei, einer hupte, als handele es sich um den Zubringer einer Autobahn und sie hätte dort nichts zu suchen. Annas Kiefer verkrampfte sich, während sie weitermarschierte. Nach kurzer Zeit zweigte bei einem Schild ein kleiner unscheinbarer Weg in den Moorwald ab, den sie vermutlich übersehen hätte, wenn dort nicht einige Streifenwagen sowie ein Transporter der Spurensicherung und der Kastenwagen des Bestatters geparkt hätten.

Sie überquerte eine schmale Holzbrücke, deren von der Feuchtigkeit im Moor morschen Dielen unter ihren Füßen knarrten, und betrat den morastigen Weg dahinter. Augenblicklich kam sie sich vor wie in einer anderen Welt. Friedliches Vogelgezwitscher ertönte aus den Baumwipfeln und passte so gar nicht zu der düsteren Stimmung in ihrem Inneren. Eine Mücke setzte sich auf ihren Arm und wollte zustechen, doch Anna erwischte sie vorher. Der Schlag auf ihren Arm holte sie zurück in die Realität. Sie musste sich zusammenreißen.

Energisch ging sie weiter und sank tief in den mit einer Wiese bewachsenen Sumpf ein. Die Schuhe würde sie danach in die Waschmaschine stecken müssen, und sie konnte nur hoffen, dass sie die Wäsche überlebten. Schon aus der Entfernung entdeckte sie den weißen Pavillon zwischen kahlen Sträuchern, den die Spurensicherung aufgestellt hatte. Wahrscheinlich um die Beweismittel zu sortieren und für die genauere Untersuchung zu präparieren. Das Gebiet dahinter war mit Flatterband abgesperrt, das an morschen Wurzelresten festgebunden war, obwohl man hier wohl eher nicht mit Schaulustigen rechnen musste.

Sie rief sich Felix' Worte in Erinnerung, die er zu ihr gesagt hatte, bevor sie gefahren war. »Du musst das nicht machen. Sie werden sie auch ohne deine Hilfe identifizieren.«

Bestimmt hatte er recht, aber für Anna fühlte es sich richtig an. Auch wenn sie Angst vor der Gewissheit hatte, die es bringen würde, war es auf eine Art wie ein letzter Gefallen, den sie Daniela tun konnte. Daran, dass die gefundene Leiche die ihrer Assistentin war, hatte sie seltsamerweise keine Zweifel.

Hinter dem Zelt entdeckte sie Steffen Allmendinger, der sich mit einem Kollegen in einem weißen Schutzanzug unterhielt. Sein Gegenüber nickte in Annas Richtung, woraufhin sich der Kommissar umdrehte und ihr mit Handzeichen bedeutete, einen Moment zu warten. In ihrem Kostüm und den mittlerweile schlammverkrusteten Ballerinas kam sie sich in dieser Umgebung völlig fehl am Platz vor.

Sie fragte sich, ob Daniela bei Bewusstsein gewesen war, als der Täter sie hierhergebracht hatte. Spätestens da musste ihr wohl klar geworden sein, dass sie sterben würde, denn warum sonst sollte man sie an einen so abgelegenen Ort verschleppen. Nachts war es hier sicher stockfinster, und die Vorstellung, welche Ängste ihre Assistentin durchlitten haben musste, ließ Anna am ganzen Körper erzittern. Zum Glück beendete Steffen Allmendinger sein Gespräch und kam zu ihr, sodass sie nicht länger darüber nachdenken konnte. Er führte sie in das

Zelt, wo verschiedene Gegenstände auf einem Aufklapptisch für die Spurensicherung gelagert wurden.

»Schauen Sie sich die Sachen in Ruhe an. Wenn Ihnen etwas bekannt vorkommt, schreiben Sie das hier auf den Zettel. Dass Sie bitte nichts anfassen sollen, muss ich Ihnen wohl nicht sagen.« Er hielt ihr einen Notizblock mit einem Stift hin. »Für die Priorisierung der kriminaltechnischen Untersuchung hilft es uns bei der Menge an gefundenen Objekten enorm weiter, wenn wir wissen, was dem potenziellen Opfer gehörte«, fügte er noch als Erklärung hinzu, als hätte sie nicht längst verstanden, wozu man sie hierhergebeten hatte. Normalerweise bat man die Eltern oder andere Angehörige, doch Danielas Eltern lebten mittlerweile im Norden Deutschlands und hätten zu lange gebraucht, um vor Ort zu sein.

Anna trat näher an den Tisch und war überrascht von der Anzahl der Gegenstände. Dafür, dass es sich um ein Naturschutzgebiet handelte, hinterließen die Spaziergänger anscheinend ganz schön viel Müll. Nacheinander betrachtete sie die einzelnen Fundstücke.

Eine Packung Kaugummi mit Melonengeschmack. Anna versuchte, sich zu erinnern, ob Daniela gerne Kaugummis kaute. Im Büro war ihr das zumindest nie aufgefallen. Daneben lag ein Beutel mit einem grünen Stofffetzen, daran ein grüner Faden und Dreckanhaftungen. Unwahrscheinlich, dass es von einem Kleidungsstück stammte, das Daniela gehörte. Ihre Assistentin trug eher gedeckte Farben. Auch die Zigarettenkippen waren ihr sicher nicht zuzuordnen, Daniela hatte noch nie geraucht.

Als Nächstes kam eine blaue Riemchensandalette, nicht sonderlich groß. Theoretisch könnte die auch einem Kind gehören, wenn sie keinen Absatz hätte. Anna durchforstete ihr Gehirn. Welche Schuhgröße hatte Daniela? Ein Kugelschreiber. Marke Bic. Also ein Stift, den jeder zweite Deutsche benutzte. Anna stöhnte. All die Kleinigkeiten auf dem Tisch konnten zu jedem oder zu Daniela gehören. Sie schaffte es einfach nicht, sie eindeutig zuzuordnen. War sie so oberflächlich, dass sie wirklich gar nichts von den Sachen ihrer Assistentin zurechnen konnte?

Verärgert über sich selbst schüttelte sie den Kopf. Je mehr Gegenstände sie anschaute, desto nutzloser kam sie sich vor. Was hatte sie überhaupt von ihrer Mitarbeiterin gewusst? Auf keinen Fall wollte sie wieder gehen, ohne in irgendeiner Form nützlich gewesen zu sein. Sie schaute weiter. Ein Lippenpflegestift von einer Eigenmarke eines Drogeriemarktes. Der könnte tatsächlich Daniela gehören. Nicht nur im Winter war sie geradezu süchtig nach diesen Teilen. Überall in der Kanzlei lagen welche davon herum. Auf der Mitarbeitertoilette, in der Teeküche und in den Schubladen ihres Schreibtisches. Sie meinte sich zu erinnern, dass auch einige von dieser Marke dabei waren. Anna schrieb ihn auf die Liste und machte ein Fragezeichen dahinter.

Der nächste Gegenstand trieb ihr die Magensäure in die Speiseröhre. Eine Unterhose. Welche Farbe sie ursprünglich mal gehabt hatte, konnte man nicht mehr erkennen. Sofort entstanden Bilder in Annas Kopf, die sie nur schwer ertragen konnte. Hatte der Täter ihre Assistentin hierherverschleppt, um sie zu vergewaltigen und anschließend brutal zu töten? Sie wäre ihm völlig ausgeliefert gewesen, in dieser Abgeschiedenheit hätte niemand ihre Hilfeschreie gehört.

Sie wandte sich ab und schloss die Augen. In der Ferne hörte sie die Beamten auf dem Gelände, die sich irgendetwas zuriefen.

»Haben Sie etwas entdeckt, das Ihnen bekannt vorkommt?«, fragte Steffen Allmendinger plötzlich hinter ihr. Anna zuckte zusammen und drehte sich um. »Verzeihung, ich wollte Sie nicht erschrecken.«

Anna schüttelte den Kopf. »Nein, nein. Schon in Ordnung. Ich war nur gerade in Gedanken. Noch habe ich nicht alles angesehen«, sagte sie ausweichend und schaute an ihm vorbei in die Richtung, wo offenbar die Leiche lag, denn sie entdeckte zwei Männer, die sich mit einem Plastiksarg dorthin bewegten.

»Die Bestatter packen den Leichnam jetzt ein«, sagte Steffen, der ihren Blick bemerkt hatte.

»Dürfte ich …« Anna räusperte sich, da ihre Stimme drohte zu versagen. »Darf ich sie sehen? Nur kurz. Dann könnte ich Ihnen auch mit Sicherheit sagen, ob sie es ist.«

Steffen Allmendinger sah sie lange an. »Hmm«, brummte er. »Frau Hart, als Anwältin muss ich Ihnen wohl nicht erklären, dass die Identifizierung eines Leichnams durch Angehörige oder andere nahestehende Personen nicht üblich ist. Wir werden eine DNS-Probe nehmen und diese mit einer Probe Ihrer Assistentin vergleichen, dann haben wir Klarheit.«

»Das ist mir natürlich bewusst. Aber Sie wissen auch, dass diese Vorgänge viel Zeit in Anspruch nehmen. Zeit, in der mich die Frage quält, ob meine langjährige Assistentin noch lebt.«

»Ich verstehe Ihre Beweggründe …«

»Kommen Sie schon. Ein kurzer Blick.« Anna wollte nicht lockerlassen. Wenn sie heute Gewissheit bekommen könnte, wäre ihr Besuch nicht völlig umsonst gewesen.

»Na schön. Wenn Sie mir versprechen, dass Sie nicht sofort die Eltern des Opfers anrufen und ihnen mitteilen, dass ihre Tochter gefunden wurde, bevor wir die offizielle Bestätigung haben, mache ich eine Ausnahme.«

»Selbstverständlich nicht. Sie können sich auf mich verlassen, das hier bleibt unter uns.«

»Gut. Wenn die Bestatter sie raufbringen, können Sie sie kurz ansehen.« Man sah Steffen Allmendinger an, dass er sich mit der Entscheidung nicht sonderlich wohlfühlte.

Je länger sie warteten, desto mehr zweifelte auch Anna daran, dass sie das wirklich tun wollte. Jetzt konnte sie aber keinen Rückzieher mehr machen, nachdem sie ihn dazu gedrängt hatte, also unterdrückte sie ihre Nervosität. Daniela wäre nicht die erste Leiche, die sie sah, und im Endeffekt handelte es sich nur um eine tote Hülle. Solange sie sich das vor Augen hielt, würde sie es schon überstehen.

Nach einer Weile kamen endlich die Bestatter durch den Morast gestapft. Steffen Allmendinger hielt sie auf, als sie das Zelt passierten, und sie stellten den Sarg auf dem Boden ab. Der Kommissar beugte sich nach unten, hob den Deckel und öffnete den Reißverschluss an dem schwarzen Leichensack darin.

»Gehen Sie bitte nicht zu dicht dran. Und ziehen Sie einen Mundschutz über, für den Fall, dass Sie sich übergeben müssen.« Er hielt ihr eine Box mit medizinischen Masken hin, wovon Anna sich eine nahm und anlegte.

Für einen Moment saugte sich ihr Blick an einem mit Flechten bewachsenen Baumstumpf fest. Sie fixierte ihn, als wäre in dem

Muster eine besonders aufschlussreiche Information verborgen. Dann atmete sie kontrolliert ein und aus und trat einen Schritt nach vorn.

Aus der schwarzen Plastikhülle starrten ihr die toten Augen ihrer Assistentin entgegen. Ihr Kopf war seltsam verdreht, anscheinend hatte der Täter ihr das Genick gebrochen. Das vertraute Gesicht war weiß und aufgedunsen, da sie fast eine Woche im Moor gelegen hatte. Wären die Nächte nicht noch so kalt, würde sie vermutlich noch schlimmer aussehen. An der Schläfe befand sich eine Verletzung, offensichtlich war sie geschlagen worden. Ihre Hände waren über der Brust verschränkt und wirkten gelblich, wachsartig. Einige der sonst so perfekt manikürten Fingernägel waren abgebrochen, die Arme waren übersät mit Schürfwunden, vermutlich Abwehrverletzungen. Anscheinend hatte Daniela um ihr Leben gekämpft und leider verloren. Ihre Lippen waren blutrot, eine Farbe, die Anna noch nie an ihr gesehen hatte. Sie fragte sich, ob Daniela sich zum Ausgehen so stark geschminkt hatte, oder ob dies das Werk ihres Mörders war. In ihren braunen Haaren, die voller Dreck waren, steckten einige Rosenköpfe, eine mit Stiel hielt sie zwischen ihren Fingern.

»Was hat er dir nur angetan?«, flüsterte sie heiser hinter ihrem Mundschutz.

»Das reicht«, sagte Steffen Allmendinger und zog den Reißverschluss wieder nach oben. »Haben Sie bekommen, was Sie wollten?«

Anna nickte schwach und schluckte ihre aufkeimenden Tränen hinunter. Immerhin wusste sie jetzt, dass Daniela nicht mehr leiden musste.

22. Kapitel

Zum wiederholten Mal pulte Felix sich imaginären Dreck unter den Fingernägeln hervor. Er stand an Annas Mini gelehnt und wartete darauf, dass sie vom Fundort der Frauenleiche zurückkehrte. Anfangs war sie dagegen gewesen, dass er ihr folgte, aber er hatte das Gefühl gehabt, dass sie Beistand benötigen könnte, falls sie tatsächlich Danielas Habseligkeiten identifizierte und damit das Schicksal ihrer Assistentin klar wäre. So langsam wurde er nervös und fragte sich, was da wohl so lange dauerte. Sie musste vor über einer Stunde hier eingetroffen sein.

Hoffentlich war ihr im Wald nichts zugestoßen. Es wimmelte dort zwar von Polizisten, aber die waren mit dem Tatort beschäftigt. Wenn Anna mit ihren hochhackigen Schuhen auf dem Weg dorthin umgeknickt war und jetzt verletzt irgendwo lag und keinen Empfang hatte … Wahrscheinlich war er gerade ein wenig paranoid, aber es konnte ja nicht schaden, einfach mal nachzusehen. Dabei musste er nur achtgeben, dass Steffen ihn nicht erwischte. Dieser Mistkerl hatte ihm extra durch Anna ausrichten lassen, dass er sich fernhalten sollte. Als wäre er ein Baby, das einen Aufpasser brauchte.

Felix stieß sich von dem Wagen ab und ging durch die Unterführung auf die andere Straßenseite. Beim Wald angekommen, schlug er sich in die Büsche, damit er niemandem begegnete. Mit seinen lose gebundenen Sneakern war es gar nicht so einfach, auf dem matschigen Boden zu laufen, und nicht selten sank sein Fuß fast komplett im Morast ein, sodass er ihn unter viel Kraftaufwand wieder rausziehen musste. Nach ein paar Minuten hatte er außerdem die Orientierung verloren. Jetzt ärgerte er sich, nicht näher am Weg geblieben zu sein, auch wenn er damit riskiert hätte, Steffen genau in die Arme zu laufen.

Was sollte schon passieren, wenn er ihn entdeckte? Er war ein freier Mensch, und niemand konnte ihm verbieten, sich in einem nicht abgesperrten Gebiet aufzuhalten. Um seinen Rücken zu entlasten und sich ein wenig zu strecken, blieb Felix stehen. Durch das ständige Gezerre an seinen Füßen machten sich die Schmerzen immer deutlicher bemerkbar. Er musste dringend mit seinem Orthopäden reden, damit der ihm noch mal ein paar Stunden Physiotherapie aufschrieb. Während er einige Dehnübungen machte, nutzte er die Gelegenheit, um auf Geräusche zu achten und Ausschau danach zu halten, ob er den Fundort irgendwo entdeckte. Bis auf das lautstarke Zwitschern von Vögeln konnte er jedoch nichts hören.

Vielleicht war es doch besser, zurückzugehen und beim Auto auf Anna zu warten. Bis er sich durch das Moor gekämpft hätte und den Weg fand, war sie sicherlich längst fertig und auf dem Weg zurück in die Kanzlei. Sollte sie wirklich gestürzt sein, würde er sie hier zwischen den Bäumen ohnehin nicht finden, denn sie war im Gegensatz zu ihm garantiert nicht einfach querfeldein gegangen. Was für eine sinnlose Aktion, er hatte mal wieder nicht richtig nachgedacht.

Gerade als er den Rückweg antreten wollte, bemerkte Felix doch etwas. Aus dem Augenwinkel nahm er eine Bewegung wahr und richtete seinen Blick darauf. Im ersten Moment glaubte er, sich getäuscht zu haben, aber dann sah er es. Ein paar hundert Meter vor ihm kauerte jemand im Gestrüpp. Seine Kleidung war in gedeckten Farben gehalten, sodass er beinahe mit der Umgebung verschmolz, und hätte er sich nicht bewegt, hätte Felix ihn sicher nicht entdeckt. Verrichtete da etwa ein Spaziergänger sein Geschäft?

So leise es ihm auf dem schlammigen Untergrund möglich war, bewegte Felix sich auf die Person zu. Wenn derjenige nicht gerade in die Hose machte, hatte das wenig mit einem kleinen oder großen Geschäft zu tun, denn der Unbekannte war vollständig bekleidet. Er hockte mittlerweile wieder einfach nur regungslos zwischen den Ästen und beobachtete irgendwas oder verbarg sich vor jemandem. Das hier war bestimmt kein Ort, an dem Eltern mit ihren Kindern Verstecken spielten. Viel zu groß war die Gefahr, dass die Kinder im Schlick versanken oder sich verliefen und man am Ende die Polizei zur Hilfe holen musste, um sie in dem unübersichtlichen Moorgebiet zu finden.

Ein beunruhigender Gedanke kam Felix. War er da womöglich auf den Mörder der Frau gestoßen, der im Verborgenen die Arbeit der Polizei beobachtete und sich dabei an den Folgen seiner Tat ergötzte?

Diese Erklärung war naheliegend, denn warum sonst sollte sich jemand mitten ins Dickicht kauern. Ein Jagdgebiet war das hier nicht, und einen Hund hatte die Person auch nicht bei sich. Ein Jäger dürfte also auszuschließen sein. Je länger er darüber nachdachte, desto sicherer war Felix, dass er mit seiner Vermutung richtiglag.

Er wollte sich näher an den Typen heranpirschen. Nachdem er gerade ein paar Schritte gegangen war, drehte der sich um und schaute Felix direkt an. Sofort erhob er sich und setzte sich in Bewegung. Ausgerechnet jetzt blieb Felix mit dem Fuß in einem Matschloch stecken. Er zerrte an seinem Bein, bekam es frei und eilte dem Unbekannten hinterher. Beide kamen nur schwerfällig voran, und es kam Felix vor, als wäre das eine Verfolgungsjagd in Zeitlupe. Immer wieder wurden sie von dem Morast verlangsamt, und die Schmerzen in seinem Rücken sorgten dafür, dass Felix weiter zurückfiel.

Der Mann vor ihm erreichte anscheinend festeren Untergrund, denn plötzlich legte er an Geschwindigkeit zu. Felix strengte sich an, ebenfalls schneller zu werden, doch er hatte kaum eine Chance. Schließlich trat er in ein tieferes Loch, in dem er beinahe bis zum Knie einsank, und stürzte vornüber auf den Boden. Bis er sich aus dem Matsch befreit und hochgerappelt hatte, war der Kerl nicht mehr zu sehen.

»So eine Scheiße«, grummelte Felix. Leider war er nicht nahe genug an den Mann herangekommen, um das Gesicht zu erkennen. Frustriert betrachtete er seine vollgesudelte Kleidung. Der Schweiß rann ihm in Bächen den Rücken hinab, und vor Schmerzen konnte er kaum atmen. Im Schneckentempo schleppte er sich zurück in die Richtung, aus der er glaubte, gekommen zu sein. Hoffentlich verlief er sich jetzt nicht auch noch!

Als er nach gefühlten zehn Kilometern den Waldrand erreichte, klingelte sein Handy. Er zog es aus der Tasche und schaute auf das Display. Es war Steffen. Der hatte ihm gerade noch gefehlt.

»Was gibt's?«

»Ist wohl nicht bei dir angekommen, dass du hier nichts zu suchen hast, hm?«

Felix ging in die Hocke und stützte sich mit den Ellenbogen auf den Knien ab, um seinen Rücken zu entlasten. »Du wirst mir kaum verbieten können, als moralische Unterstützung für sie da zu sein«, entgegnete er und wunderte sich, wie Steffen mitbekommen hatte, dass er hier war. Hoffentlich hatte er ihn nicht bei seiner wenig rühmlichen Verfolgung durch den Moorwald beobachtet.

»Schon klar. Warum steht dann deine Vespa verlassen auf dem Parkplatz neben ihrem Auto, und von dir ist nichts zu sehen?«, beantwortete Steffen die ungestellte Frage.

Mit dem Handrücken wischte Felix sich den Schweiß von der Stirn, der dabei war, ihm in die Augen zu laufen. »Muss ich dir über jeden meiner Schritte Rechenschaft ablegen? Du hast mich da nirgends gesehen, und das wird auch so bleiben.«

»Alles klar. Ich hab nämlich keine Lust, irgendjemandem zu erklären, wie deine Spuren an den Fundort von Daniela Stanglers Leiche gekommen sind. Wenn du dich in die Scheiße reitest, musst du selbst zusehen, wie du da wieder rauskommst.«

Felix schluckte. Er schloss die Augen und stützte seine Stirn mit der Hand ab. »Ihr seid euch also mittlerweile sicher?«

»Deine Anwältin ist es. Natürlich müssen wir das noch per DNS-Analyse bestätigen, offiziell ist es also nicht. Ich würde ihr allerdings zutrauen, dass sie ihre Assistentin zuverlässig erkennt. Tut mir leid.«

Felix nickte vor sich hin. Daniela war also tatsächlich tot. Das musste er erst einmal verdauen.

»Felix? Bist du noch da?«

Er räusperte sich und setzte sich gerade hin. »Ja, ich habe gehört. Wie geht es Anna?«

Steffen brummte. »Sie ist 'ne ganz Taffe, deine Frau Hart. Ich denke, sie wird erst später wirklich realisieren, was passiert ist.«

»Kannst du mir verraten, wie sie gestorben ist?«

»Es sieht nach Genickbruch aus, aber mehr werde ich dir nicht sagen. Du kennst die Ansage: Keine Einmischung von deiner Seite aus.«

»Es ist immer noch eine weitere Frau verschwunden, Steffen, und ich arbeite für ihre Eltern daran, sie zu finden. Das wirst du mit deinen Ansagen nicht ändern.« Das entsprach nicht ganz der Wahrheit. Sein Auftrag für die Familie Angermayer war längst ausgelaufen, denn sie hatten einfach nicht das Geld, ihn weiter zu engagieren. Aber das musste Steffen ja nicht wissen.

»Wir sind mit Hochdruck dran ...«

»Ich will mich nicht in deine Arbeit einmischen, aber manchmal sieht man den Wald vor lauter Bäumen nicht. Was ist mit Sophie Angermayers Telefondaten? Könnt ihr darüber nicht ihren letzten Standort finden?«

Steffen stöhnte genervt. »Für wie nachlässig hältst du mich bitte schön? Das haben wir natürlich längst versucht. Allerdings waren wir mit unserer Anfrage zu spät, und ihre Standortdaten wurden vom Mobilbetreiber gelöscht. Darüber ist nichts zu machen.«

Felix knirschte mit den Zähnen. »Mist«, sagte er. »Vorratsdatenspeicherung hat nicht nur schlechte Seiten.«

»Wem sagst du das? Wie dem auch sei, halt dich vom Fundort fern, und wir haben kein Problem miteinander, ist das klar? Und jetzt geh und kümmer dich um deine Frau Hart, wo immer du steckst.« Damit legte er auf.

Felix steckte das Handy ein und hinkte zurück zum Bahnhof von Hattenhofen, wo Annas Mini und sein Roller standen. Sein Rücken streikte mittlerweile komplett, und er hatte das Gefühl, seine Wirbelsäule würde jeden Moment durchbrechen. Von Weitem sah er Anna vor ihrem Wagen stehen. Sie winkte ihm zu und wirkte zu seinem Erstaunen tatsächlich relativ gefasst. Erst beim Näherkommen war in ihren Augen die Trauer zu erkennen. Er hatte das Bedürfnis, sie in den Arm zu nehmen, aber er stank wie ein Iltis und war voll mit getrocknetem Moorschlamm.

In aller Kürze berichtete sie ihm davon, wie sie Daniela identifiziert hatte, und er erzählte ihr von seiner Verfolgung.

»Da bist du aber einem Klischee aufgesessen«, sagte sie, nachdem er geendet hatte. »Wir sind doch hier nicht beim Tatort, wo der Mörder immer wieder zurückkehrt zur Leiche.«

»So abwegig, wie du glaubst, ist das gar nicht. Die Abteilung für Verhaltensforschung beim FBI hat dazu mal eine Studie durchgeführt. Tatsächlich ist es so, dass einige Serienmörder aus unterschiedlicher Motivation heraus wiederholt am Tatort oder dem Grab ihres Opfers erscheinen«, erklärte Felix.

»Im Ernst jetzt? Warum sollten sie das Risiko eingehen, dadurch erwischt zu werden?«

»Nun ja, manche wollen weiterhin das Machtgefühl auskosten und bieten sogar Unterstützung bei den Ermittlungen an, und andere werden von ihren Schuldgefühlen zur Rückkehr getrieben.«

Anna schüttelte den Kopf. »Verrückt. Und ich dachte wirklich, so etwas ist eine Erfindung von Krimiautoren. Serienkiller … Du denkst also, dass Sophie ebenfalls ermordet wurde? Glaubst du, sie liegt hier irgendwo im Moor und wurde nur noch nicht entdeckt?«

Darüber, wo der Mörder ihre Leiche versteckt haben könnte, hatte Felix sich noch keine Gedanken gemacht, aber die Vermutung lag nahe. Dass sie nicht mehr am Leben war, da war er sich traurigerweise ziemlich sicher, immerhin war sie seit nun zwei Wochen verschwunden. »Könnte schon sein«, antwortete er schließlich. »Leider kann die Kripo nicht herausfinden, wo sie sich zuletzt aufgehalten hat. Da sie zu spät mit den Ermittlungen angefangen haben, wurden die Standortdaten vom Mobilfunkbetreiber bereits gelöscht. Ein Beispiel, bei dem der Datenschutz seine Nachteile hat.«

Zu seiner Verwunderung schien Anna wenig überrascht von dieser Information. »Eigentlich war schon vor fünf Jahren eine Änderung vorgesehen, bei der alle Provider von Telekommunikationsdiensten Verbindungs- und Standortdaten über einen längeren Zeitraum speichern sollten. Die Bundesnetzagentur reagierte jedoch schnell und beschloss die Aussetzung der Vorratsdatenspeicherung bis zum ordentlichen Abschluss eines Hauptsacheverfahrens vor dem Bundesverfassungsgericht. Bis dahin werden die Daten nach sieben Tagen gelöscht.«

Beeindruckt zog Felix die Augenbrauen hoch. »Du kennst dich ja richtig gut aus.«

»Wegen eines Mandanten musste ich mich mal ausführlich in die Gesetzeslage einlesen.« Anna kniff plötzlich die Augen zusammen und schaute ihn angestrengt an.

»Was ist los?«, fragte er.

»Könnte sein, dass ich gerade eine Idee habe, wie wir doch noch an die Standortdaten kommen.«

23. Kapitel

NIEMAND schenkte ihm Beachtung, als er auf der Parkbank gegenüber dem Wohnheim saß und vorgab, die Sonne zu genießen. Anders als bei seinem Elternhaus war in dieser Gegend auf der Straße viel los. Wegen des Studentenwohnheims und der Unterkunft für die Auszubildenden des Krankenhauses waren vornehmlich junge Leute unterwegs, und es fühlte sich gut an, so zu tun, als würde er dazugehören.

In Momenten wie diesen fragte er sich, wie sein Leben wohl aussehen würde, wenn er die Schule ganz normal abgeschlossen hätte. Er war nicht dumm, im Gegenteil. Seine Mutter war immer begeistert von seiner Lernfähigkeit gewesen. Nicht nur, dass er sich Dinge gut merken konnte, er war außerdem auch wissbegierig und fleißig. Bestimmt wäre er ein vorbildlicher Student gewesen. Die einzige Schwierigkeit hätte darin bestanden, sich für eine Fachrichtung zu entscheiden.

Es gab so viele Dinge, die ihn interessierten. Bücher standen ganz oben auf der Liste. Um Buchhändler zu werden, musste man nicht studieren, sondern konnte eine Ausbildung machen. Den Unterschied hatte er anfangs nicht verstanden, als er sich darüber informiert hatte, wie man zu einem Beruf kam. Nur langsam war ihm klar geworden, dass man während einer Ausbildung bereits in dem Beruf arbeitete, den man später ausübte und ein Studium in der Regel an einer Hochschule verbrachte. Wobei man da auch teilweise arbeiten musste, um seinen Abschluss zu bekommen. Dieses ganze System war kompliziert, und aus Frust hatte er es irgendwann aufgegeben, sich damit zu beschäftigen, denn eines hatten alle Wege zum Beruf gemeinsam: Man brauchte einen Schulabschluss.

Sein Traum von einem normalen Leben würde wahrscheinlich immer einer bleiben. Ein Leben, von dem Louisa annahm, das er es lebte. Für sie war er irgendwo angestellt und kam nach der Arbeit in den Laden, um dort nach Büchern zu stöbern oder zuvor ausgewählte

Titel zu bestellen, wenn sie nicht vorrätig waren. Seit seinem letzten Besuch glaubte sie außerdem, er würde Rosen für seine Mutter kaufen, weil sie sich so nahestanden. Hoffentlich fand sie niemals die Wahrheit raus.

Selbst wenn er es schaffen sollte, seinen Vater zufriedenzustellen, und endlich seine Ruhe hatte, würde es ihm verwehrt bleiben, wie jeder andere Mensch einer Tätigkeit nachzugehen, so sehr er sich auch danach sehnte. Tatsächlich machte ihm dieser Moment sogar ein wenig Angst, denn wahrscheinlich wäre er dann wieder allein, und nur die Bücher würden ihm Gesellschaft leisten. Vielleicht hatte er deshalb unbewusst die Fehler bei den ersten beiden Frauen begangen. Weil er nicht wieder so einsam sein wollte, wie er es damals gewesen war, bevor sein Vater ihn gerettet hatte. Auf der anderen Seite war das vermutlich die einzige Möglichkeit, Louisa vor dem Tod zu bewahren.

Am Hauseingang gegenüber entdeckte er Chantal, die mit mehreren jungen Frauen auf den Gehsteig trat. Im Pulk überquerten sie die Straße und gingen dicht an ihm vorbei. Mit ihrer blassen Haut, ihren rotblonden Haaren und ihrer zierlichen Figur stach sie zwischen ihren Freundinnen heraus. In den Briefkasten hatte sie nicht geschaut. Schade, aber nicht so schlimm. Es war ja erst die zweite Rose. Bestimmt würde sie nach ihrer Post sehen, wenn sie von ihrem Dienst zurückkam, und dann würde er wieder hier sitzen.

»Du, der Ingo macht dir 'ne tolle Botoxstirn«, sagte sie gerade zu einer Dunkelhaarigen.

Botoxstirn. Was das wohl war? Er machte sich eine gedankliche Notiz, zu Hause nachzusehen.

»Hoffentlich hast du recht«, antwortete die andere, als sie gemeinsam in Richtung Krankenhaus schlenderten. Wie die anderen Passanten schenkten sie ihm keine Beachtung. Die Stimmen wurden leiser, und die Frauen verschwanden auf dem Gelände der Klinik.

»Bis später«, murmelte er, dann stand er auf und ging los, um sich bis zu Chantals Schichtende mit etwas anderem zu beschäftigen.

24. Kapitel

ANNA gestattete sich für den Augenblick nicht, Gefühle zuzulassen. Es war schrecklich, unaussprechlich, was mit Daniela geschehen war, aber um ihren Mörder zu schnappen, mussten sie effizient sein, da blieb keine Zeit für Trauer. Sie stürmte die Treppe zu ihrer Kanzlei hoch und hinterließ dabei dreckige Fußabdrücke. Nach ihrem Ausflug ins Moor hatte sie völlig vergessen, die verdreckten Ballerinas zu wechseln, was hauptsächlich daran lag, dass sie wegen ihrer Idee nervös war und es kaum abwarten konnte, das Telefonat zu führen. Bei ihrem Gespräch mit Felix über den Datenschutz hatte sie sich an ihren ehemaligen Mandanten Detlef Kruger erinnert. Für geldgierige Betrüger, die er auch mit der Aussicht auf eine Strafminderung nicht verraten wollte, hatte er sich in die Server eines Telekommunikationsunternehmens gehackt und Daten ergaunert, um sie weiterzuverkaufen.

Aus dem Grund wusste Anna, dass die Anbieter ihre Daten nach sieben Tagen nicht wirklich löschten, sondern nur auf eine andere Serverfarm verschoben, wo sie noch mindestens sechs Wochen zur Verfügung standen. Wenn es jemanden gab, der an die Standortinformationen von Sophies Handy kommen konnte, war es Detlef. Sollte er es nicht schaffen, hätten sie diese Spur verloren.

Außer Atem schaltete Anna ihren Computer ein und suchte seine Kontaktdaten raus.

»Kruger hier. Lasst 'ne Nachricht da.«

Anna sprach auf die Mailbox, dass sie sich unbedingt mit ihm treffen wollte, wenn möglich heute noch. Sie bat um Rückruf und legte auf.

Schließlich starrte sie auf ihre Ballerinas und versuchte, die Bilder loszuwerden, die sich in ihren Kopf gebrannt hatten. In ihrem Leben hatte Anna noch nicht viele echte Leichen gesehen und schon gar keine von Mordopfern. Bei Verhandlungen wurden häufig Fotos der Opfer gezeigt, aber das war etwas völlig anderes und nicht zu vergleichen mit dem Gefühl, das einen beschlich, wenn man in der Realität davorstand. Der faulige Geruch, die Verletzungen auf dem geschundenen und aufgedunsenen Körper … Es war erschütternd zu sehen, was ein Mensch einem anderen antun konnte. Nichts konnte rechtfertigen, einer jungen Frau so brutal das Leben zu nehmen.

Sie fragte sich, ob der Mann, den Felix im Moor verfolgt hatte, tatsächlich der Mörder von Daniela gewesen sein könnte. Aus Neugierde suchte sie nach der Studie, die Felix erwähnt hatte, und stieß auf eine Abhandlung des BKA, die sich mit der Fallanalyse und der Erstellung von Täterprofilen beschäftigte. Zu ihrer Überraschung konnte sie das 350 Seiten starke Dokument frei zugänglich im Internet einsehen, und dort wurde auch die Studie zitiert, von der Felix ihr erzählt hatte.

Während sie auf Detlefs Rückruf wartete, durchstöberte sie die Datei. Es war faszinierend, wie viele Aussagen zu einem unbekannten Täter anhand der Analyse des Tathergangs getroffen werden konnten und wie eng die Entwicklung von Täterprofilen mit der Psychoanalyse verknüpft war. Sie nahm sich vor, gemeinsam mit Felix den gewaltsamen Tod von Daniela und das Verschwinden von Sophie noch einmal unter diesen Gesichtspunkten zu beleuchten, um einen Kreis von Verdächtigen ausmachen zu können.

Während sie vertieft in die Ausführungen war, merkte Anna gar nicht, wie die Zeit verging, und war verwundert, als die Tür zur Kanzlei aufgestoßen wurde und Felix hereinkam. »Oh, du warst aber schnell«, sagte sie und rieb sich die tränenden Augen. Sie musste sich angewöhnen, für die Bildschirmarbeit wieder ihre Lesebrille aufzusetzen.

»Das nennst du schnell? Ich würde eher sagen, dass mich meine Schwester ziemlich aufgehalten hat. Sie war ganz hin und weg, als ich ihr erzählt habe, was wir vorhaben.«

»Du meinst mit Detlef? Ja, der würde deiner Schwester wahrscheinlich gefallen, er ist vom gleichen Schlag.« Anna grinste, hatte aber sofort ein schlechtes Gewissen. Der Tod ihrer Assistentin und gute Laune, das passte nicht zusammen. »Moment mal, könnte deine Schwester nicht auch … Dann müssten wir nicht darauf warten, dass er sich meldet.«

Felix schüttelte den Kopf. »Vergiss es. Zunächst wollte sie mir gar nicht glauben, wie das jemand hinbekommen soll, denn die Telekommunikationsunternehmen haben wohl ganz andere Sicherheitsvorkehrungen als die Kripo. Ein Hoch auf das deutsche Beamtentum, das der Digitalisierung ein paar Jahre hinterherhinkt. Jedenfalls muss Detlef laut ihr über ganz besondere Fähigkeiten und Ausrüstung verfügen, um an die Software der verschiedenen Standortmasten ranzukommen, denn nur dort sind die Daten noch zu finden.«

»Ich bin zuversichtlich, dass er es kann.« Anna kniff die Lippen zusammen. Hoffentlich hatte sie nicht zu viel versprochen.

»In dem Punkt wird sie uns nicht weiterbringen, aber untätig war sie nicht.«

»Wen hat sie gehackt?«

Felix warf ihr einen gespielt vorwurfsvollen Blick zu. »Meine Schwester hat auch noch andere Qualitäten.«

Anna hob abwehrend die Hände. »Ich würde nie wagen, etwas anderes zu behaupten.«

»Zugegeben, sie hat sich tatsächlich in eine Datenbank gehackt, aber dazu komme ich später. Zuerst mal hat sie ihre Internet-Skills dafür eingesetzt, anhand des Fotos, das Daniela an Oliver Hofmann geschickt hat, mehr über die Rosen rauszubekommen. Es handelt sich dabei nämlich nicht um irgendwelche, sondern um eine Sorte namens ›Black Baccara‹.«

»Aha«, sagte Anna. Blumen waren spätestens seit dem Eklat mit ihrem Ex-Freund nicht mehr ihr Ding, insbesondere Rosen nicht. »Klingt wie ein Cocktail oder so.«

»Ist aber eine sehr seltene und teure Rosensorte. Viele Züchter gibt es nicht, und dementsprechend bekommt man sie auch nicht einfach mal so an der Tankstelle oder im Supermarkt. Nicht mal bei jedem Blumenhändler ist sie zu kriegen.«

»Interessant. Und du willst jetzt über die Rose an den Täter rankommen?«

Felix war sichtlich enttäuscht, dass sie von den Informationen nicht so beeindruckt war wie er, aber sie konnte sich kaum vorstellen, dass diese Erkenntnisse sie weiterbringen würden. »Einen Versuch ist es wert, oder? Meiner Meinung nach hat die Rose für den Täter eine besondere Bedeutung, er scheint sich viele Gedanken darüber gemacht zu haben. Leider konnte Natalie in der Datenbank der Kripo nichts dazu finden, ob es schon mal Mordfälle gab, bei denen die Black Baccara eine Rolle gespielt hat. Aber wir könnten dem Täter vielleicht über die Blumenhandlung auf die Spur kommen, wo er die Rose gekauft hat.«

»Du hast recht, wir sollten alles in Betracht ziehen.« Sie deutete auf ihren Monitor. »Während ich auf dich gewartet habe, habe ich mich ein wenig mit Fallanalyse und Täterprofiling beschäftigt. Bei Gelegenheit sollten wir mal alles an Informationen sammeln und festhalten.«

Jetzt war es an Felix zu grinsen. »Du entwickelst dich ja zu einer richtigen Ermittlerin. Das machen wir auf jeden Fall.«

Annas Handy unterbrach ihre Unterhaltung. Detlef meldete sich zurück und war bereit, sich in einer Stunde mit ihnen zu treffen.

»Willst du mir nicht ein bisschen was über den Kerl erzählen, den du um Hilfe gebeten hast?«, fragte Felix auf dem Weg zum Treffpunkt.

Anna seufzte. Neugierde lag Felix als Privatdetektiv im Blut, aber manchmal wurde ihr diese Fragerei etwas zu viel. »Detlef Kruger. Vor zwei Jahren habe ich ihn bei einer Anklage wegen Datendiebstahls vertreten. Anstelle einer Haftstrafe, die von der Staatsanwaltschaft gefordert wurde, konnte ich sein Urteil auf eine Geldstrafe abmildern. Er dürfte mir zugetan sein.«

Felix schaute sie von der Seite an. Aus dem Augenwinkel meinte sie, ein spöttisches Lächeln zu erkennen. »Ich kann es nicht fassen, dass du tatsächlich seine Hilfe in Anspruch nehmen willst. Die Anwältin, die mich schon gerügt hat, wenn ich nur in Gedanken eine Vorschrift etwas weiter ausgelegt habe. Wer sind Sie und was haben Sie mit Anna gemacht?«

Anna winkte ab. »Komm, lass doch diese albernen Kalendersprüche. Wir besorgen uns die Information ja nicht, um die Unschuld einer Person am Ende auch vor Gericht beweisen zu können, sondern um Sophie zu finden.«

»Oder ihre Leiche«, murmelte Felix.

»Wegen mir auch ihre Leiche, dann hätte ihre Familie wenigstens Gewissheit. Und ganz nebenbei versuchen wir natürlich, der Polizei eine Hilfestellung dabei zu geben, ihren Mörder zu überführen.« Anna lenkte den Wagen in eine Parklücke und stellte den Motor aus. Felix brauchte sich gar nicht so aufzuspielen, schließlich war er es gewesen, der bei der Suche nach dem Pferderipper einfach ein Beweisstück mitgenommen hatte, nachdem er sich als Polizist ausgegeben hatte. »Sonst noch moralische Bedenken, die du mir mitteilen möchtest?«

»Nun sei mal nicht so empfindlich. Der erhobene Zeigefinger war nur als Spaß gemeint. Ich bin der Letzte, der die Regeln für sich nicht ein wenig lockerer auslegt.«

»Dann wäre das ja geklärt. Und jetzt lass uns was essen gehen.« Annas Magen knurrte, weshalb sie vermutlich so gereizt auf seine Kritik reagiert hatte. Deshalb hatte sie Detlef auch zu einem Biergarten bestellt.

Im Außenbereich des Lokals schaute sie sich um und entdeckte ihn an einem Vierertisch im Schatten. »Da vorn ist er«, sagte sie und winkte ihm zu. Er war Ende 50 und hatte sein graues Haar zu einem Pferdeschwanz zusammengebunden. Seine schlanken Beine steckten in einer schwarzen Lederhose mit Nieten an den Taschen. Er trug eine dazu passende Lederjacke mit Buttons und um den Hals einen dünnen Schal. Eine lustige Erscheinung. Einer, dem man nicht zutrauen würde, sich in komplexe Netzwerke zu hacken.

»Da ist ja meine Lieblingsanwältin«, sagte er im tiefsten Bayrisch.

Anna beugte sich über den Tisch und reichte ihm die Hand. »Hallo Detlef. Schön, dass es so schnell geklappt hat. Das ist Felix Hertzlich. Er unterstützt mich als Privatermittler.«

Detlef musterte ihn interessiert wie auch skeptisch und grüßte ihn kurz mit einem Nicken, bevor sich beide zu ihm setzten. Er lehnte sich zurück und verschränkte die Arme vor der Brust.

»Wie kann ich euch helfen? Es klang ja echt dringend.«

Anna fasste ihr Anliegen kurz zusammen und machte eine Pause, als die Bedienung kam. Sie bestellten, und Anna fuhr dann fort.

»Wir brauchen dringend die Standortdaten von Sophies Handy, und ich würde meinen Kopf verwetten, dass du da rankommst«, beendete sie ihren Vortrag.

Die Bedienung kam mit einem riesigen Tablett mit drei Weißbier und drei Portionen Weißwurst mit süßem Senf und Butterbrezen. Vermutlich hielt die Kellnerin sie für Touristen, weil sie sich um diese Zeit das typisch bayerische Frühstück genehmigten. Annas Meinung nach war die Regelung veralteter Unsinn, dass Weißwürste das Zwölf-Uhr-Läuten nicht hören durften, immerhin gab es heute ausreichend Kühlmöglichkeiten.

Detlef runzelte die Stirn. »Dachte ich mir schon, dass es etwas in die Richtung ist. Du weißt, dass ich vorbestraft bin und die Staatsanwaltschaft sicher ein Auge auf mich hat.« Er nahm eine Wurst in die Hand, um an ihr zu zuzeln.

Anna stellte ihr Bierglas ab. »Schmarrn. Die überwachen ganz bestimmt nicht deinen Computer, und du verkaufst die Daten auch nicht. Solange du dich nicht beim Durchforsten der Server ertappen lässt.«

»Ganz bestimmt nicht, ich weiß schon, wie ich meine Spuren verwische«, sagte er mit der Wurst zwischen den Fingern.

Anna lag es auf der Zunge, ihn darauf hinzuweisen, dass er schon einmal erwischt worden war und bloß vorsichtig sein sollte, aber damit würde sie ihm am Ende nur ausreden, ihnen behilflich zu sein.

»Hm. Eine Hand wäscht die andere, oder?«, fragte er dann.

»Er will einen Gefallen«, sagte Felix überflüssigerweise. Anscheinend kam er sich wie das fünfte Rad am Wagen vor.

»War ja klar. Was ist denn mit dem Gefallen, dass du wegen deines Geschäftssinns kombiniert mit deinen flinken Fingern nicht ins Gefängnis musstest?«, fragte Anna. Sie war nicht in der Stimmung für Verhandlungen. Entweder er wollte ihnen helfen oder eben nicht.

»Eine Hand wäscht die andere«, wiederholte Felix die Aussage von Detlef. »Quid pro quo.« Auf wessen Seite war er überhaupt? Das nächste Mal würde sie den Teufel tun und ihn zu einem solchen Termin mitnehmen.

»Sag an, worum geht es? Dann entscheide ich, ob ich mich drauf einlasse«, lenkte Anna ein.

»Nichts Dramatisches, keine Sorge. Mein Cousin wohnt in einer Campinganlage. Erster Wohnsitz seit drei Jahren. Jetzt hat er aber total Stress mit der Leitung, weil er manchmal abends etwas lauter ist, und die wollen ihn vor Gericht bringen. Ich glaube, sie wären ruhig, wenn ein offizielles Schreiben von einem Anwalt vorläge.«

Anna nickte und schnitt ein Stück von ihrer Wurst ab. Bei einem Brief würde sie sich wirklich keinen abbrechen. »Kein Problem. Er soll mir eine Mail schreiben und sich auf dich beziehen«, sagte sie und dippte die Wurst in den Senf.

»Du weißt schon, dass man Weißwürste nicht so isst, oder?«

Sie zuckte kauend mit den Schultern. »Ich hab das Auslutschen noch nie gemocht.« Schließlich schob sie ihm einen Zettel mit den Mobilfunkdaten von Sophie über den Tisch.

Er tat so, als wäre dies eine geheime Übergabe und zwinkerte ihr zu. »Ich gehe davon aus, dass ihr die Daten gestern braucht?«

»Ja«, sagte Felix. »So schnell wie möglich.« Dann nahm Felix seine Wurst und zuzelte sie ebenfalls aus.

Detlef lachte. »Den moag i.«

25. Kapitel

»HAT er es geschafft?«

Erschrocken riss Felix die Augen auf. Natalie stand neben dem Sofa und schaute ihn erwartungsvoll an.

»Wovon redest du? Und wie viel Uhr ist es überhaupt?«, murmelte er verschlafen.

»Von dem Hacker natürlich. Ist er an die Daten gekommen?«

Felix rieb sich über die Augen und gähnte. »Natürlich, von was auch sonst. Keine Ahnung, bisher haben wir keine Rückmeldung.«

»Ich habe geahnt, dass er es nicht hinbekommt«, sagte sie achselzuckend und ging zur Treppe.

»Dafür hast du mich jetzt geweckt?«

»Es hat mich interessiert. Außerdem habe ich dir rausgesucht, welche Blumenläden in München die Black Baccara verkaufen. Anhand der Webseiten konnte ich fünf ausmachen, eine Liste samt E-Mail-Adressen liegt auf dem Esstisch.«

Stöhnend richtete Felix sich auf. Nach der Aktion im Moor gestern kam zu den üblichen Schmerzen noch ein ordentlicher Muskelkater hinzu. »Was soll ich denn mit den E-Mails?«

Natalie blieb auf der Treppe stehen und seufzte. »Na, eine Anfrage stellen, ob in letzter Zeit viele Black Baccaras verkauft wurden.«

»Ach so, klar. Ich fahre da lieber vorbei, da erfahre ich eher was als aus einer anonymen Mail. Danke dir auf jeden Fall.«

»E-Mails sind doch nicht anonym. Deine Adresse läuft auf deinen Namen, man kann also sehr gut erkennen, mit wem man es zu tun hat.« Sie wippte ungeduldig mit dem Fuß, als könnte sie es kaum erwarten, das Gespräch endlich zu beenden.

»Ja, aber bei persönlicher Kommunikation hört man den Tonfall und sieht die Körpersprache. Man weiß, mit wem man es zu tun hat, und ich kann meinen Charme einsetzen …« Natalie verzog verständnislos das Gesicht. Von Gestik und Mimik verstand sie als Autistin nichts, sie konnte es nicht interpretieren. Felix winkte ab. »Ach, vergiss es.«

Sie nickte und ging wortlos nach oben in ihr Zimmer.

Bevor Felix sich auf den Weg machte, nahm er sich einen starken Kaffee und erstellte eine sinnvolle Route, damit er nicht dreimal quer durch die Stadt hin- und hergurken musste. Alle fünf Geschäfte lagen weder in der Nähe der Wohnorte von Daniela oder Sophie noch in unmittelbarer Umgebung des Moors. Es wäre auch zu schön und einfach gewesen.

Leider stellten sich die ersten drei Läden rund um die Stadtmitte von München als Reinfall heraus. Der erste verkaufte die Black Baccara nur auf Bestellung und deshalb auch nur als Strauß. In letzter Zeit war keiner geordert worden, hatte ihm die freundliche Verkäuferin mitgeteilt, nachdem Felix seine Flirtkünste ausgepackt hatte. Im zweiten Laden gab es die Rose lediglich zum Einpflanzen, nicht als Schnittblume und im dritten konnte man sie nur sporadisch bekommen, meist im Hochsommer.

Ernüchtert genehmigte sich Felix einen Snack in einem orientalischen Schnellimbiss am Viktualienmarkt und beobachtete während des Essens das bunte Treiben auf dem Platz. Wegen der warmen Temperaturen im März war der Biergarten bereits am Mittag gut gefüllt, und fast alle Bänke waren besetzt. Eine Touristengruppe bestaunte zuerst den Maibaum und wurde dann von ihrem Stadtführer zu den Läden geleitet, wo sie Häppchen gereicht bekamen. Als er fertig gegessen hatte, ging Felix noch beim Blumenhändler auf dem Markt vorbei, doch auch der hatte die gesuchte Rose nicht im Angebot.

Hoffentlich würde er wenigstens in einem der beiden verbliebenen Blumenläden fündig, sonst müsste er noch alle Geschäfte abklappern, die keine Informationen über die vorrätige Ware auf ihrer Homepage hatten. Beide lagen von der Altstadt aus jeweils in entgegengesetzter Richtung. In Schwabing West gab es eine Friedhofsgärtnerei, die auf der Liste stand, und danach würde er in die Nähe des Tierparks in Hellabrunn fahren müssen.

Trotz Vespa, mit der er sich streckenweise am Verkehr vorbeischlängeln konnte, brauchte er etwas über eine halbe Stunde bis nach Schwabing. Am Westfriedhof ein paar hundert Meter vom

Städtischen Stadion entfernt stellte er seinen Roller auf einen kleinen Parkplatz und zog den Helm ab. Durch die Nähe zum Friedhof herrschte viel Betrieb in dem Laden, und Felix befürchtete, dass er ewig würde warten müssen. Tatsächlich zog es sich, denn die Kranzbestellungen nahmen einige Zeit in Anspruch. Während er in der Schlange stand, betrachtete er die Blumen und atmete den Geruch von süß duftenden Knospen und Blättern. Eine Black Baccara entdeckte er nicht.

Endlich kam ein älterer Herr, der ihn vom Aussehen her an Peter Lustig erinnerte, auf ihn zu und rückte seinen Strohhut zurecht, den er wahrscheinlich nur zum Schlafengehen ablegte.

»Wie kann ich helfen?«, fragte er.

Felix erkundigte sich nach der Rose.

»Ach, tut mir leid. Die Baccara gibt's nur auf Bestellung«, lautete die Antwort, die er bereits befürchtet hatte.

»Und hat die in letzter Zeit jemand bei Ihnen bestellt?«

Der Mann runzelte die sonnengegerbte Stirn. »Warum wollen Sie das wissen?«

Felix zeigte ihm seine Visitenkarte, woraufhin der Mann ihm erklärte, dass die Rose in der näheren Vergangenheit lediglich in einem Kranz verkauft worden war, bot ihm aber an, zur Sicherheit in die Bücher zu schauen und sich zu melden, sollte er doch einen Kunden vergessen haben, der die Blume einzeln gekauft hatte.

Felix bedankte sich und verließ enttäuscht das Geschäft. Der nächste Reinfall. Wer auch immer Daniela und Sophie diese Rosen geschenkt hatte, er musste einen Grund dafür haben. Mal einfach aus Lust und Laune oder gar zufällig hatte er bestimmt nicht ausgerechnet die Sorte gewählt, die in München am schwierigsten zu bekommen war. Außer vielleicht, er wohnte direkt bei einem dieser Läden und hatte keine Ahnung, wie selten die Blume war.

Auf dem Weg nach Hellabrunn geriet er in den beginnenden Feierabendverkehr und hatte kaum eine Möglichkeit, an den Autos vorbeizuziehen. Als er endlich beim Tierpark ankam, schien das Geschäft jeden Moment zu schließen, denn eine ältere Frau räumte bereits die Auslage weg.

Felix beeilte sich, seine Vespa abzustellen, und eilte zu der Frau.

»Haben Sie eine Minute?«, fragte er keuchend.

Die Frau zog ihre buschigen, fast weißen Brauen hoch und lächelte schließlich. »Wenn es nur eine Minute ist, dann geht das klar.« Ihre Stimme klang warm und freundlich. Felix stellte sich vor und erklärte ihr, warum er hier war.

Die Frau nickte. »Sie sind genau richtig, diese wunderschöne Rose haben wir immer im Bestand.«

Felix fiel ein Stein vom Herzen. »Wurde sie in letzter Zeit an jemanden verkauft?«

»Aber sicher. Trotz des hohen Preises ist sie ein beliebtes Mitbringsel für die Freundin oder Frau, und da sie nicht in vielen Läden geführt wird, kommen sogar Leute aus anderen Stadtteilen extra deswegen hierher.«

Na super, dachte Felix und versuchte, sich seine Frustration nicht anmerken zu lassen. Die alte Dame konnte auch nichts dafür, dass ihm diese Tatsache die Suche deutlich erschwerte. Dabei hatte er sich endlich am Ziel gewähnt.

»Erst gerade war ein Stammkunde da, der kauft die letzten Wochen ständig welche. Sie sind für seine Mutter. Finde ich ja außergewöhnlich, aber gut.«

»Gerade eben?«, fragte Felix und schaute sich angespannt um. »Ist er mit dem Auto unterwegs? In welche Richtung ist er gefahren?«

»Soweit ich das mitbekommen habe, kommt er zu Fuß. Jedenfalls wäre es mir bislang nicht aufgefallen, dass er in ein Auto gestiegen ist. Wissen Sie, die Parkplatzsituation ist hier so schlecht, viele stellen sich einfach auf die Straße vors Schaufenster und haben es dann eilig, wenn sie im Laden sind. Bei ihm war das noch nie so, er schlendert immer ganz gemütlich davon.«

»In welche Richtung?«, wiederholte Felix seine Frage. Wenn der Kerl zu Fuß war, könnte er ihn noch erwischen.

Die alte Frau machte eine vage Handbewegung die Straße runter, die sich nur wenige Blocks weiter mit einer anderen kreuzte. »Da, glaube ich …«

»Danke Ihnen. Ich bin gleich wieder da, bitte warten Sie auf mich«, rief Felix und rannte zu seinem Roller. Er raste los, bremste an der nächsten Seitenstraße ab und schaute hinein. Das Wetter trieb viele Leute nach draußen, die Gehsteige waren nicht gerade leer. Felix bog ab und musterte die Passanten links und rechts. Niemand trug irgendwelche Rosen mit sich herum. Ein Schild wies den Weg zur U-Bahn aus, und Felix nahm die Strecke. Auch hier entdeckte er niemanden mit Blumen. Ernüchtert machte er sich wieder auf den Rückweg. Der Kerl konnte überall in dem Viertel sein oder sogar direkt um die Ecke wohnen und längst in seiner Wohnung sitzen. Eine kopflose Suche ergab wenig Sinn.

Zurück im Laden erwartete ihn die misstrauische Händlerin. »Sagen Sie mal, was ist denn mit diesem Mann, dass Sie so ein Bohei um ihn machen? Hat er etwas ausgefressen?«

Das war nicht gerade die richtige Umschreibung, wenn es sich wirklich um Danielas Mörder handeln sollte, aber bislang konnte Felix nur vermuten, dass er der Täter war. Da er die Frau nicht beunruhigen wollte und nicht glaubte, dass der Mann ihr gefährlich werden würde, erfand er eine Geschichte. »Seine Familie hat mich beauftragt, ihn zu finden. Sie sind im Streit auseinandergegangen, und ich will vermeiden, dass er einfach wieder untertaucht. Deshalb wäre es auch gut, wenn Sie ihn nicht darauf ansprechen, dass sich jemand nach ihm erkundigt hat.«

»Seine Familie, hm. Von mir erfährt er kein Wort.«

»Zahlt er die Rosen bar oder mit Karte?« Felix wusste, dass er die Kreditkartendaten sehr wahrscheinlich nicht bekommen würde, aber einen Versuch war es wert.

»Der zahlt bar.« Sie überlegte einen Moment. »Ach, Sie wollen seinen Namen und Adresse?«

Felix nickte.

»Da kann ich Ihnen leider nicht helfen.«

»Können Sie ihn mir beschreiben? Hat er irgendwelche auffälligen Merkmale?«

Die Frau stützte sich auf ihrem Tresen ab und schaute ihn durchdringend an. »Wenn seine Familie ihn sucht, sollten Sie doch wissen, wie er aussieht, oder nicht? Und außerdem hat er gesagt, er würde die Rosen für seine Mutter kaufen. Da ist doch was faul an Ihrer Geschichte.«

Felix merkte, wie ihm das Blut in den Kopf schoss. Verdammt, er sollte sich demnächst besser vorher seine Ausreden zurechtlegen. »Na ja, es ist so, dass die Mutter seit Längerem anonym diese Rosen in den Briefkasten gesteckt bekommt. Sie hat vermutet, dass sie von ihrem Sohn stammen, so als eine Art Versöhnungsversuch, sicher ist sie aber nicht, und sie kann eben auch keinen Kontakt herstellen. Gern würde sie ihr Kind wieder in ihre Arme schließen, aber das ist nicht möglich.« Zur Ablenkung von seiner Lüge drückte Felix ordentlich auf die Tränendrüse. »Das letzte Mal, dass sie ihn gesehen hat, ist schon so lange her, so weiß sie natürlich nicht, wie sehr er sich verändert hat.«

Es schien zu wirken, das Gesicht der Frau wurde wieder weicher. »Ach so. Nun, tut mir leid, aber ich kann Ihnen da wirklich nicht helfen, so gern ich es würde. Für mich sah er aus wie jeder andere. Kurze, dunkelblonde Haare, ordentlich rasiert, was ihn jung aussehen lässt. Ihre Größe in etwa.«

»Ihnen ist also gar keine Besonderheit aufgefallen?«, startete Felix einen letzten Versuch. Zur Not müsste er die nächsten Tage den Laden observieren, falls es noch nicht zu spät war. Wenn er die Rosen für sein nächstes Opfer gekauft hatte, konnte es auf jeden Tag ankommen.

Die Frau legte ihre ohnehin runzelige Stirn in Falten. »Also das einzig Auffällige wäre, dass er keinen Dialekt gesprochen hat. Vielleicht kommt er nicht von hier. Und anscheinend liest er gern. Er hatte gestern eine Stofftüte dabei, die war von einem Buchhändler und bis oben hin gefüllt mit Büchern. Bevor Sie fragen, den Namen hab ich mir nicht gemerkt, nur das Zitat, was da draufstand, das hat mir so gut gefallen. *Ein Haus ohne Bücher ist wie ein Mensch ohne Seele,* so in etwa war das. Ich lese ja auch so gern, wissen Sie. Vielleicht hilft Ihnen das weiter?«

Wahrscheinlich nicht, dachte Felix und lächelte dennoch freundlich. Es konnte nicht schaden, Natalie darauf anzusetzen. »Vielen Dank, Sie haben mir sehr geholfen. Wenn er wiederkommt, würden Sie mich anrufen?« Er legte eine Visitenkarte auf den Tisch. »Und nicht vergessen, sagen Sie ihm nicht, dass ich hier war.«

Sie gab ihm ihr Wort, und er verließ den Laden. Erst auf dem Weg nach Aubing, wo er Anna in der Kanzlei besuchen wollte, dämmerte ihm, dass die Händlerin möglicherweise demnächst auch Besuch von der Polizei bekommen würde. Zumindest, wenn Steffen ebenfalls die Rosen ins Visier genommen hatte und damit dem Mörder auf die Spur kommen wollte. Dann wüsste sie, dass Felix sie belogen hatte.

»Mist«, murmelte er in seinen Helm und gab Gas. Ihr Anruf würde mit Pech sehr unangenehm werden.

26. Kapitel

IN der Kanzlei stand Anna vor einem Flipchart-Ständer. Sie war so konzentriert, dass sie nicht registrierte, wie Felix ihr Büro betrat.

Erst als er sie ansprach, schreckte sie aus ihren Gedanken.

»Was machst du denn da?«, fragte er und betrachtete die Fotos von Daniela und Sophie, die Anna dort angepinnt hatte. Darunter hatte sie handschriftliche Notizen in Form von Mindmaps verfasst. Er grinste. »Erinnert mich an eine Folge von CSI.«

Anna winkte ab, ging zum Flipchart und griff nach einem Filzstift auf der Ablage. »Haben wir nicht gestern darüber gesprochen, dass wir dringend sammeln sollten, was wir bisher wissen? So kommen wir dem Täter vielleicht ein ganzes Stück näher oder bekommen wenigstens eine Ahnung, wo man ihn suchen könnte.« Anna deutete mit dem Stift auf Sophies Fotos.

»Klar, mich wundert nur, dass du schon angefangen hast. Ich dachte, du würdest bis über beide Ohren in Arbeit stecken.«

Anna ließ die Schultern hängen. Da legte er seinen Finger genau in die Wunde. »Eigentlich ist das auch so, aber ich kann mich überhaupt nicht konzentrieren, solange mir das im Hinterkopf herumspukt. Deshalb hab ich schon losgelegt, aber weit bin ich irgendwie nicht gekommen.«

»Lass mal sehen«, sagte Felix und arbeitete sich durch die Notizen.

Anna hatte die Grunddaten der Frauen aufgelistet: Alter, Beruf, Aussehen und wann sie verschwunden waren. In die Mitte hatte sie das Wort »Ähnlichkeit« geschrieben und es zu beiden Seiten mit Strichen mit den Fotos verbunden.

»Du hast recht, sie sehen sich wirklich sehr ähnlich. Könnte sich fast um Schwestern handeln. Die helle Haut, die Haare, beide sind ziemlich schlank«, sagte Felix.

»Glaubst du, das bedeutet, der Killer hat einen bestimmten Typ? Bei Serienkillern ist das doch häufig so, dass ihre Opfer ein bestimmtes Aussehen haben, oder nicht?«

»Wenn wir davon ausgehen, dass sie tot ist …«

»Für mich sieht es leider ganz danach aus«, unterbrach Anna ihn. »Beide haben vor ihrem Verschwinden von einem uns unbekannten Mann Rosen geschenkt bekommen. Anonym, zumindest Daniela, denn sie ging davon aus, dass sie von Oliver Hofmann kamen. Außerdem habe ich diese Rosen auch bei Danielas Leiche gesehen. Ein weiteres verbindendes Element.« Sie stockte und kniff die Augen zusammen. Das Bild ihrer toten Assistentin war so präsent in ihrer Erinnerung, als sähe sie ein Foto vor sich.

Felix legte ihr tröstend die Hand auf den Oberarm, doch Anna fand schnell ihre Fassung wieder. Um analytisch vorgehen zu können, war es besser, so wenige Emotionen wie möglich zuzulassen. Die verschleierten einem nur den Blick. So hielt sie es mit Mandanten, deren Taten sie verurteilte, und diese Routine half ihr nun dabei, sich von Danielas Tod innerlich zu distanzieren.

»Davon hast du mir beim Moor gar nichts erzählt«, sagte er.

»Da war ich ja auch völlig durch den Wind. Jedenfalls hatte sie Rosenblüten im Haar, und eine hielt sie in den Händen. Das beweist doch, dass die Blumen von dem Mörder kommen.« Anna ging vor dem Flipchart auf und ab und strich sich dabei immer wieder über ihre Haare. »Ich habe in einer Abhandlung vom BKA die Ausführungen über die Typologie von Serientätern überflogen und bin sicher, dass wir es mit einem planenden Täter zu tun haben.«

»Erstens, ein Beweis, liebe Frau Anwältin, ist das streng genommen nicht, aber für unsere Zwecke würde ich den Begriff jetzt so durchgehen lassen. Und laut der FBI-Definition handelt es sich erst nach drei Morden um einen Serienkiller …«

»Können wir vielleicht einfach beim Thema bleiben?«, sagte Anna gereizt. Er hatte den Begriff beim Moor doch selbst noch verwendet, und jetzt rieb er sich an Kleinigkeiten auf.

»Sorry. Also, wie du bemerkt hast, sehen die beiden sich sehr ähnlich. Außerdem kannten sie sich, sogar schon ziemlich lange. Gut möglich, dass der Täter aus dem Umfeld der beiden kommt.« Felix unterteilte das Flipchart und eröffnete einen Abschnitt für den Täter, wo er das Wort »Bekannter« notierte.

Anna blieb ruckartig stehen. »Du denkst immer noch, Oliver Hofmann könnte dahinterstecken? Bei der Anhörung heute hatte ich nicht den Eindruck, als hätte er etwas damit zu tun. Seine Aussage war schlüssig, er hat sich nicht in Widersprüche verwickelt.« Die Beamten hatten ihn ganz schön in die Mangel genommen, doch Hofmann war nicht eingeknickt. Selbstverständlich war er nervös gewesen, aber auf Anna hatte er ehrlich gewirkt.

Felix zuckte mit den Schultern. »Nicht zwingend. Könnte genauso gut ein Freund von ihm sein. Jemand, der neidisch war, dass Hofmann mit beiden Frauen ein Verhältnis hatte. Eigentlich dachte ich aber eher an einen alten Schulkameraden oder so.«

Anna brummte und nahm Felix den Stift ab, um Olivers Namen ebenfalls unter die Kategorie Täter zu schreiben und ein großes Fragezeichen danebenzumalen. »Dann müssen wir uns das Umfeld der beiden und auch das von Oliver Hofmann noch mal genauer ansehen«, sagte sie mit einem abwehrenden Unterton. Das würde sie viel Zeit kosten und im Zweifel nirgends hinführen.

»Niemand hat gesagt, Ermittlungsarbeit wäre einfach. Aber wir haben ja noch mehr Hinweise auf seine Person. Was wissen wir noch?« Felix verschränkte die Arme und sah Anna prüfend an. Dann grinste er und ließ die Arme wieder hängen. »Ich komme mir bisschen wie damals bei der Kripo vor, als ich während der Praxissemester Mentor für einen der Studierenden war.«

»Die Rosen«, sagte Anna und schrieb den Begriff auf, bevor Felix etwas erwidern konnte. »Ob das juristisch gesehen nun ein Beweis ist oder nicht, es ist wohl eindeutig, dass er ihnen die Rosen vorher geschenkt hat. Sie müssen also eine Bedeutung für ihn haben. Konntest du bei den Blumenläden was erreichen?«

»Nicht viel, aber doch ein bisschen was. Ich bin ziemlich sicher, den Laden gefunden zu haben, wo unser Mann einkauft, und er war sogar dort, kurz bevor ich kam.«

Anna schaute ihn mit aufgerissen Augen an. »Ach du Scheiße, das ist nicht dein Ernst! Du bist genial.«

Er machte eine Bewegung, als wolle er ihr um den Hals fallen, ließ die Arme dann aber wieder sinken. Um ehrlich zu sein, hätte sie unbedingt etwas dagegen gehabt. »Freu dich mal nicht zu früh, viel mehr wird es nicht. Ich hab das Viertel auf dem Roller abgesucht, er war schon weg. Allerdings weiß ich, dass er zu Fuß zu dem Laden kommt, was vermutlich bedeutet, dass er entweder in der Nähe wohnt, oder kein eigenes Auto hat.«

»Oder gar keins«, ergänzte Anna.

»Das wiederum halte ich für unwahrscheinlich, immerhin muss er die Opfer irgendwie transportiert haben. Sowohl Sophies als auch Danielas Auto standen noch dort, wo er sie entführt hat. Er muss also zumindest Zugriff auf ein Fahrzeug haben und einen Führerschein sehr wahrscheinlich auch.«

»O Mann. Gut, dass ich Anwältin geworden bin und du Ermittler. Ich wäre eine lausige Kriminalistin.« Sie wusste, dass diese Aussage so nicht stimmte. Immerhin war ihm der Spürsinn nicht in die Wiege gelegt worden, sondern er hatte eine Ausbildung durchlaufen, bei der man ihm beigebracht hatte, welche Schlüsse man aus welchen Informationen ziehen konnte. Dennoch hatte sie das Gefühl, dass er ein wenig Zuspruch gut vertragen konnte.

Er wartete, bis Anna die Erkenntnisse stichpunktartig festgehalten hatte, dann sagte er: »Zum Aussehen konnte mir die Dame aus dem Laden leider nicht viel sagen, und ein Kamerasystem hat sie nicht installiert. Ein durchschnittlicher Typ, nicht auffallend groß oder klein, dunkelblonde, kurze Haare, rasiert. Könnte jeder vierte Kerl sein, dem man in der Fußgängerzone begegnet.«

»So ein Mist«, zischte Anna. »Wäre ja auch zu schön gewesen, wenn er eine auffällige Narbe im Gesicht tragen würde oder grüne Haare hätte.«

»Immerhin ist ihr aufgefallen, dass der Mann keinen Akzent hatte, er sprach Hochdeutsch. Könnte sein, dass der Täter ursprünglich nicht von hier kommt.«

»Könnte, muss aber nicht. Viel ist es nicht, was wir zusammentragen konnten.«

»Moment, wir sind noch nicht durch. Ein paar Schlüsse lassen sich schon noch ziehen. Zum Beispiel zu seinem Berufsleben.«

Anna zog die Augenbrauen zusammen und ruckte an ihrem Dutt herum. So sehr sie auch nachdachte, ihr fiel nichts ein, das ein Hinweis darauf sein könnte. »Keine Ahnung, was du meinst.«

»Ich bin mir ziemlich sicher, dass der Kerl seine Opfer vor der Tat ausgiebig beobachtet hat und Daniela zum Beispiel an dem Abend, als er sie entführt hat, gefolgt ist. Wie sonst hätte er wissen sollen, dass ihr Auto am Ostfriedhof auf einem verlassenen Parkplatz stand?« Da Anna ihm den Stift nicht rüberreichte, setzte Felix sich auf das Sofa der Sitzgruppe.

»Klar, du hast recht. Das muss ganz schön zeitaufwendig gewesen sein. Gehen wir also davon aus, dass er keinen Job hat?«

»Entweder das, oder er hat gerade Urlaub. Zwischen Sophies Verschwinden und dem von Daniela liegt sehr wahrscheinlich nur eine Woche.«

»Wie soll uns das dann weiterhelfen?«, fragte Anna enttäuscht.

»Jeder Fitzel kann am Ende der entscheidende Hinweis sein, also sollten wir wirklich alles festhalten, was wir wissen.«

»Okay«, murmelte Anna und notierte beide Optionen. So langsam fand sie die Fülle an Stichpunkten unübersichtlich, aber Felix würde schon etwas damit anfangen können. »Ehrlich gesagt glaube ich eher, dass er einen Job hat. Wie sollte er sich sonst die teuren Rosen leisten können?«

Felix nickte beeindruckt. »Gut aufgepasst. In dir steckt ja doch eine Detektivin. Auf jeden Fall muss er mehr Geld als Hartz IV haben, das stimmt. Einen letzten Punkt habe ich noch.«

Anna setzte gespannt den Stift an das Flipchart an. »Leg los.«

»Er scheint gern zu lesen oder, falls er Angehörige hat, tut es jemand aus der Familie. Der Blumenverkäuferin ist ein Stoffbeutel bei ihm aufgefallen, der von einer Buchhandlung stammt. An den Namen konnte sie sich nicht erinnern, aber an ein Zitat.«

Anna ließ den Arm sinken. »Wie lautet es?«

»*Ein Haus ohne Bücher ist wie ein Mensch ohne Seele,* oder so ähnlich sagte sie. Ich hab Natalie schon drauf angesetzt, ob sie darüber den Laden ausfindig machen kann.«

»Na, ich hoffe, du bezahlst deine Schwester auch ordentlich dafür«, entgegnete Anna mit aufgesetzter Strenge. Manchmal hatte sie das Gefühl, dass Natalie einen Hauptteil der Recherchearbeit übernahm.

Felix verschränkte die Arme vor der Brust. »Sie hat Kost und Logis bei mir frei. Mehr kann ich mir als armer Schlucker leider nicht leisten.«

Anna lachte, dabei hatte Felix das anscheinend gar nicht mal so unernst gemeint. »Sonderlich viel habe ich in letzter Zeit nicht verdient. Wenn ich nicht bald einen gescheiten Auftrag reinbekomme, sieht es düster für uns aus. Aber egal, ich glaube, jetzt sind wir wirklich durch. Mehr können wir erst hinzufügen, wenn wir Details dazu haben, was er mit Daniela gemacht hat. Der Tathergang spielt bei der Fallanalyse eine wichtige Rolle.«

Annas Lachen erstarb, und sie fröstelte. »Ob ich das so genau wissen will … Ich glaube, ich kann da nicht nachfragen bei der Kripo. Abgesehen davon, dass ich sicher keine Informationen bekommen würde.«

»Keine Sorge, du musst dich nicht darum kümmern. Ich frage Natalie, ob sie bei der Rechtsmedizin was tun kann.«

»Na, da wird Steffen nicht begeistert sein, wenn er das irgendwann erfährt«, entgegnete Anna.

»Wird er schon nicht. Meine Schwester ist ein Profi. Jedenfalls hoffe ich das, denn andernfalls wäre unsere Freundschaft sehr wahrscheinlich ein für alle Mal beendet.«

27. Kapitel

WUNDERSCHÖN sah sie aus. Auch wenn sie noch nicht hergerichtet war, konnte er sich vorstellen, wie das Endergebnis sein würde. Chantal de Mattia lag zusammengekrümmt im Kofferraum des Wagens seiner Mutter, und er betrachtete sie im Dämmerlicht der aufgehenden Sonne. Sein Vater hatte recht gehabt; sie nicht zu schlagen, war die richtige Entscheidung gewesen, auch wenn es in dem Lied anders ablief und der Kerl die Frau mit einem Stein erschlug. Was unrealistisch war, denn im Video sah man keine Verletzung, völlig unversehrt und wunderschön lag sie in ihrem weißen Seidenhemdchen in dem schwarzen Wasser.

Dieses Mal würde er es genau so hinbekommen, denn er hatte sie mit Chloroform ruhiggestellt. Natürlich hatte sie gezappelt, als er sie in der Nacht auf dem Weg zum Wohnheim abgepasst hatte, aber er hatte sie nicht verletzt, sondern ihr einfach nur das Tuch über Mund und Nase gehalten und gewartet. Und jetzt lag sie hier vor ihm, als würde sie nur ein Nickerchen machen, um sich von ihrem Nachtdienst zu erholen.

Er steckte die Taschenlampe in seinen Hosenbund, beugte sich zu ihr und küsste ihre weichen Lippen, die nach Erdbeere schmeckten. Es wurde langsam hell, und er musste sich beeilen, um ihr den perfekten Abschluss zu gewähren. Die Morgenstunden boten genau das richtige Licht. Er wünschte, er könnte Fotos machen, aber er musste die Szenerie rein in seiner Erinnerung festhalten.

Vorsichtig hob er sie aus dem Wagen und legte sie auf den weichen Waldboden, um den Kofferraum zu schließen. Vögel begannen zu zwitschern. Die Natur erwachte, und am Horizont zwischen den Bäumen bahnten sich Sonnenstrahlen ihren Weg durch das Blätterdach. Innerlich trieb er sich zur Eile an. Trotzdem durfte er jetzt nicht hektisch werden, denn jede Abweichung vom Plan konnte alles ruinieren und würde Vater wieder dazu bringen, Louisa ins Visier zu nehmen.

Mit dem schlaffen Körper im Arm stand er auf und stapfte zu dem See, der mitten im Moorgebiet lag. Es war nicht einfach, mit dem zusätzlichen Gewicht durch den Morast voranzukommen, aber mittlerweile hatte er Übung und blieb nicht bei jedem zweiten Schritt stecken. Eigentlich sollte man hier nicht abseits des Weges gehen, wegen des Naturschutzes, aber darauf konnte er keine Rücksicht nehmen. Um die Uhrzeit erwartete er zwar nicht, jemanden auf dem Weg zu treffen, riskieren wollte er es allerdings lieber nicht.

Bald erreichte er seinen besonderen Platz. Zwischen kniehohem Gras – oder war das Schilf? Er musste dringend seine Kenntnisse in Botanik verbessern – sah man das tiefschwarze Wasser des Sees hindurchschimmern. Leider gab es hier, anders als in dem Video, keine große Trauerweide direkt am Ufer, aber dafür genug andere Bäume. Natur war eben Natur, die konnte man sich nicht so zurechtbiegen, wie man es gern hätte.

Bevor er diese Stelle endgültig auserkoren hatte, hatte er getestet, wie tief der See am Rand war. Im Gegensatz zu dem Platz, wo er Sophie abgelegt hatte, ging es hier recht flach los. Chantal würde nicht einfach untergehen, ehe er sie präpariert hatte.

Für ihr Ende hatte er sich eine kleine Besonderheit überlegt. Alle notwendigen Utensilien hatte er in seiner Umhängetasche dabei, und er würde seinem Vater zeigen, dass er es besser konnte. Sogar besser als er selbst damals. Behutsam legte er Chantal auf dem feuchten Boden ab und strich ihr eine Haarsträhne aus der Stirn. Gut, dass sie sich für ihren Dienst nicht geschminkt hatte. Ohne die Farbe im Gesicht sah sie viel hübscher aus, und die blutroten Lippen würden besser zur Geltung kommen.

»Ich habe einen«, rief plötzlich jemand gar nicht so weit entfernt. Ein Mädchen, anscheinend sehr jung.

Sofort ließ er sich auf die Knie fallen und duckte sich in das Schilfgras, das ihn hoffentlich vor neugierigen Blicken verbergen würde.

»Das ist doch nur ein normaler Pilz, Charlotte«, sagte ein Junge, etwas älter vielleicht.

»Zeigt mal her.« Das musste die Mutter sein.

Das Blut in seinen Ohren rauschte immer lauter, und vor Anspannung vergaß er sogar das Atmen. Erst als ihm schwindelig wurde, merkte er, dass er die Luft anhielt, und stieß sie leise aus.

»Wir müssen aber einen Fliegenpilz mitbringen«, jammerte das Mädchen, dessen Name anscheinend Charlotte war.

»Ich verstehe immer noch nicht, was eure Lehrer sich dabei gedacht haben«, sagte die Mutter energisch. Die Stimmen kamen näher. »Wenn du mir vorher dein Hausaufgabenheft gezeigt hättest und nicht erst gestern vorm Schlafengehen, dem hätte ich was erzählt.«

Mist! Sie dürften ihn jeden Moment erreicht haben, und ausgerechnet jetzt ließ bei Chantal die Wirkung des Chloroforms nach. Erst zuckte nur ihre Hand, dann bewegte sie ihren Kopf leicht hin und her.

»Lehrer sind sowieso doof«, jammerte der Junge, mittlerweile war sogar das Geräusch seiner Füße zu hören, mit dem er durch den Schlamm stapfte.

Chantals Lider flatterten. Sicherheitshalber presste er ihr die Hand auf den Mund, auch wenn er sie dadurch erst recht aufwecken würde. Tatsächlich öffnete sie ausgerechnet in diesem Moment die Augen, starrte ihn an und fing dann an, sich wild herumzuwerfen. Mit seinem Oberkörper drückte er sie zu Boden. Um seine Hand loszuwerden, die ihre Schreie erstickten, versuchte sie ihn zu beißen, doch sie bekam seine Haut zum Glück nicht zu fassen.

»Dann kriege ich aber eine schlechte No… Mama! Ich hab einen«, kreischte Charlotte, die sich etwas weiter entfernt von der Stelle befand, an der er gerade mit Chantal kämpfte.

»Fass den bloß nicht an. Luca, komm sofort her«, rief die Mutter.

Das schmatzende Geräusch der Füße stoppte. Zwischen den Halmen hindurch sah er eine hellblaue Hose.

Stille. Luca schien ihn genau anzuschauen, denn die Füße des Jungen zeigten in seine und Chantals Richtung. Er presste sich fester an sein Opfer, das die Fingernägel in seinen Arm rammte, um sich zu befreien.

»Du darfst nicht zulassen, dass sie dich unterbrechen«, flüsterte sein Vater.

»Luca! Hörst du mich?«

»Mama, hier …«

»Komm jetzt sofort her, sonst fahren Charlotte und ich ohne dich nach Hause.«

Verpiss dich oder ich schlitze dir und deiner Familie die Kehlen auf, dachte er. *Ihr werdet es mir nicht versauen. Bisher lief alles so gut.*

Als hätte Luca ihn gehört, nahm er die Beine in die Hand und rannte davon. Chantal unter ihm zappelte noch immer.

Was sollte er jetzt mit ihr machen?

Er schaute sich um. Nicht weit von ihm entfernt lag ein großer Stein. Wenn er ganz vorsichtig war und nur auf ihren Hinterkopf zielte … Er griff danach und holte aus. Was konnte schon so verkehrt daran sein? Im Lied kam der Stein immerhin auch vor, wenngleich er auch nur in der Textzeile der Frau erwähnt wurde. Seine Hand sauste nach unten. Genau in dem Moment zuckte Chantal zur Seite, und der Stein knallte auf ihr Auge. Vor Schreck ließ er ihren Mund los, und sie stieß einen spitzen Schrei aus.

»Nein«, rief er und schlug erneut zu. Dieses Mal traf er die richtige Stelle. Wieder und wieder hieb er mit dem Stein auf ihren Kopf ein, bis sie schließlich ganz ruhig dalag.

»Alle Schönheit muss irgendwann sterben«, sagte er außer Atem und schloss zärtlich ihre aufgerissenen Augenlider.

Er beobachtete sie noch kurz, ob sie sich wirklich nicht mehr regte, dann entnahm er seiner Tasche das Nachthemdchen aus Satin sowie das Skalpell, die Rosen und den Pinsel. Nachdem er sie umgezogen hatte, stach er ihr in den Oberschenkel und wartete, bis das Blut herausströmte. Er tunkte den Pinsel hinein und trug es bedächtig auf ihre Lippen auf. Perfekt. Wäre da nicht das Auge, das er mit dem Stein getroffen hatte und das immer mehr anschwoll.

Das durfte nicht sein. Bisher war doch alles so gut gelaufen! Wie war es nur dazu gekommen, dass er es wieder versaut hatte? Diese verdammte Familie war schuld. Am liebsten würde er sie suchen und die Mutter an Chantals Stelle hier ablegen. Doch dann würde der Ablauf nicht stimmen.

Vielleicht war es ja gar nicht so schlimm. Es war nur eine leichte Schwellung, kein Kratzer, keine Schürfwunde. Er durfte jetzt nicht aufgeben und bedeckte ihr Auge mit einer Haarsträhne. Schon besser. Sanft schob er sie ins Wasser, wo das Blut eine rote Wolke um ihren Kopf bildete. Die Rose klemmte er zwischen ihre blutroten Lippen und stand auf, um sein Werk zu betrachten.

28. Kapitel

»HAB ich dich geweckt?«

Anna unterdrückte ein Gähnen und blickte auf ihren Wecker, der auf dem Nachttisch stand. Kurz vor sechs. In wenigen Minuten würde er klingeln. Sie schaltete ihn aus und setzte sich im Bett auf.

»Guten Morgen, Detlef«, nuschelte sie und räusperte sich.

Ihr ehemaliger Mandant lachte polternd. »Hab was für dich, Frau Lieblingsanwältin«, sagte er fröhlich.

»Hoffentlich die genauen Daten.«

»Keine Bange. Es war eine harte Nuss, glaub mir das. Aber ich würde lieber vorbeikommen, um die Ergebnisse zu besprechen.«

Ach ja. Vorsicht war die Mutter der Porzellankiste, so sagte man doch. Möglicherweise wurde sein Telefon noch immer überwacht. Dumm, dass sie gleich mit der Tür ins Haus gefallen war. Schnell schwenkte sie um.

»Du kannst mir die Daten einfach in die Kanzlei bringen. Dann sehe ich, was ich für deinen Cousin tun kann.«

»Prima, bis später.«

Anna trennte die Verbindung und schwang sich aus dem Bett. Sie schickte Felix eine Nachricht. Vielleicht hatte er Zeit, dann könnten sie im Anschluss direkt zu der Stelle fahren, zu der sie die Standortdaten führten, und schauen, ob sie irgendeinen Hinweis darauf fanden, dass Sophie sich dort aufgehalten hatte.

Keine Stunde später schloss sie die Tür zur Kanzlei auf und startete die Kaffeepadmaschine, deren Brühe schrecklich schmeckte. Sie hatte sich schon so oft vorgenommen, das alte Ding zu ersetzen, war aber bislang nie dazu gekommen. Sie machte sich einen Kaffee und biss in das belegte Brötchen, das sie sich auf dem Weg besorgt hatte. Wenn Danielas Mörder festgenommen war, würde sie ganz bestimmt mit der gesunden Ernährung starten. Jetzt war einfach nicht der richtige

Zeitpunkt. Anderen Leuten schlug Stress oder Trauer auf den Appetit, bei ihr war das Gegenteil der Fall. Essen gab ihr irgendwie Halt, den sie in dieser Zeit dringend brauchte.

Als sie mit der Tasse und dem Brötchen in ihr Büro ging, spazierte Detlef zur Tür herein und hielt eine Bäckertüte hoch. Mit einem Blick auf das Brötchen grinste er. »Ich hatte dir ein Croissant besorgt, als Entschädigung für das frühe Aufstehen. Kannst du aber auch zum Nachtisch essen. Du verträgst ohnehin ein bisschen mehr auf den Rippen.« Anna lachte, und er folgte ihr in ihr Büro, wo er vor dem Flipchart stehen blieb.

»Hier sieht's ja aus wie in einem Bullenzwinger«, sagte er und legte die Tüte auf ihrem Schreibtisch ab.

»Nette Wortkreation«, sagte sie. »Wenn du einen Kaffee willst, sag Bescheid. Allerdings kann ich diesen Pad-Mist nur bedingt empfehlen.«

»Danke, ich verzichte. Bin eher so der *Red Bull*-Typ.«

Anna verzog angewidert das Gesicht. Aber irgendwie passte das zu dem Klischee des Hackers, der sich – natürlich ausschließlich nachts – in aller Heimlichkeit in die Netzwerke seiner nichts ahnenden Opfer einhackte und dabei mit Energydrinks wachhielt.

Sie setzte sich hinter ihren Schreibtisch und wartete, bis Detlef davor Platz genommen und sich ein Croissant aus der Tüte geholt hatte. In aller Seelenruhe biss er hinein und kaute darauf herum, als wären sie lediglich zum Frühstück verabredet. Sie trank ihren Kaffee, während er das Croissant vertilgte.

»Also, willst du mich jetzt weiter auf die Folter spannen oder übergibst du mir, was du rausgefunden hast?« Anna erwartete, dass er ihr etwas wie eine Karte mit markierten Gebieten aushändigen würde. Jedenfalls kannte sie das so aus Filmen, wenn man Daten einer Handyortung auswertete.

»Von wegen übergeben. Das machen vielleicht Betrunkene, wenn sie nachts nach Hause kommen.« Er tippte sich gegen die Stirn. »Ich hingegen hab alles hier drin. Konzentriert hab ich mich eh nur auf den Tag, an dem auch die Übertragung endete. Nimm dir ruhig was zum Schreiben, du stehst ja auf Zettelwirtschaft.« Er nickte in Richtung Notizblock.

»Dann schieß mal los«, sagte Anna, als sie sich mit einem Stift bewaffnet hatte.

Bevor Detlef anfangen konnte, ging die Kanzleitür auf, und Felix erschien im Flur. Seine Augen waren verquollen, und er sah nicht gerade glücklich darüber aus, um die Uhrzeit schon auf den Beinen zu sein.

»Oh, toll, hier gibt's Frühstück«, sagte er und ließ sich auf den Stuhl neben Detlef fallen. Der schaute Felix skeptisch von der Seite an.

Anna lächelte. »Wie wäre es, du gehst dir erst mal einen Kaffee holen? Sieht aus, als könntest du ihn vertragen. Mir kannst du gleich auch noch einen machen bei der Gelegenheit.«

Felix wirkte nicht begeistert, wuchtete sich aber wieder hoch und verschwand in der Küche.

»Gute Arbeitsteilung bei euch«, sagte Detlef und wischte die Finger an seiner Lederhose ab. »Fangen wir mal an, was?« Er klatschte mit den Händen auf seine Oberschenkel. »Von ihrer Wohnung aus ist sie morgens um zehn Uhr dreißig in die Siegesstraße gefahren. Dort befinden sich ein Friseursalon und eine Apotheke. Ich vermute, sie war beim Friseur, denn sie ist erst nach über einer Stunde weiter um die Ecke zum Englischen Garten in den Biergarten am See.« Er wartete, während Anna sich Notizen machte. »Wobei sie auch spazieren gegangen sein könnte, so genau kann man das nicht orten.«

Felix kam mit einem Tablett zurück, auf dem zwei gefüllte Kaffeetassen, Süßstoff und etwas Milch standen.

»Sie war etwa zwei Stunden im Englischen Garten.«

»Könnte sein, dass sie dort jemanden getroffen hat«, sagte Felix und setzte sich.

Detlef drehte sich zu ihm. »Einen Durst hätte ich schon. Kann ich ein Glas Wasser bekommen?« Entweder wollte er ihn nicht bei ihrer Besprechung dabeihaben oder es machte ihm Spaß, ihn herumzuscheuchen. Felix brauchte einen Moment, um zu verstehen, dass dies eine Aufforderung gewesen war, und stand stöhnend wieder auf.

Anna überlegte, ob es sich dabei um besagtes Treffen mit Daniela handelte und nahm sich vor, später die Informationen mit denen auf dem Flipchart abzugleichen. Möglicherweise hatte sie an dem Tag ein Date mit Oliver Hofmann gehabt, was ihn wiederum mehr in den Fokus rücken würde. Dass er sich ausgerechnet mit beiden Frauen am Tag ihres Verschwindens getroffen haben sollte, war ihr dann doch etwas zu zufällig. Sie würde ihn nachher anrufen und fragen, ob er mit ihr verabredet gewesen war, sollte der Zeitpunkt nicht mit Danielas und Sophies Treffen übereinstimmen.

»Gegen zehn vor drei ist sie zu Fuß in die Altstadt, vermutlich zum Shoppen. Zwar kann ich nicht sagen, in welchem Laden sie genau war, aber es gab immer mal wieder Signale an einschlägigen Punkten. Um halb fünf hat sie sich ein frühes Abendessen gegönnt, sie war bei McDonald's.« Er schielte zum Flipchart. »Ich habe vorhin gesehen, sie war Köchin auf hoher See?«

Anna nickte, und Detlef verkniff sich einen Kommentar.

Felix kam zurück und stellte das Glas etwas zu heftig auf den Tisch, sodass es überschwappte. »Kann ich noch etwas erledigen, außer Sekretärinnenarbeiten?«, fragte er und klang beleidigt.

Zugegeben, Anna ließ ihn ein bisschen außen vor, und sie wollte gerade den Mund öffnen und etwas sagen, da fing Detlef an.

»Ich weiß gar nicht, was du gegen Sekretärinnen hast. Das ist ein ehrbarer Beruf.« Anna starrte den Hacker an. Wollte der jetzt wirklich einen Streit mit ihrem Ermittler vom Zaun brechen? Und warum riss Felix sich nicht ein wenig zusammen? Es ging doch hier gerade nur um die Informationsübermittlung. Sie würde ihn später schon auf den neuesten Stand bringen, sollte er während seiner Abwesenheit etwas verpassen.

»Ich habe nichts gegen den Beruf«, sagte Felix und straffte die Schultern.

Detlef blickte ihm lange in die Augen. »Das klang gerade eben aber nicht so.«

Anna wedelte mit den Händen. »So, meine Herren. Schluss damit, wir sind hier nicht im Debattierklub. Felix, du setzt dich jetzt und hörst dir mit mir an, was Sophie am Tag ihres Verschwindens gemacht hat, alles klar? Und Detlef, wenn du noch etwas brauchst, dann kümmere ich mich darum.«

»Ich habe nichts gesagt«, sagte Detlef und zuckte mit den Schultern.

»Du vertraust mir nicht, oder?«, fragte Felix plötzlich, und Anna verdrehte innerlich die Augen. Was sollte dieser Kindergarten?

»Klar doch. Jeder Ermittler ist mein Freund«, sagte Detlef sarkastisch und bleckte die Zähne.

»Können wir uns jetzt bitte wieder aufs Thema konzentrieren?« Anna versuchte, die aufgestaute Energie wieder in die richtigen Bahnen zu lenken, aber die beiden Männer beachteten sie nicht.

»Hör mal, ich nehme an, du hast dich über mich informiert und gesehen, dass ich bei der Polizei war.«

»Ganz recht.«

Anna blieb der Mund offen stehen. Sie hatte überhaupt nicht bedacht, dass Detlef Felix durchleuchten und ein Problem mit dessen Vergangenheit haben könnte. Und sie Idiotin hatte ihn auch noch zu dem Gespräch hinzugebeten!

»Schön, dachte ich mir. Aber jetzt bin ich kein Bulle mehr, und deine Tätigkeit hat uns geholfen. Mir doch egal, ob das innerhalb des gesetzlichen Rahmens war oder nicht. Außerdem macht meine Schwester dasselbe wie du und unterstützt mich so regelmäßig bei meinen Ermittlungen.«

Auch das noch. Anna räumte die Tassen auf das Tablett.

»Wie ich? Was soll das heißen?«

Felix rutschte auf seinem Stuhl hin und her. »Na ja, sie hackt sich in Netzwerke.«

»Ach ja?« Detlef betrachtete ihn mit Interesse. »Aber das hier konnte sie nicht?«

Anna seufzte innerlich. Jetzt ging auch noch die Fachsimpelei los. »Können wir …«

»Nein, das konnte sie nicht, und sie war unbekannterweise echt beeindruckt von dir«, fügte Felix an, ohne Anna zu beachten.

Detlef wirkte, als wäre er zufrieden mit der Aussage und grinste schließlich. »Dann muss ich sie unbedingt kennenlernen.«

»Lasst uns doch jetzt bitte auf die Ergebnisse konzentrieren«, sagte Anna viel zu schnell.

»Natürlich«, entgegnete Detlef nach einer längeren Pause. Immerhin schien das Eis zwischen Felix und ihm gebrochen. Hoffte Anna jedenfalls. Sie nahm wieder ihren Kugelschreiber zur Hand.

»Wir waren beim McDonald's«, erinnerte sie Detlef, der sich zurücklehnte und sich kurz zu sammeln schien.

»Dort war sie zwanzig Minuten und traf um zwanzig vor sechs auf dem Parkplatz am Englischen Garten ein, von wo aus sie nach Hause fuhr. Ankunft kurz nach halb sieben. Jetzt wird es interessant.« Detlef beugte sich vor. »Um zwanzig nach acht ging sie noch einmal einkaufen und kam gegen neun nach Hause.«

Felix runzelte die Stirn. »Sie muss auf dem Parkplatz entführt worden sein«, sagte er. »Ich habe ihre Handtasche im Kofferraum gefunden.«

»Das macht Sinn«, sagte Detlef. »Keine Einkaufstüten? Sie war in einem Supermarkt.«

Felix schüttelte den Kopf. »Nein, nicht mehr im Auto. Die waren schon eingeräumt. Nur noch ein Kasten Wasser stand drin, vermutlich wollte sie den gerade holen, als der Täter sie sich geschnappt hat.«

»Jedenfalls muss sie ihr Handy in der Hosentasche gehabt haben. Die letzten Daten stammten vom Haspelmoor in der Nähe von Fürstenfeldbruck. Da sendete es noch ein paar Stunden, dann war wohl der Akku leer, oder der Täter hat es ausgeschaltet.«

»Genau an dem Ort, wo Danielas Leiche gefunden wurde«, sagte Anna, und das Brötchen lag ihr plötzlich wie ein Stein im Magen. »Jetzt haben wir wohl endgültig die Gewissheit, dass beide von derselben Person entführt wurden.«

Felix streckte die Hand zu ihr über den Schreibtisch, vermutlich um sie zu trösten, doch Anna stand energisch auf. »Lass uns sofort losfahren und die Umgebung absuchen, ob wir irgendwas finden, das ihr gehört haben könnte. Dann kann sich auch dein verdammter Ex-Kollege nicht mehr rauswinden und wird dort eine Suchaktion nach ihr starten müssen.«

29. Kapitel

Beim Moor angekommen, folgten Anna und Felix den Koordinaten, die Detlef ihnen diktiert hatte. Felix fand es beeindruckend, dass der Hacker all die Daten im Kopf behalten hatte. Er selbst hätte sich das niemals alles merken können.

Das Wetter schien etwas gegen ihre Anwesenheit zu haben. Sie hatten kaum den Waldweg betreten, da donnerte es, und die ersten Regentropfen prasselten auf sie herab. Anna hatte ihre High Heels gegen Turnschuhe getauscht und seufzte genervt.

»Dieses Moor und ich werden keine Freunde«, schimpfte sie, als sie mit dem Fuß bis zum Knöchel in weichem Morast einsackte.

»Komm, lass uns da unterstellen. Der Regen ist bestimmt gleich vorbei«, sagte Felix und deutete auf eine Baumgruppe, die dicht genug war, um das Wasser abzuhalten. Bei Gewitter war es nicht die beste Idee, sich unter Bäumen aufzuhalten, aber noch schien es weit genug entfernt, denn Blitze hatte er bislang nicht gesehen.

»Von wegen. Bestimmt regnet es sich jetzt ein«, meckerte sie weiter, ließ sich aber von ihm aus dem Sumpf ziehen. Beide schauten eine Weile schweigend zum Moor hinüber, in der Gewissheit, dass irgendwo dort Sophie beerdigt war. Das Blätterwerk hielt den Regen nur zum Teil ab, und Felix wischte sich mit dem Ärmel die Tropfen von der Stirn.

»Zu dumm, dass wir hier draußen keine genaue Position haben, sondern nur in etwa den Kreis, den der Sendemast liefert«, sagte Anna und rieb sich die Oberarme.

»Einerseits ja, andererseits bin ich für meinen Teil ganz froh, wenn wir nicht über ihre Leiche stolpern.« Felix bemerkte, dass sie zitterte, und legte den Arm um ihre Schulter, um sie zu wärmen. Sie ließ es geschehen, lehnte sogar ihren Kopf an seine Brust. Ohne hohe Schuhe war sie wesentlich kleiner als er und fühlte sich in seinen Armen wie ein zartes Vögelchen an. Auf ihrem Rücken wurde die weiße Bluse von der Feuchtigkeit durchsichtig. Er zog seine Jacke aus, und Anna nahm sie dankbar entgegen.

»Danke«, flüsterte sie und hob den Kopf, um ihn anzuschauen. Ihr Gesicht war seinem ganz nah. Ihr Atem roch nach dem Zitronenbonbon, das sie im Auto gelutscht hatte. Die Baumkronen spiegelten sich in ihren Augen, die er fasziniert anschaute. Ihm war bisher nicht aufgefallen, wie schön sie waren.

Eine laute Sirene zerstörte den intimen Moment.

Anna ruckte von ihm weg und lauschte. »Kommen die hierher?«

»Klingt so.« Felix räusperte sich den Kloß aus dem Hals. Die Situation war ihm unangenehm, aber Anna bemerkte es nicht, oder sie merkte es doch und es war ihr ebenfalls peinlich.

Der Lärm mehrerer Martinshörner wurde immer lauter, und durch die Bäume sah man nun auch das Blaulicht sowie das Orange eines Rettungswagens.

»Ich geh da hin«, sagte Anna.

»Wieso?« Felix war noch immer damit beschäftigt, dass sie sich vor nicht einmal einer Minute an ihn geschmiegt hatte.

»Wieso nicht? Vielleicht haben sie Sophie gefunden.« Anna blickte ihn verständnislos an.

»Ihre Leiche dürfte seit zwei Wochen hier liegen. Dafür bräuchte es keinen Rettungswagen, sondern nur einen Arzt, der ihren Tod bestätigt.«

»Deshalb kann ich trotzdem nachsehen, was da los ist, oder hast du was dagegen?«, sagte Anna stur. Es kam ihm vor, als wollte sie hauptsächlich aus diesem peinlichen Moment fliehen, und er konnte es ihr nicht verübeln.

»Also schön. Und was willst du sagen, warum ausgerechnet du hier bist? Wolltest 'ne Wanderung machen, oder wie? In dem Outfit und klatschnass.«

Stimmen brüllten sich gegenseitig Befehle zu. Da schien wirklich etwas Ernstes passiert zu sein.

»Lass das mal meine Sorge sein. Ich könnte zum Beispiel behaupten, dass ich an dem Ort trauern wollte, an dem meine Assistentin ihr Leben verloren hat. Das kann mir wohl kaum einer verbieten, und wenn dann ausgerechnet dort ein Aufgebot an Polizei auftaucht, ist es doch nachvollziehbar, dass ich nachschauen gehe.«

Felix fand die Ausrede ziemlich lahm, nickte aber schließlich. »Ist wohl klar, dass ich dann hier warte, oder? Nur für den Fall, dass Steffen auch dabei ist.«

»Natürlich«, sagte Anna und gab ihm seine Jacke zurück. Für einen Augenblick schaute sie ihn fest an, und er dachte schon, dass sie die Situation von gerade eben doch ansprechen würde, aber sie wandte sich wortlos um und ging hinauf zum Pfad.

Felix hob die Jacke an die Nase und atmete ihr Parfum ein. Neben ihm im Gebüsch raschelte es, und er erhaschte einen Blick auf einen hellen Parka.

Nur einen Moment später trat jemand aus dem Dickicht und blieb erschrocken stehen, als er Felix entdeckte. »Oh«, sagte er.

»Tag«, grüßte Felix und musterte den Kerl skeptisch. Was hatte der abseits des Weges mitten im Wald zu suchen? War das womöglich derselbe Typ, den er bei seinem letzten Besuch im Moor verfolgt hatte? Er versuchte, sich die Kleidung des Kerls in Erinnerung zu rufen, was ihm allerdings nicht gelang.

»Ehm, ich bin auf der Suche nach meinem Hund«, sagte der Mann, ohne dass Felix ihn gefragt hätte, was er hier tat. »Haben Sie zufällig einen gesehen?«

»Nein, einen Hund habe ich weder gesehen noch gehört«, antworte Felix langsam.

Der Kerl hüstelte und lachte leise. »Der rennt mir ständig fort. Wenn der etwas riecht, was ihn interessiert, dann komm ich da einfach nicht hinterher. Vielleicht sollte ich ihn doch kastrieren lassen, damit er endlich mal hört. Und die Hundeschule müssen wir auch besuchen«, redete der Mann drauflos.

Der Kerl lügt wie gedruckt, befand Felix. Wer so viel erklärte, obwohl das überhaupt nicht nötig war, hatte in der Regel etwas zu verbergen. Jemand, der die Wahrheit sagte, musste nicht so viel herumlamentieren, denn nur wer log, wollte sein Gegenüber überzeugen, dass er die Wahrheit sagte. Davon abgesehen wäre er vermutlich längst weitergegangen, um seinen Hund zu finden, und nicht zuletzt hatte er keine Leine bei sich.

»Versuchen Sie mal, ihn anzuleinen«, schlug Felix vor und prägte sich das Aussehen des Mannes ein. Aschblonde Haare, nicht sonderlich auffällig groß oder klein, eine normale Statur. Insgesamt ein unauffälliger Typ. Nur die Frisur, ein unordentlicher Lockenkopf, passte nicht so recht zu der nichtssagenden Beschreibung der Blumenhändlerin.

Der Mann blickte auf seine Hände. »Ach … ja, das ist es ja. Er reißt sich immer mit Leine von mir los und rennt dann, als wäre der Teufel hinter ihm her. Ausgerechnet heute habe ich die Leckerchen im Auto vergessen.«

»Muss ja ein großer Hund sein«, sagte Felix argwöhnisch und ging einen Schritt auf den Mann zu.

Der schaute sich hektisch nach links und rechts um. »Ja, irgend so ein Viech aus der Tierrettung. Also, ich mache mich dann mal auf die Suche. Danke für Ihre Hilfe.« Der Mann drehte sich um und rannte durch die Böschung. Alibimäßig rief er dabei lautstark nach einer Sally.

Felix folgte ihm in gebührendem Abstand. Gut möglich, dass er hier gerade Danielas und Sophies Mörder begegnet war, der ein weiteres Opfer abgelegt hatte. Die Rosen, die der Unbekannte in den letzten Tagen beim Tierpark Hellabrunn gekauft hatte, sprachen dafür, dass er bereits wieder gemordet haben könnte. Dieses Mal war die Leiche wohl unmittelbar entdeckt worden, deshalb auch der Rettungswagen zu dem Polizeiaufgebot.

Anstatt nach seinem Hund zu suchen, schien der Mann den Wald auf direktem Wege zu verlassen. Felix beschleunigte seine Schritte, um an ihm dranzubleiben.

Auf dem Parkplatz am Bahnhof holte er ihn ein und hielt ihn auf, bevor er in seinen Wagen steigen konnte.

»Sie haben Ihren Hund vergessen«, sagte er.

»Oh, Sie sind es. Nein, natürlich suche ich Sally noch. Ich wollte nur die Leckerchen aus dem Auto holen.« Er machte keine Anstalten, sich in den Wagen zu beugen, um diese hervorzukramen.

»Na dann, also bitte«, sagte Felix und machte eine auffordernde Handbewegung.

Der Mann verzog das Gesicht. »Sagen Sie mal, was wollen Sie eigentlich von mir? Überwachen Sie mich, oder was soll das hier?«

»Ich bin nur ein aufmerksamer Bürger, der sich wundert, was Sie dort im Moor zu suchen haben, wo augenscheinlich etwas passiert ist. Den Rettungswagen und die Polizei haben Sie sicher auch bemerkt«, erklärte Felix, darum bemüht, seine Anspannung zu verbergen. Wenn der Kerl jetzt in sein Auto sprang und flüchtete, hatte er keine Handhabe. Er trat einen Schritt zurück, um sich selbst nicht in Gefahr zu bringen. Immerhin hätte er dann das Aussehen und das Kennzeichen des Mörders. Es wäre nur noch eine Frage der Zeit, bis sie ihn ausfindig machen und festnehmen würden.

»Und Ihr Misstrauen gibt Ihnen das Recht, mich zum Wagen zu verfolgen oder wie? Sind Sie ein Bulle?«, echauffierte sich sein Gegenüber.

»Gut möglich«, entgegnete Felix, was genau genommen keine Lüge war. »Verraten Sie mir jetzt, wer Sie sind und was es mit dem Hund auf sich hat?«

»Den Hund gibt es nicht. Ich bin Reporter.« Er kramte in seiner Hosentasche, worauf Felix seine Muskeln anspannte, bereit, in Deckung zu gehen. Einen Augenblick später hielt der Mann ihm einen Ausweis entgegen. Felix studierte ihn und zuckte fragend mit den Schultern. »Machen Sie eine Reportage über ausgerissene Hunde?«

Der Mann nickte in Richtung Wald und packte seinen Ausweis wieder ein. »Wie Sie schon sagten, ist da im Moor schon wieder was passiert, und ich wollte darüber berichten.«

»Sie waren also letztens schon mal da und wurden von mir verfolgt?«

Der Mann nickte. »Exklusivfotos von so was bringen richtig Asche.«

»Und warum sind Sie weggelaufen, als Sie mich gesehen haben? Davon abgesehen sehe ich keine Kamera bei Ihnen.«

»Kamera, wo leben Sie denn? Alles, was ein normaler Fotoapparat kann, schafft ein I-Phone heutzutage besser.« Der Kerl, auf dem Ausweis stand Sven Müller, zuckte mit den Achseln. »Weggelaufen bin ich, weil ich schon vermutet hatte, dass Sie ein … also, dass Sie von der Polizei sind.«

Und ich hab befürchtet, Sie wären der Mörder, dachte Felix.

30. Kapitel

DIE Erleichterung beflügelte ihn. Obwohl mit Chantal nicht alles so gelaufen war, wie er es sich vorgenommen hatte, war er ziemlich stolz auf sich. Dank der Haare war das mit dem Auge kaum aufgefallen, und die Wunden am Hinterkopf hatte man nicht mehr gesehen, sobald er sie ins Wasser gelegt hatte. Damit müsste sein Vater endlich zufrieden sein und seine Bevormundung enden. Bislang hatte er sich noch nicht dazu geäußert, aber er war auch noch nicht zu Hause gewesen, sondern direkt beim Blumenladen vorbeigefahren und hatte etwas weiter entfernt geparkt. Vom Moor aus war das ein ziemlicher Umweg für ihn, aber er kannte den Laden, und die Verkäuferin würde ihm helfen, die richtige Wahl zu treffen.

Nachher war er mit Louisa zum Kaffeetrinken verabredet und würde ihr ein kleines Geschenk mitbringen. Nicht die Rosen, die sein Vater für sie vorgesehen hatte, sondern andere. Erst als er vor dem Laden stand, dachte er darüber nach, dass sie den Strauß gar nicht würde sehen können. Schenkte man einer Blinden denn Blumen? Möglicherweise wäre ein Braille-Buch die bessere Wahl, doch er kannte ihren Geschmack nicht. Egal, riechen konnte sie die Blumen immerhin, und im Buchladen war sie begeistert davon gewesen.

Zum wiederholten Mal stellte er sich ihre gemeinsame Zukunft vor. Vielleicht musste doch nicht alles nur ein Traum bleiben, und er könnte es Wirklichkeit werden lassen. Mit dem Buchladen und dem Öl in der Toskana. Abends den Sonnenuntergang auf der Terrasse mit Blick auf den Olivenhain genießen. Erst kürzlich hatte er ein Buch über die Herstellung von Essig gelesen, welches ein Kapitel über die teuersten Essige der Welt beinhaltete. Die kamen aus Italien von alteingesessenen Winzerfamilien und wurden international gehandelt. Genau so etwas, nur mit Öl, würde er sich mit Louisa aufbauen. Er würde alles über Öl lernen, und sie würden sich über die Grenzen hinweg einen Namen machen.

Er betrat den Blumenladen und ging dieses Mal direkt zum Verkaufstresen, da er keine einzelnen Rosen brauchte. Die Verkäuferin beäugte ihn interessiert. So hatte sie ihn noch nie angesehen, und er hatte das Gefühl, dass sie irgendetwas von ihm wollte. Das bildete er sich aber bestimmt nur ein. Vielleicht bemerkte sie eine Veränderung bei ihm, dass jetzt alles leichter war.

»Na, Sie kommen wieder wegen der Baccaras?«, fragte sie und machte Anstalten, hinter dem Tresen hervorzukommen.

Er schüttelte entschieden den Kopf. »Heute hätte ich gerne einen ganzen Strauß. Am besten welche, die besonders gut duften.«

»Haben Sie eine bestimmte Farbe im Kopf?« Die Verkäuferin trat in den Verkaufsraum. »Nein, die spielt überhaupt keine Rolle. Der Geruch ist das Wichtigste.«

»Also gut. Da hätten wir die Freesie«, sie zeigte auf einen dünnen Stängel mit feinen lilafarben Blüten, »die ist so beliebt, dass sie sogar in Parfums verwendet wird.«

Er beugte sich runter und roch daran. »Herrlich. Die will ich. Was gibt es noch?«

Die Frau zupfte ein paar der Freesien aus der Vase und ging zu einer Blume mit kugelförmigen gelben Blüten, die ihn an die Pusteblumen denken ließen, die gerade seinen Garten besiedelten. »Die Mimose. Der Geruch erinnert an Honig.«

»Klingt gut, davon auch welche.« Für seinen Geschmack war zu viel Grünzeug daran, aber das würde Louisa ja nicht stören.

»Damit es nicht zu viel wird, würde ich jetzt höchstens noch eine Sorte dazunehmen. Eine Lilie vielleicht oder Flieder?«

»Lilie«, antwortete er schnell. Flieder hatte seine Mutter abgöttisch geliebt, und er wollte Louisa keinen Strauß schenken, der ihn an seine Mutter erinnerte.

»Wie Sie wünschen.« Sie zupfte ein paar Äste heraus und ging hinter den Tresen, um die Blumen zusammenzubinden.

»Machen Sie nicht so viel von den Gräsern rein, die braucht es nicht«, sagte er, als sie danach greifen wollte. »Und verraten Sie mir doch schon mal, was es kostet.«

Die Verkäuferin schaute auf und runzelte die Stirn. »Wenn Sie meinen. Soll mir recht sein«, murmelte sie. Dann zählte sie die Blumen ab und tippte sie in die Kasse ein. »Bei dreißig wären wir da.«

Er schluckte. Für diesen Strauß musste er das ganze Wochengeld für Extras ausgeben, aber das war es ihm wert. Louisa hatte es verdient, dass er bei ihrem Geschenk nicht geizig war. Außerdem würde er keine weiteren Baccaras mehr kaufen müssen, da war er sich sicher.

»Haben Sie zufällig Braille-Karten?«

»Was meinen Sie?« Die Verkäuferin hielt inne.

Er winkte ab. »Ach, nicht so wichtig.«

Sie machte sich wieder an die Arbeit, und als sie fertig war, bestaunte er den prachtvoll gebundenen Strauß.

»Wunderschön«, sagte er stockend und legte das abgezählte Geld auf den Tresen.

»Ihre Mutter liebt Sie, egal, was passiert ist«, sagte die Verkäuferin plötzlich und schloss die Kasse.

Seine Mutter? Reglos stand er da und fühlte sich mit einem Mal, als würde der Boden unter seinen Füßen ins Schwanken geraten. Sein Magen klumpte sich zusammen und sendete eine Empfindung aus, die er seit ihrem Tod nicht mehr gespürt hatte. Die Wut ergriff von ihm Besitz und benebelte seine Sinne. Wie weggeblasen war das gute Gefühl von vorhin. Wie konnte die Frau es wagen, davon zu sprechen, was seine Mutter für ihn empfunden hatte? Wie konnte sie in diesem Zusammenhang das Wort Liebe verwenden? Seine Mutter hatte niemanden geliebt, weder seinen Vater noch sich selbst und schon gar nicht ihren Sohn.

Das hatte er spätestens an dem Tag verstanden, an dem er beinahe das von ihr vorbereitete Fläschchen getrunken hätte. Als sie krank wurde, hatte sie es ihm gegeben und ihm aufgetragen, dass er es im Falle ihres Todes zu sich nehmen sollte.

An diesem Morgen hatte er geglaubt, es wäre so weit.

Kerzengerade saß er auf seinem Bett und wartete auf seine Mutter. Die Stunden zogen sich hin, und nichts tat sich, während er darüber nachdachte, wie viele Male er schon so dagesessen und darauf gewartet hatte, dass sie ihm erlaubte, herauszukommen. Die Stille im

Haus machte ihn nervös. Normalerweise hörte er sie immer, wie sie unten in der Küche hantierte, Töpfe klapperten, Geschirr herausgeholt wurde, langsam der Duft von Frühstück zu ihm drang. Ihrem Frühstück, denn er bekam nichts weiter als etwas Brot mit einer Scheibe Käse oder Wurst und dazu einen Apfel, während seine Mutter sich Rührei mit Speck oder ähnliche Köstlichkeiten gönnte.

Obwohl er schon eine Weile wach war, hatte er noch nichts dergleichen wahrgenommen. Er war kurz davor, zur Tür zu gehen und nachzusehen, was los war. Vielleicht brauchte sie seine Hilfe? Die letzten Tage war es ihr nicht gut gegangen, immer wieder war ihr schwindelig, und sie hatte sich an die Brust gegriffen.

»Das Herz«, hatte sie gesagt. Andererseits war es vielleicht nur ein Test, ob er sich an ihre Regeln hielt, also traute er sich nicht. Oft genug hatte er in der Vergangenheit festgestellt, wie es ausgehen konnte, wenn er einen Fehler beging. Sie sperrte ihn ein, und er bekam nur Wasser zu trinken. Völlig ausgehungert holte sie ihn irgendwann wieder raus und fragte, ob er seine Lektion gelernt hätte. Lernte er in ihren Augen nicht genug, schlug sie ihn so lange mit einem Stock auf die Finger, bis er das Gefühl hatte, seine Hand hätte Feuer gefangen. Fehler wurden hart von ihr bestraft, also traute er sich nicht, sein Glück auf die Probe zu stellen.

Er schielte noch einmal zum Wecker. Es war eine weitere Stunde vergangen, und sein Rücken schmerzte, die Beine kribbelten, und er musste auf die Toilette. Lange würde er hier nicht mehr sitzen können, ohne sich in die Hose zu machen. Aber ein Erwachsener machte sich doch nicht in die Hose, das durfte nicht sein. Was, wenn ihr wirklich etwas passiert war? Wenn ihr Herz endgültig seinen Dienst eingestellt hätte?

Er griff nach seinem Nachtschränkchen und zog die Schublade auf. Auf einem Küchentuch lag ein Fläschchen, das nicht beschriftet war. Es war aus dunklem Glas mit einem grünen Schraubverschluss.

»Wenn ich mal nicht mehr bin, musst du das trinken.« Sie hatte ihm die Flasche vor Jahren schon gegeben. Ein Medikament, das ihm gegen die Trauer helfen sollte. Dann wäre es vermutlich besser, wenn er es trank, bevor er aus dem Zimmer ging.

Er blickte vom Fläschchen zur Tür und wieder zurück. Dann drehte er den Verschluss ab und hielt sich die Öffnung an den Mund. Ein bitterer Geschmack breitete sich auf seinen Lippen aus. »Nein!«

Energisch stellte er es auf seinen Nachttisch. So einen Quatsch brauchte er nicht. Wenn seine Mutter tot war, würde er damit zurechtkommen, und davon abgesehen konnte sie nicht mehr kontrollieren, ob er das Zeug auch wirklich getrunken hatte.

Sein Vater wäre stolz auf ihn, denn er versuchte ihn schon lange davon zu überzeugen, dass seine Mutter ihn genug terrorisiert hatte und es Zeit war, sich gegen sie zu wenden. Wenigstens nach ihrem Tod traute er sich das jetzt endlich.

Leider war seine Mutter an diesem Tag nicht gestorben. Wegen eines Schwächeanfalls kam sie lediglich nicht aus dem Bett. Obwohl sie gar nicht tot war, fragte sie ihn sofort, warum er das Fläschchen nicht getrunken hatte, und schimpfte ihn aus. Das kam ihm seltsam vor, denn er brauchte doch gar nichts gegen die Trauer, wenn sie noch da war. Erst als sie wirklich tot war, erfuhr er aus ihrem Brief, dass sich in der Flasche in Wahrheit Gift befand, das auch ihn töten sollte. Von wegen also seine Mutter liebte ihn!

Er schlug mit der Hand so fest auf die Holzplatte des Tresens, dass ihm der Schmerz die Tränen in die Augen trieb. Mit der geballten Faust fuchtelte er wild in der Luft herum. »Halten Sie den Mund«, brüllte er. »Sie dämliche Ziege. Sie wissen gar nichts.« Damit schnappte er sich den Strauß und ging mit großen Schritten in Richtung Tür.

»Es tut mir leid«, stotterte die Verkäuferin, doch er ignorierte sie und rannte auf die Straße.

Dort blieb er kurz stehen und wischte sich über die Stirn, die sich glühend heiß anfühlte. »Sie haben mir meine Laune gründlich verdorben!«, schrie er und stürmte los, wobei er direkt in eine junge Frau lief und diese mit sich riss. Sie stürzte zu Boden und schrie auf, die Blumen glitten ihm aus der Hand und fielen ebenfalls.

Er war so wütend, dass er am liebsten um sich geschlagen hätte. Und dann hörte er sie. Die Stimme seines Vaters.

»Hast du geglaubt, du wärst fertig? Du weißt doch, dass du ein Opfer bringen musst, nicht wahr? Eines, das mir zeigt, dass du es wirklich ernst meinst.«

Nein. Nicht Louisa! Nein! Nein! Nein!

31. Kapitel

FELIX ließ den Reporter fahren, allerdings nicht, ohne sich zusätzlich zu seinem Namen für alle Fälle auch das Kennzeichen zu notieren. Sein Gefühl sagte ihm, dass der Kerl nichts mit dem Mord an Daniela zu tun hatte, aber man konnte nie wissen. Er würde ihn auf jeden Fall von Natalie überprüfen lassen. Als er außer Sichtweite war, machte Felix sich auf den Weg zurück zu der Stelle, an der Anna und er sich getrennt hatten.

Dort angekommen, wartete sie schon auf ihn – mit Steffen im Schlepptau. Die beiden entdeckten ihn und kamen ihm auf halbem Weg entgegen. Von Weitem konnte er sehen, dass Steffen eine extrastrenge Miene aufgesetzt hatte. Innerlich verdrehte Felix die Augen, riss sich aber zusammen und zwang sich zu einem Lächeln.

»Ich muss nicht fragen, was du hier zu suchen hast, oder?«, brummte Steffen und schob sich seine Pilotenbrille auf den kahlen Schädel. Es hatte aufgehört zu regnen, ein paar Sonnenstrahlen blitzten durch die Bäume, aber ansonsten war es eher dunkel als zu hell.

»Anna wollte noch mal an den Ort zurück, an dem ihrer Mitarbeiterin das Leben so brutal genommen wurde, und ich habe ihr angeboten, sie als Stütze zu begleiten. Das ist wohl kaum verboten.« Felix hoffte, dass Anna diese Ausrede ebenfalls vorgebracht und sich nicht spontan etwas anderes hatte einfallen lassen. Er warf ihr einen flüchtigen Blick zu, und sie nickte kaum merklich. »Als wir die Sirenen gehört haben, ist Anna nachsehen gegangen, was los ist, und ich habe entschieden, hier zu warten.«

Anna stellte sich neben ihn und hakte sich bei ihm unter.

»Jaja, schon klar.« Steffen seufzte. »Zum letzten Mal. Haltet euch raus. Alle beide.«

Felix nickte in Richtung des Polizeiaufgebots. »Gab es da was Interessantes zu sehen?«

Anna stieß ihm ihren Ellenbogen in die Seite, doch die Frage hatte er sich nicht verkneifen können. Früher wäre Steffen nicht so ein Prinzipienreiter gewesen. Felix konnte sich nicht erklären, warum er von Mal zu Mal ablehnender reagierte. Hatte er wirklich so große Angst davor, dass die Kollegen mitbekamen, dass sie beide noch Kontakt hatten? Mein Gott, dass Felix die anderen verraten hatte, war nun viele Jahre her, und es hatte ihn den Kopf gekostet. Irgendwann musste doch auch mal Gras über die Sache gewachsen sein.

»Das hat euch überhaupt nicht zu interessieren, und alles Weitere wird Frau Hart dir sicherlich brühwarm erzählen, sobald ich weg bin. Immerhin hast du sie zum Rumschnüffeln vorgeschickt.«

Anna schüttelte verhalten den Kopf. Die Standpauke war ihr sichtlich unangenehm. »Nein, so war das nicht. Ich wollte …«

»Papperlapapp. Ich will nichts mehr hören. Weder von dir, Felix, noch von Ihnen, Frau Hart. Sonst nehme ich euch beide wegen Behinderung der Staatsgewalt fest.«

Felix konnte nicht anders und prustete laut, was ihm einen bösen Blick von Steffen einbrachte.

Schließlich räusperte er sich und sagte: »Mal im Ernst, Steffen, wann wollt ihr eigentlich mit der Suche nach Sophie richtig loslegen? Wie wäre es mit ein paar Tauchern? Ich würde meinen Hintern darauf verwetten, dass ihre Leiche ebenfalls hier im Moor liegt. Glaubst du nicht, dass ihre Eltern Gewissheit darüber verdienen, was mit ihrer Tochter geschehen ist?«

Steffen atmete schneller, und seine Wangen färbten sich dunkelrot. »Es ist mein Ernst, Felix. Wenn du nicht aufhörst mit dem Blödsinn, bin nicht nur ich meinen Job los, sondern du deinen auch. Du weißt genau, was ein derartiger Einsatz für Kosten verursacht. Bei dem brackigen Wasser dauert so eine Suche ohne Anhaltspunkte ewig. Das Budget bekomme ich niemals genehmigt, erst recht nicht nach dem ernüchternden Ausgang der Durchsuchung.«

Da hatte er recht, das musste Felix zugeben. Im Gegensatz zu ihnen hatte Steffen die Standortdaten nicht zur Verfügung und somit keinen Hinweis darauf, dass das Moor Sophies letzter Aufenthaltsort gewesen war. Er nickte resigniert. »Der Punkt geht an dich.«

Steffen zog überrascht die Brauen in die Höhe, er hatte sich wohl auf eine längere Diskussion eingestellt. »Ach, tatsächlich? Und das aus deinem Munde?«

»Trotz allem kannst du froh sein, dass ich vor Ort war, immerhin habe ich euch die sensationsgeile Presse vom Hals gehalten, die hier herumgestapft ist«, sagte Felix. Wenigstens das musste er Steffen noch auf die Nase binden.

Steffen setzte ein falsches Grinsen auf und reckte beide Daumen nach oben. »Dafür wirst du bestimmt das Bundesverdienstkreuz erhalten. Zum letzten Mal: Halt dich raus. Nach der Aktion mit dem Wildschwein kann und will ich meinen Kopf nicht mehr für dich hinhalten.«

Felix unterdrückte den Wunsch, ihm vorzuhalten, dass es ihn seinen Beamtenstatus gekostet hatte, als er das letzte Mal für Steffen in die Bresche gesprungen war, aber das würde wohl zu weit gehen. Irgendwann zu gegebener Zeit würde er seinem ehemaligen Kollegen erzählen, was damals wirklich vorgefallen war, aber nicht hier und jetzt.

Anna zupfte Felix am Ärmel. »Komm, lass uns aufbrechen. Mir ist kalt, ich bin völlig durchnässt.« Gemeinsam gingen sie zu ihrem Auto, wo Anna ihm berichtete, dass der Mörder ein weiteres Opfer im Moor abgelegt hatte.

»Sie hat noch gelebt«, sagte sie mit tränenerstickter Stimme. »O Gott, ich will mir gar nicht ausmalen, wie sehr Daniela gelitten hat.«

Felix starrte stumm auf den Waldrand. »Was genau ist passiert?«

Anna räusperte sich. »Er hat der Frau den Schädel eingeschlagen. Als die Sanitäter eintrafen, hat sie noch ein paar Minuten gelebt, aber sie konnten sie nicht retten. Dieser Killer tötet mit so viel Wut. Ich verstehe nicht, wie die Rosen dabei ins Bild passen sollen. Ist es eine Art Entschuldigung für das, was er ihnen antut?« Ihre Stimme erstarb, die Hilflosigkeit stand ihr ins Gesicht geschrieben.

Felix nahm ihr den Schlüssel aus der Hand. »Ich glaube, ich sollte besser fahren.« Er wollte ihr gerne ein paar tröstende Worte sagen, aber ihm fiel nichts ein. Am besten wäre es, wenn sie beide Abstand zu dem Fall gewinnen und darauf vertrauen würden, dass die Polizei schon ihre Arbeit machte.

Als er zu Hause Natalie darüber informierte, dass er sich ab jetzt raushalten würde, war die allerdings alles andere als begeistert.

»Aufgeben ist etwas für Feiglinge«, erklärte sie trotzig.

»Mit Feigheit hat das nichts zu tun, wenn man seine Grenzen kennt«, sagte Felix und ließ sich auf das Sofa fallen. Es war an der Zeit, dass er sich darum kümmerte, bezahlte Aufträge an Land zu ziehen, sonst wusste er bald nicht mehr, wie er die Miete für sich und seine Schwester zahlen sollte. Die Sozialleistungen für Natalie reichten nicht annähernd aus, um diese Wohnung zu finanzieren, und etwas essen mussten sie auch noch.

»Ich habe mir sehr viel Arbeit gemacht«, sagte Natalie, als hätte es ihr mehr abverlangt als Spaß bereitet, Sophies Computer zu hacken und die halbe Nacht im Internet nach irgendwelchen Fakten zu suchen. Felix wusste, dass es genau andersherum war, aber das würde er nicht mit ihr diskutieren. »Zum Beispiel habe ich herausgefunden, dass das Zitat falsch ist, das die Blumenhändlerin dir genannt hat. Es lautet *ein Raum ohne Bücher ist ein Körper ohne Seele* und stammt von Cicero. Damit werde ich den Buchladen finden, und du kannst dem Mörder das Handwerk legen.«

»Wir kommen der Polizei in die Quere«, wollte er ihr seine Beweggründe erläutern, doch sie ließ ihn nicht zu Wort kommen.

»Du bist Privatdetektiv und hast den Auftrag bekommen, eine Frau zu finden. Das ist nicht verboten. Wenn sie tot ist, solltest du nach ihrer Leiche suchen, damit sie beerdigt werden kann, und die findest du am ehesten über ihren Mörder.« Mit den Fingern pulte sie feinsäuberlich einzelne Körner aus ihrer Reiswaffel und steckte sie sich in den Mund.

»Es ist eine weitere Leiche aufgetaucht, vermutlich derselbe Täter. Der Fall dreht sich längst nicht mehr nur um Sophie«, argumentierte er weiter. Unfassbar, dass er sich vor seiner Schwester dafür rechtfertigen musste, warum er die Finger von dieser Sache lassen wollte.

»Die Eltern haben dich engagiert, und du bist ihnen Antworten schuldig«, beharrte Natalie weiter auf ihrem Standpunkt.

Felix warf die Hände in die Luft und stöhnte. »Aber sie bezahlen mich nicht mehr dafür, schon eine Weile nicht. Alles, was ich in der Zwischenzeit getan habe, war quasi ehrenamtlich. Der Auftrag ist beendet, so leid es mir tut. So ist das nun mal als Privatdetektiv. Manchmal bekommt man nur unzufriedenstellende Ergebnisse.«

Natalie hielt inne und ließ die Reiswaffel sinken. »Angehörige von spurlos verschwundenen Menschen leiden besonders unter der Ungewissheit«, ratterte sie so emotional wie ein Fußball herunter. »Ständig fragen sie sich, was mit der Person wohl passiert ist und ob sie noch lebt. Solange sie keine Antworten bekommen, finden sie keine Ruhe.«

Felix rang innerlich mit sich. Sie hatte recht, Sophies Eltern mussten gerade die Hölle durchleben, und die Kripo scherte sich mehr ums Budget. Er fasste einen Entschluss. »Ich werde jetzt bei Familie Angermayer vorbeifahren.«

Natalie hob den Kopf und schaute ihn mit einer Miene an, die sie als Ausdruck der Überraschung einstudiert hatte. Schon seit Längerem übte sie anhand von Fotos, die ihr ihre Psychologin mitgegeben hatte, Emotionsausdrücke. Eigentlich mit dem Ziel, andere Menschen besser lesen zu können, doch Natalie nutzte sie dazu, selbst angepasster zu sein. »Wir machen also weiter?«

»Nein, aber ich werde ihnen meine Befürchtung mitteilen, dass ihre Tochter nicht mehr lebt, und ihnen sagen, dass sie sich ab jetzt auf die Polizei verlassen müssen.«

Natalie knallte ihre Waffel auf den Tisch. »Das ist cringe.«

Felix verzog das Gesicht. Den Begriff hatte er schon öfter bei Jugendlichen aufgeschnappt, und er passte so gar nicht zu seiner Schwester und auch nicht zur Situation. »Seit wann benutzt du solche Wörter?«

»Im Internet steht, dass man das heute sagt, wenn man sich für jemanden schämt. Ich schäme mich dafür, dass du ein Feigling bist.« Sie fegte die Krümel ihrer Reiswaffel zusammen und stand vom Tisch auf. »Ich bin kein Feigling, deshalb gebe ich nicht so einfach auf.«

32. Kapitel

Felix' Überzeugung schwand mit jedem Meter, den er sich dem Wohnhaus der Eltern von Sophie Angermayer näherte. Zwar wusste er nicht mit Sicherheit, dass ihre Tochter dem Rosenmörder, wie er ihn im Kopf mittlerweile nannte, zum Opfer gefallen war, doch gleichzeitig fand er es nicht richtig, die Familie im Ungewissen zu lassen. Die Polizei ging ohne fundierte Erkenntnisse sparsam mit Informationen um und teilte schon gar keine Spekulationen mit Angehörigen, weshalb sie oft in der falschen Hoffnung verharrten, ihre Liebsten irgendwann wieder in die Arme schließen zu können.

Anderseits hatte er Aufgaben wie diese bereits als Polizist zu hassen gelernt. Menschen mitzuteilen, dass das eigene Kind oder ein enger Verwandter, der Ehemann oder die Ehefrau sinnlos aus dem Leben gerissen worden war, war mit das Schwerste, was dieser Job mit sich brachte. Felix hatte sich die unterschiedlichsten Strategien zurechtgelegt, aber mit keiner schaffte er es, den Schmerz, den das Gegenüber durchlitt, von sich fernzuhalten. Letzten Endes hatte er sich gesagt, dass es gut war, dass er mitfühlend sein konnte. Andernfalls wäre er lediglich ein dummer Holzklotz, der seine Arbeit nur noch mittelmäßig ausführte.

Ja, es war richtig, was er vorhatte, auch wenn es nicht leicht war. Außerdem würde er ihnen ja nicht mitteilen, dass Sophie verstorben war, sondern nur, was er bisher herausgefunden und welche Schlüsse er daraus gezogen hatte. Das war nur fair ihnen gegenüber, so konnten sie sich auf die schreckliche Nachricht von offizieller Seite vorbereiten.

Nachdem er geklingelt hatte, dauerte es einen Moment, bis die Tür geöffnet wurde. Insgeheim hatte er gehofft, dass niemand zu Hause war, um so noch etwas Vorbereitungszeit zu bekommen. Allerdings hatte Sophies Mutter beim letzten Gespräch erwähnt, dass sie nicht lange außer Haus blieb, für den Fall, dass ihre Tochter sich meldete.

Das Erscheinungsbild der Frau, die ihm die Tür öffnete, hatte sich in den letzten Tagen drastisch verschlechtert. Ihre Haare waren ungewaschen zu einem unordentlichen Knoten am Kopf hochgebunden, das Gesicht bleich. Unter den Augen hatte sie dunkle Schatten, und um den Mund schienen sich die Fältchen noch tiefer eingegraben zu haben. Sie trug eine ausgeleierte Jeans und einen übergroßen Wollpullover, in dessen Ärmeln ihre Hände fast verschwanden.

Im Hintergrund maunzte eine Katze und schaute den Besucher misstrauisch an. Felix fragte sich für einen Moment, ob Tiere spüren konnten, dass etwas nicht stimmte, denn kaum hatte er die Diele betreten, machte sie einen Buckel und sprang fauchend davon. Womöglich lag das aber einfach nur an seinem generell schwierigen Verhältnis zu Tieren und der entsprechenden Ausstrahlung. Hunde wollten ihn eher beißen, wenn er ihnen begegnete, und Katzen versteckten sich, um ihn dann aus dem Hinterhalt anzugreifen.

Sophies Mutter führte ihn durch die Diele. Es brannte kein Licht, und die Luft roch abgestanden. Sie nahmen am Esstisch Platz, und Frau Angermayer rief ihren Ehemann dazu. Ihre Finger krallte sie nervös in die gehäkelte Decke, die das Holz schützte. Mit einer Mischung aus Hoffnung und Furcht schaute sie ihn an. Ihr Unterkiefer war so fest an den oberen gepresst, dass ihre Lippen nur noch ein schmaler Strich waren.

»Haben Sie unsere Tochter gefunden?«, fragte der Vater und nahm die Hand seiner Frau.

»Tut mir leid, bisher leider nicht«, sagte Felix.

Der Vater schnaubte und wandte sich ab, um aus dem Fenster zu sehen. »Warum kommen Sie dann ohne Ankündigung hier vorbei?«

»Ich dachte, ich bin es Ihnen schuldig, die Ergebnisse meiner Ermittlungen mitzuteilen. Leider deutet in meinen Augen alles darauf hin …« Felix schluckte, dann fasste er sich ein Herz und zog es durch. Schnell war noch am schmerzlosesten, wie beim Abreißen eines Pflasters. »Es sieht für mich leider so aus, als wäre Ihre Tochter nicht mehr am Leben. Sie haben sicherlich schon mitbekommen, dass im Haspelmoor eine Leiche gefunden wurde. Es handelt sich dabei nicht um Sophie, sonst wären Sie längst von der Polizei informiert worden, aber um eine Freundin von ihr. Es gibt gewisse Parallelen zu Sophies Verschwinden, die mich zu dem Schluss kommen lassen, dass auch Ihre Tochter nicht mehr lebt.«

Frau Angermayer verschränkte die Finger ineinander und schluckte die Tränen hinunter. Tapfer saß sie kerzengerade am Tisch und fixierte Felix mit ihrem Blick. »Sie wissen es also nicht genau?«, fragte sie.

Er holte tief Luft. »Die Wahrscheinlichkeit, dass sie noch am Leben ist, scheint sehr gering. Ihr Handy ist seit dem Abend ihres Verschwindens ausgeschaltet, und laut den Daten des Anbieters war ihr letzter Standort im Haspelmoor.«

»Warum zum Teufel sagt uns die Polizei nichts davon?«, polterte Herr Angermayer los. »Wir rufen täglich an, um nachzufragen, ob es schon neue Erkenntnisse gibt, aber da kommt nichts!«

»Weil der Polizei diese Daten nicht vorliegen.«

»Und Sie sehen auch nicht ein, die zu informieren, oder was? Sollen wir dafür vielleicht mehr bezahlen, bevor Sie sich in Bewegung setzen? Von den Armen nimmt man es heute!«

Felix bemühte sich, die Schimpftiraden des Vaters nicht an sich ranzulassen. Der Mann stand unter einem besonderen Stress und hatte gerade keine Kontrolle über seine Reaktionen. »So ist das nicht, Herr Angermayer. Die Polizei könnte mit meinen Erkenntnissen nichts anfangen, da ich auf nicht ganz legale Weise darangelangt bin. Ein Kumpel von mir schuldete mir noch einen Gefallen. Für die offiziellen Ermittlungen sind die Daten nicht verwertbar.«

Frau Angermayer beugte sich vor. »Die Polizei sucht also gar nicht in dem Moor nach ihr, obwohl sie sehr wahrscheinlich dort liegt? Oh, mein armes Mädchen. Ganz allein da draußen.«

Felix schüttelte bedauernd den Kopf. »Wie gesagt, es gibt leider keine Beweise, und der Einsatz von beispielsweise Tauchern muss von oben genehmigt werden. So schwer es fällt, nun braucht es Geduld, bis die Kripo auf andere Weise zu diesen Erkenntnissen gelangt. Es tut mir leid, dass ich Ihnen keine besseren Nachrichten überbringen kann, Frau Angermayer.«

Sophies Mutter biss sich auf die Unterlippe, nun konnte sie ihre Tränen nicht zurückhalten.

Der Vater wippte mit dem Oberkörper vor und zurück und stampfte leise mit einem Fuß auf den Boden. »Unfassbar, wie allein man gelassen wird. Da wird eine junge Frau von irgendeinem Irren verschleppt, und niemand schert sich auch nur einen Dreck darum.«

»Ich hoffe wirklich sehr für Sie, dass die Ermittlungen nun gut vorankommen und Ihre Tochter bald gefunden wird.«

»Können Sie uns nicht helfen? Irgendwie?«, fragte Frau Angermayer und tupfte sich mit einem Taschentuch die Wangen ab.

Felix holte Luft, um ihr erneut sein Bedauern auszudrücken, doch dann stockte er. In seinem Kopf hörte er Natalies Worte, wie sie ihn einen Feigling schimpfte aus Enttäuschung darüber, dass er die Ermittlungen aufgeben wollte. Er dachte auch an seinen eigenen Ehrgeiz. Natürlich wollte er den Kerl schnappen und der Polizei ausliefern. Schon allein, um ihn davon abzuhalten, sich ein weiteres unschuldiges Opfer zu suchen, dessen Leben er viel zu früh beendete. Aber auch um Steffen eins auszuwischen, indem er schneller und cleverer war als die Kripo.

Die Hinweise, die er bisher zum Täter gesammelt hatte, waren alle auf legalem Wege beschafft worden, somit könnte er als Privatermittler den Täter zusammen mit gerichtsverwertbaren Beweisen der Polizei übergeben. Steffen würde sich schon irgendwann wieder beruhigen. Sofern er ihn nicht verhaften ließ, aber das konnte er ja verhindern, indem er ab jetzt darauf achtete, sich im Hintergrund zu halten und Steffen nicht mehr in die Arme zu laufen.

Gleichzeitig konnte sich der Fall noch eine ganze Weile hinziehen, und von irgendwas musste er in der Zwischenzeit leben. So gern er weiter daran gearbeitet hätte, es brauchte ein Einkommen, und die Ersparnisse der Angermayers waren bereits aufgebraucht. Er musste vernünftig bleiben, so schwer es ihm auch fallen mochte.

»Es geht ums Geld, nicht wahr?«, traf Herr Angermayer den Nagel auf den Kopf.

Felix rang sich dazu durch, die Wahrheit zu sagen. Er war Privatdetektiv, und er durfte für seine Tätigkeit Geld verlangen, so schäbig es sich in Momenten wie diesen auch anfühlte. »Zugegebenermaßen ja. Ich habe schon mehr ermittelt, als Ihr Budget hergegeben hat, und irgendwo muss ich einen Schlussstrich machen.

Ich bin mir sicher, die Polizei gibt ihr Bestes und wird ebenfalls bald die richtigen Schlüsse ziehen.«

»O nein!« Die Miene von Frau Angermayer hellte sich etwas auf. »Sie werden nicht aufgeben. Mein Mann und ich haben die Verwandtschaft um Geld gebeten und einiges zusammenbekommen. Bitte, Herr Hertzlich. Suchen Sie weiter nach meiner Tochter.« Sie stand auf und zog eine Ecke der Häkeldecke mit sich, sodass die Vase, die daraufstand, gefährlich an die Kante rutschte. Felix hielt die Decke fest. Frau Angermayer ging zu einem Schrank und holte einen Umschlag heraus, den sie ihm reichte.

»Das müsste reichen. Falls Sie mehr brauchen … Sie müssen …« Frau Angermayer sank in den Stuhl, verbarg das Gesicht in ihren Händen und schluchzte. Felix stand schnell auf und legte seine Hand auf ihre Schulter.

»Bitte, finden Sie meine Tochter«, sagte sie und schaute zu ihm auf.

Felix nickte. Es würde ihn noch in Teufels Küche bringen, aber die Flinte ins Korn zu werfen, war einfach nun mal nicht sein Ding.

33. Kapitel

WEHMÜTIG betrachtete er den duftenden Strauß auf dem Beifahrersitz. Er hatte sich bemüht, die zerknickten Blumen notdürftig wieder zusammenzubinden, es aber nicht annähernd so schön hinbekommen wie die Verkäuferin. Außerdem war dabei noch die ein oder andere Blüte abgebrochen, was ihn so sehr ärgerte, dass er das Ding am liebsten in die Ecke gefeuert hätte. Nur die Tatsache, dass Louisa die Blumen ohnehin nicht sehen würde, hatte ihn davon abgehalten. Den Geruch hatte das Malheur nicht beeinflusst, der ganze Innenraum duftete wunderbar.

Er stieg aus und ging in die Bäckerei, um als weiteres Mitbringsel Kuchen zu kaufen. Zucker war ungesund, aber ab und zu durfte man sich so etwas erlauben. Damals, als bei seinen Eltern noch alles in Ordnung gewesen war, hatte es sonntagnachmittags immer Kuchen gegeben, manchmal sogar selbst gebackenen. Allerdings musste er zugeben, dass der gekaufte ihm besser geschmeckt hatte. Zumindest in seiner Erinnerung.

Er studierte die Auslage sehr genau und überlegte, für welche Sorte er sich entscheiden sollte. Der Kirschkuchen lachte ihn an, aber da bestand die Gefahr, dass man auf einen Kern biss und das die gute Stimmung versaute. Von Sahne wurde ihm immer schlecht, was vermutlich an der Kombination aus Zucker und Fett lag, beides ungesund. Sämtliche Torten schieden also auch aus. Seine Wahl fiel schließlich auf zwei Stücke Sachertorte, die war mit viel Schokolade, und jeder liebte doch Schokolade.

Mit den Blumen und dem Kuchen im Gepäck machte er sich auf den Weg nach Unterföhring, wo Louisa nur wenige Gehminuten vom Buchladen entfernt wohnte. In der Seitenscheibe seines Autos kontrollierte er noch einmal den Sitz seiner Kleidung, dann winkte er ab. Er vergaß ständig, dass sie blind war. Während er auf das Haus zuging, in dem ihre Wohnung lag, wuchs seine Nervosität. Der ganze

Tag war ein emotionales Auf und Ab gewesen, und er war sich noch immer nicht im Klaren darüber, was er tun würde. Nur eines stand fest, heute würde sie nicht sterben, denn der festgelegte Ablauf war nicht eingehalten worden. Da würde auch sein Vater keine Ausnahme machen.

Er hatte noch nicht mal geklingelt, da öffnete sich schon die Tür.

»Da bist du ja«, sagte Louisa fröhlich und wandte den Kopf in die falsche Richtung.

War sie in Wirklichkeit etwa doch nicht blind und hatte ihn durchs Fenster gesehen? Aber warum hätte sie ihn die ganze Zeit über anlügen sollen? Mit Scham dachte er daran, wie er sie heimlich verfolgt hatte, ohne sich groß zu verbergen, weil er davon ausgegangen war, dass das nicht nötig war.

Da er nichts sagte, trat Louisa einen Schritt vor und tastete nach ihm, bis ihre Hand auf seiner Schulter landete. »Nicht wundern, ich bekomme ein Signal auf mein Handy, wenn jemand vor meiner Tür steht.« Sie lachte und deutete auf eine kleine Kamera oberhalb der Klingel.

»Ach so«, sagte er erleichtert. Dann hatte sie zwar vermutlich mitbekommen, dass er nachts immer mal wieder vor der Tür gestanden hatte, aber da sie nicht rausgekommen war, wusste sie nicht, dass es sich bei dem Besucher um ihn handelte. »Darf ich reinkommen?« Es wäre unhöflich, einfach an ihr vorbeizugehen, und er hatte sich vorgenommen, heute keine weiteren Fehler mehr zu machen.

»Natürlich.« Sie tastete sich vor ihm entlang durch das Treppenhaus zu einer geöffneten Wohnungstür.

»Ich habe Blumen mitgebracht«, sagte er und hielt ihr den Strauß hin, doch sie ging einfach weiter. »Und Kuchen«, schickte er hinterher.

»Hab ich beides schon gerochen. Schokolade, oder? Das ist lieb, vielen Dank.«

»Ja, Sachertorte«, präzisierte er, denn es musste sich um eine Spezialität handeln, so teuer, wie die zwei Stücke gewesen waren. Das Budget seines Wochengeldes hatte er mit den Blumen und dem Kuchen nun schon zweimal überschritten, aber besondere Anlässe erforderten eben besondere Maßnahmen.

Louisa wandte sich zu ihm und streckte die Hände aus. »Wow, mein Lieblingskuchen. Die Marillenmarmelade im Innern gibt dem Ganzen die außergewöhnliche Note.«

»Das wusste ich gar nicht.« Er zog die Mundwinkel nach unten. Aprikosen und Pfirsiche hasste er. Die Verkäuferin hätte ihm ruhig sagen können, dass etwas davon drin war, das erwartete man doch nicht in einem Schokoladenkuchen.

Louisa wackelte mit den Fingern. Da er nicht wusste, was von beidem sie haben wollte, drückte er ihr die Blumen in die Hand, die sie sogleich an die Nase führte.

»Hm, die riechen fantastisch. Als hättest du sie extra deshalb für mich ausgewählt.«

»Hab ich auch«, sagte er stolz. »Es sind Freesien, Mimosen und Lilien.«

»Oh, wow. Wusstest du, dass die weiße Lilie traditionell die Totenblume ist? Sie steht für das Licht und gilt als Symbol für die Reinheit des Herzens, Hoffnung und Liebe über den Tod hinaus.«

Entgeistert starrte er sie an. Das durfte doch wohl nicht wahr sein! Da hatte ihm die dämliche Blumenhändlerin doch glatt eine Blume verkauft, die für Tote gedacht war. Erst die Anspielung auf seine Mutter, die ihn angeblich so liebte, und dann das. War das etwa ein Zeichen dafür, dass das Kartenhaus dabei war, einzustürzen? Hoffentlich wusste sein Vater nichts von der Bedeutung der Blume, sonst würde er am Ende noch behaupten, dass die Lilie ein Ersatz für die Black Baccara sein könnte. »Sie ist lilafarben und nicht weiß«, log er schnell.

»Ich hätte mich auch über eine weiße gefreut, denn für mich zählt der Duft und nicht, was Menschen in sie hineininterpretieren. Aber setz dich doch, ich stelle den Strauß rasch ins Wasser.«

Er nahm am Tisch Platz, legte den Kuchen darauf ab und schaute sich um. Louisa ging in ihre kleine Küchenzeile, die im Wohnbereich integriert war. Alles war praktisch und einfach eingerichtet, eben für jemanden, der nichts sehen konnte. Es gab keine unnötige Dekoration oder Bilder, aber Bücher. Sehr viele Bücher. Selbst ein Fernsehgerät fehlte. Aber auf dem Couchtisch entdeckte er einen Laptop.

Mit gezielten Handgriffen nahm Louisa eine Vase aus dem Regal und füllte sie mit Wasser, wobei sie einen Finger am Rand hineinragen ließ. Er beobachtete sie interessiert. Louisa machte das so routiniert, dass er sie nur bewundern konnte. Würde er von heute auf morgen sein Augenlicht verlieren, wäre er vollkommen hilflos. Dann stellte sie die Blumen hinein und brachte die Vase zum Tisch. »Ich hole uns eben noch was für den Kuchen.«

Mit Tellern und Gabeln kam sie zurück. Es gab wohl keinen Kaffee, obwohl sie ihn explizit dazu eingeladen hatte, aber er wollte auch nicht so unhöflich sein und danach fragen.

»Wie war denn dein Tag?«, fragte sie und lächelte, als sie den Kuchen verteilte.

»Warum willst du das wissen?«, entgegnete er. Sie konnte wohl kaum ahnen, wie katastrophal der bisher gelaufen war, oder etwa doch?

»Einfach aus Höflichkeit.« Sie schob sich ein Stück Kuchen in den Mund. »Ich dachte, es wäre ein guter Start für ein Gespräch. Du willst es mir also nicht verraten?«

»Mein Tag war halt, wie Tage so sind«, sagte er genervt und stocherte in dem Kuchen herum. Er kam sich vor wie früher, als er noch zur Schule gegangen war und seine Mutter unbedingt wissen wollte, wie es da so gewesen war. Wie sollte es schon sein? Mathe, Deutsch, Religion, man musste ruhig dasitzen und langweiligen Sachen zuhören. Er schnaufte durch die Nase. Was für eine dumme und sinnlose Frage!

»Was ist denn los? Du wirkst so angespannt heute.«

So langsam reichte es ihm. Seine Verabredung mit ihr hatte er sich anders vorgestellt. Er wollte tiefgehende Gespräche mit ihr führen, vielleicht über Italien oder Bücher, und nicht über seinen beschissenen Tag plaudern. »Gar nichts, was soll schon sein. Warum fragst du mich denn aus? Bist du meine Mutter?«

Sie ließ die Gabel auf den Teller sinken. »Tut mir leid, wenn ich dir damit irgendwie zu nahe getreten bin«, sagte sie langsam. Ihre Hand wanderte zu der Perlenkette, die er ihr geschenkt hatte, weil seine Mutter sie angeblich ausrangiert hatte. Dass er ihr den Schmuck von ihrem toten Körper genommen hatte, bevor er sie vergrub, wusste

Louisa natürlich nicht. »Wenn du zu schlechte Laune hast, um mit mir Kaffee zu trinken, warum hast du dann nicht einfach abgesagt?«

Ihm sackte das Blut in den Magen. Sie wollte ihn also rauswerfen, nur weil er keine Lust hatte, über seinen Tag zu reden? Bitte schön, dann würde er eben gehen. Vielleicht war Louisa doch nicht die richtige Frau. Die, mit der er in Italien ein neues Leben starten würde. »Kaffee gab es ja nicht mal, nur den ekelhaften Kuchen mit Aprikose.« Von dem er nicht probiert hatte. Er stand auf und ging zur Tür. »Mach's gut«, sagte er.

Vor der Tür hätte er am liebsten auf die Wand eingeschlagen. Es war verloren. Jetzt würde er nicht mehr die Kraft haben, sich gegen die Forderung seines Vaters zur Wehr zu setzen.

34. Kapitel

»ICH hab's«, rief Natalie oben in ihrem Zimmer.

Felix saß auf dem Sofa und war gerade dabei, Sophies und Danielas Facebook-Profile nach gemeinsamen Freunden zu durchforsten. Vielleicht war ja einer dabei, der sich auffällig für Blumen und Bücher interessierte. Allerdings glaubte er selbst nicht so wirklich daran, dass es so einfach wäre. Bisher war er jedenfalls auf nichts gestoßen, das irgendwie seine Aufmerksamkeit erregt hatte.

Kurz darauf hörte er das Geräusch von Natalies nackten Füßen auf der Treppe.

»Ich weiß jetzt, in welchem Buchladen er einkauft«, sagte sie, noch bevor sie im Wohnzimmer angekommen war.

»Wirklich? Das wäre ja genial«, sagte Felix und sprang zu schnell vom Sofa auf, sodass ihm der Schmerz in den Rücken schoss. »Bist du sicher?«

Sie blieb stehen und ließ die Hände sinken, in denen sie ihren Laptop so vorsichtig trug, als wäre er das Kostbarste auf der Welt. »Ich gebe nie Informationen weiter, wenn ich mir nicht sicher bin.«

»Ja super. Dann schieß los«, sagte Felix schnell. Rhetorische Fragen waren einfach nichts für Natalie.

»Das Zitat ist sehr berühmt, darum findet man im Internet viele Informationen dazu. Cicero war unter anderem Schriftsteller. Er kam aus Rom und hat einhundert Jahre vor Christus gelebt. Ich wusste gar nicht, dass es diese Stadt damals schon gab«, erklärte sie, und Felix musste sich zusammenreißen, sie nicht dabei anzutreiben, wie sie vom Hölzchen aufs Stöckchen kam. Natalie war nicht dumm, aber von Geschichte hatte sie keine Ahnung. Bestimmt hatte sie einige Stunden damit verbracht, sich darin zu belesen, und er hoffte, dass sie ihm jetzt nicht all ihre Erkenntnisse ausbreiten würde. »Er hat viel übers Lesen gesagt, zum Beispiel auch: *Wenn du einen Garten und eine Bibliothek hast, wird es dir an nichts fehlen.* Viele Buchhandlungen nehmen seine

Zitate für ihre Werbung, deshalb bin ich da erst mal nicht weitergekommen.«

»Und trotzdem hast du im Endeffekt die richtige gefunden. Das ist genial«, versuchte Felix, sie wieder in die ursprüngliche Richtung zu lenken.

»Genau. Bei der Google-Bildersuche habe ich viele Fotos mit ähnlichen Taschen auf Instagram gefunden. Zum Glück war ich früh wach, es hat ganz schön gedauert, bis ich auf das Richtige gestoßen bin.« Sie deutete auf ihren Bildschirm, wo die Aufnahme einer Frau in den Vierzigern zu sehen war, die sich einen Jutebeutel mit einem Aufdruck des Zitats umgehängt hatte und ein Buch in den Händen hielt. Im Hintergrund war schwach ein Gebäude zu erkennen. Felix kniff die Augen zusammen.

»Aha«, sagte er lang gezogen. »Und woher wissen wir, dass das in München ist und wo genau? Anhand dieses Fotos finde ich den Laden bestimmt nicht.«

Natalie schüttelte tadelnd den Kopf. »Du kennst dich ja kein bisschen aus. Auf Instagram arbeitet man mit den sogenannten Hashtags …«

»Ich weiß, was das ist«, sagte Felix schnell. Daran hatte er natürlich überhaupt nicht gedacht.

Natalie fuhr ungerührt mit ihrer Erläuterung fort. »*Hash* bedeutet Doppelkreuz, also die Raute, und *Tag* ist englisch für Schlagwort. Damit gibt man Posts im Internet eine thematische Zuweisung.«

»Bitte, können wir auf den Buchladen zurückkommen?«

»Ja, wenn ich endlich ausreden darf.« Sie verschränkte die Finger auf ihrem Schoß und starrte sie mit verkniffener Miene an.

»Okay, ich schweige ab jetzt.« Felix verschloss seinen Mund mit einem imaginären Schlüssel. Eine Geste, die Natalie eher verwirren würde als überzeugen, doch zum Glück hatte sie es nicht gesehen.

»Gut. Unter diesem Foto befindet sich der Hashtag *München*. Außerdem hat die Userin ihren Standort verlinkt.« Sie klickte auf ein Feld unter dem Nutzernamen, und eine Karte öffnete sich. »Da siehst du die genaue Adresse.«

Na endlich. Felix wollte seine Schwester aus einem Impuls heraus umarmen, doch er hielt sich gerade noch so zurück. Das hätte ihr bestimmt nicht gefallen. »Perfekt. Ich mache mich sofort auf den Weg. Du bist die Beste«, sagte er und meinte es auch so.

Sie zuckte mit den Schultern. »Ich weiß.«

»Cringe«, sagte er, und sie schaute ihn verständnislos an. »Egal. Ich fahre gleich mal hin.«

Felix stürmte in die Diele, wo er sich Schuhe anzog und seine Jacke schnappte.

Um nach Unterföhring zu kommen, musste er einmal quer durch die Stadt, und es dauerte fast eine Dreiviertelstunde, bis er endlich da war. Der Buchladen befand sich in einem alten Fachwerkhaus, dessen Fassade teilweise mit Efeu zugewuchert war. Auf dem Schild über dem Eingang stand in einer an Fraktur angelehnten Schrift *Lesewurm*.

Sehr kreativ, dachte Felix und betrat den Laden. Eine Frau mittleren Alters blätterte an der Kasse in einem Prospekt. Eine weitere war im hinteren Bereich zugange, anscheinend ebenfalls eine Mitarbeiterin, denn sie räumte Bücher von einem Rollwagen in die Regale. Sie trug eine Sonnenbrille, was Felix wunderte. Bestimmt würde sie sich hervorragend mit Steffen verstehen.

Die Frau hinter dem Tresen sprach ihn an, ob sie ihm weiterhelfen könne. Erst jetzt wurde Felix bewusst, dass er eigentlich nicht so recht wusste, nach wem er fragen sollte. In seiner Aufregung hatte er völlig verdrängt, dass die Beschreibung der Blumenverkäuferin nicht viel hergab, und dass er einen mutmaßlichen Mörder suchte, sollte er auch besser nicht verraten.

»Ich hoffe, Sie können das, denn ich habe ein recht ungewöhnliches Anliegen«, begann er das Gespräch und kramte währenddessen seine Visitenkarte aus der Hosentasche hervor.

Die Frau lächelte und warf einen Blick auf die Karte. Ihre Miene gefror. »Ein Detektiv?«

»Genau. Ich bin auf der Suche nach einem Mann, der mit einer Tasche von Ihrem Laden unterwegs ist. Es ist also davon auszugehen, dass er hier mal eingekauft hat.« Aus dem Augenwinkel sah Felix, dass die Frau bei den Regalen mit dem Einräumen innegehalten hatte. Anscheinend lauschte sie dem Gespräch. »Kommen Sie doch ruhig dazu, vielleicht wissen Sie auch etwas dazu zu sagen«, sagte Felix.

Die Frau hinter dem Tresen wedelte abwehrend mit der Hand. »Also so geht das nicht. Ich kann Ihnen doch nicht einfach irgendwelche Auskünfte über meine Kunden geben.«

»Bitte, es ist wirklich wichtig. Der Mann könnte ein wichtiger Zeuge in einem Mordfall sein. Sie haben doch sicherlich von den Frauenleichen im Haspelmoor gehört?«

Ihr Mund formte sich zu einem O. »Du liebe Güte. Ja, sagen Sie mal, warum sucht dann die Polizei nicht nach ihm? Ich habe in der Presse gar nicht gelesen, dass es einen Zeugen gibt.«

»Es würde jetzt zu weit führen, Ihnen die Details zu erklären. Wichtig ist, dass ich ihn so schnell wie möglich finde, denn er könnte bei der Lösung des Falls eine entscheidende Rolle spielen.« Felix rief sich innerlich zur Ruhe. Jetzt, wo er so nah dran war, durfte er nicht scheitern.

»Dieses Haspelmoor, das ist ein ganz teuflischer Ort für junge Frauen«, sagte die Verkäuferin, als hätte sie Felix gar nicht zugehört. »Niemals würd ich da allein einen Fuß reinsetzen. Vor fünfzehn Jahren schon wurde da mal ein Mädchen gefunden. Sie sind so jung, da erinnern Sie sich vermutlich nicht mehr dran. Angeblich hat sie Selbstmord begangen, aber ich hab da nie dran geglaubt. Wer geht denn extra so weit raus, um sich dort das Leben zu nehmen? Ins Wasser gehen, das haben vielleicht die Frauen im Mittelalter gemacht, aber doch heutzutage nicht mehr.«

Felix hob interessiert den Kopf. Das war in der Tat eine merkwürdige Geschichte. Möglicherweise hatte ihr Täter vor Jahren schon mal gemordet, und es hatte nur keiner gemerkt, weil man es unter Suizid verbucht hatte. Da er keinen Dialekt sprach, war es gut möglich, dass er nur alle paar Jahre geschäftlich oder für einen Urlaub in München war und sich hier seine Opfer suchte. Aber warum wählte er das Haspelmoor aus, um die Leichen zu entsorgen? Weil er hoffte, dass sie dort nicht so schnell gefunden würden? Außerdem war der Gesuchte laut Beschreibung viel zu jung, um damals schon gemordet zu haben. Eine Verbindung zwischen der Moorleiche von vor 15

Jahren und heute war unwahrscheinlich, auch wenn es auf den ersten Blick naheliegend schien.

Wie dem auch sei, jetzt ging es erst mal darum, dem Mann mit dem Jutebeutel näher zu kommen. »Interessant, wirklich. Aber gerade habe ich ein dringenderes Anliegen.«

»Na schön. Um Ihnen helfen zu können, bräuchte ich aber etwas mehr als die Information, dass er ein Mann ist. Auch wenn es gerade nicht danach aussieht, ich habe viele Kunden.« Sie fasste die Frau neben sich, die mittlerweile von den Regalen dazugekommen war, am Arm. Anscheinend sah die Kollegin nicht ein, ihre Sonnenbrille abzunehmen.

»Danke. Der Mann, den ich suche, ist leider ein durchschnittlicher Typ. Nicht auffallend groß oder klein, dunkelblonde, kurze Haare, rasiert. Das einzige Auffällige an ihm könnte sein, dass er keinen Akzent hat und noch recht jung ist. Lesende Männer dürften in der Regel doch eher älter sein.«

»Das könnte der Jörg sein, meinst du nicht?«, sagte die Frau mit der Sonnenbrille. Felix blickte interessiert zu ihr. »Er kommt regelmäßig vorbei, kauft viele Sachbücher, wohl auch für seine Mutter. Die ist pflegebedürftig, und er kümmert sich um sie. Oft haben wir die Titel extra bestellen müssen, die er sucht. Unsere Kunden wollen sonst eher Belletristik.«

»Dann haben Sie doch sicher seine Adresse«, sagte Felix hoffnungsvoll. Also doch kein Serienkiller auf Münchenurlaub. Das würde es leichter machen, ihn zu fassen.

»Tut mir leid, nein«, sagte die andere Frau. »Die Kunden müssen uns keine Adresse hinterlassen, wenn sie im Voraus zahlen. In der Regel sind die Bestellungen innerhalb ein oder zwei Tagen hier, und sie kommen einfach wieder vorbei, um sie abzuholen.«

Die Sonnenbrillenfrau lächelte verhalten. Mit den Fingern spielte sie an einer auffälligen Perlenkette um ihren Hals herum, die unter ihrem türkisfarbenen Schal hervorblitzte. Ein außergewöhnlicher Geschmack für eine Frau in ihrem Alter, fand Felix. »Ich weiß, dass er im Hasenbergl in der Nähe vom Flugplatz Schleißheim wohnt. Ihn umweht immer so ein Geruch nach Kerosin, da habe ich ihn mal darauf angesprochen, und er sagte, das müsse am Flugplatz liegen.«

Felix' Nacken begann zu kribbeln. Endlich, das könnte der entscheidende Hinweis sein. »Sehr gut. Fällt Ihnen noch mehr ein?«

Beide Frauen schüttelten den Kopf.

»Macht ja nichts. Sie haben mir wirklich sehr weitergeholfen. Sollte er hier auftauchen, rufen Sie mich bitte an, und sagen Sie ihm nicht, dass ich nach ihm suche. Er könnte sich bedroht fühlen und untertauchen wegen dem, was er beobachtet hat.« Nachdem die Verkäuferinnen ihm ihr Wort gegeben hatten, stürmte Felix aus dem Laden und schwang sich auf seine Vespa. Ein kleiner Ortsteil, ein junger Mann, der sich um seine pflegebedürftige Mutter kümmerte und gern Bücher kaufte. Damit sollte doch irgendjemand in der Nachbarschaft etwas anfangen können.

»Bald hab ich dich«, murmelte er und startete den Motor.

35. Kapitel

OBWOHL es bereits später Vormittag war, lag Jörg noch in seinem Bett und starrte an die Zimmerdecke. Heute war er nicht vor dem Wecker aufgewacht und auch nicht aufgestanden, nachdem ihn der Signalton geweckt hatte. Die tägliche Routine kotzte ihn an, und ihm fehlte die Kraft, sich zusammenzureißen und sie durchzuziehen.

Das gestrige Treffen mit Louisa hatte ihn desillusioniert und ihm die Hoffnung auf eine glückliche Zukunft in Italien genommen. Wie sollte er mit ihr einen Laden führen, wenn sie ihn behandelte, als wäre er ein kleines Kind?

Wie war dein Tag? Du wirkst so angespannt?

Und dann hatte sie nicht mal an den Kaffee gedacht. Das war ganz und gar nicht die perfekte Louisa aus seiner Vorstellung. Am schlimmsten an diesem Schlamassel war, dass sie mit so einem Verhalten seinem Vater in die Karten spielte.

»Frauen sind so«, hatte der am Abend zu ihm gesagt. »Erinnerst du dich nicht an deine Mutter? Wie sie war, als wir noch eine Familie waren?«

Tatsächlich kamen Jörg, wenn er sich anstrengte, einige Szenen in den Kopf. Nur verschwommen, denn er war noch viel zu klein gewesen, um zu verstehen, was da vor sich ging, aber nachdem er all die Jahre mit seiner Mutter an das Haus gefesselt gewesen war, hatte er klarer gesehen.

Seine Mutter hatte seinen Vater tyrannisiert. Nach der Arbeit musste er sofort nach Hause kommen. Verspätete er sich, brauchte er eine gute Erklärung dafür, ansonsten schickte sie Jörg mit seinem Nachtessen aufs Zimmer, um in der Küche den Streit auszufechten. Den ganzen Abend brüllte sie ihn dann an, während Jörg an der Tür lauschte, um zu verstehen, worum es ging. Häufig drohte seine Mutter damit, dass sein Vater Jörg und sie nie wiedersehen würde, wenn er sich noch einmal nicht an die Regeln in diesem Haushalt hielt. Er hätte dann seine Familie auf dem Gewissen und müsste zusehen, wie er damit zurechtkam.

Erst später hatte Jörg verstanden, was sein Vater wirklich im Wald getan hatte, und aus welchem Grund. Damals war er so naiv gewesen, sich seinem Tagebuch anzuvertrauen. Der größte Fehler, den er jemals begangen hatte. Nur durch seinen Eintrag hatte seine Mutter von dem Vorfall erfahren, und das Unglück nahm seinen Lauf. Dabei kaufte sein Vater jeden Tag eine Rose für seine Mutter, um sich zu entschuldigen, nachdem sie aus dem Tagebuch die schreckliche Wahrheit über das Moor erfahren hatte. Beim Überreichen sang er ihr das Lied vor und nannte sie seine wilde Rose. Doch nichts konnte sie besänftigen, und drei Tage später war sein Vater nicht mehr da.

Jörg wischte sich die Tränen aus dem Gesicht. Ein kleiner Fehler, der seine gesamte Familie zerstört hatte, der sein Leben für immer veränderte, und das seiner Mutter auch. Krank wäre er, hatte sie behauptet. Nach seinem Vater würde er kommen. Er sah das nicht als Problem, denn er liebte seinen Vater. Bis auf in der einen Nacht war er immer ein guter Mensch gewesen, und Fehler konnten doch mal passieren, oder? Aber nicht für seine Mutter. Fehler waren für sie unverzeihlich, das hatte er in den folgenden Jahren schmerzhaft in Form von körperlicher Gewalt, Essensentzug und Einsamkeit erfahren müssen.

Sein Handy, das auf dem Nachttisch neben seinem Kopf lag, klingelte. Er fuhr hoch. Louisa! Warum rief sie an? Hatte er mal wieder eine Buchbestellung vergessen? Wenn sie sich entschuldigen wollte, würde er das nicht annehmen. Es war zu spät. Sein Vater und er hatten eine Entscheidung getroffen, und die würde er nicht mehr umwerfen.

Da er aber neugierig war, was sie zu sagen hatte, nahm er den Anruf entgegen.

»Ach Mensch Jörg, warum hast du denn nichts gesagt gestern? Du musst ja völlig am Ende sein. Ich hätte es doch verstanden«, legte sie ohne Einleitung los.

Verwundert presste er das Handy ans Ohr. »Wovon redest du?«

»Na, dass du einen Mord beobachtet hast.«

Für einen Moment fühlte sich sein ganzer Körper taub an, in seinem Kopf war nur ein weißes Rauschen, und der Puls hämmerte in seinen Schläfen. Woher um alles in der Welt wusste sie davon? Seine Lippen bewegten sich, doch er bekam keinen Ton heraus.

»Warum hast du dich nicht bei der Polizei gemeldet? Die werden dafür sorgen, dass dir nichts passiert. Es gibt Zeugenschutz und so etwas.«

»Wo… Wovon redest du?«, wiederholte Jörg seine Frage, weil sein Hirn zu nichts anderem fähig war.

»Hier im Buchladen war eben ein Privatdetektiv, der sich nach dir erkundigt hat. Also natürlich nicht nach dir, aber er hat jemanden gesucht, auf dessen Beschreibung hin nur du es sein kannst. Wobei ich die Haarfarbe ja nicht beurteilen kann.« Sie kicherte. »Entschuldige. Auf jeden Fall glaubt er, dass du etwas im Fall der Moorleichen beobachtet hast. Diese Frauen, die im Haspelmoor gefunden wurden, weißt du?«

»Aha«, brachte er hervor, lehnte sich ins Kissen zurück und ließ das Handy sinken. Vorbei. Es war alles vorbei. Die Polizei würde ihn verhaften. Dabei hatte er doch nur getan, was sein Vater ihm aufgetragen hatte.

»… Hallo? Bist du noch da?«

Er drückte den Anruf weg und wischte sich mit den Händen übers Gesicht. War jetzt etwa der Moment gekommen, vor dem seine Mutter ihn immer gewarnt hatte?

Es war nach einem Streit gewesen. Damals wollte er unbedingt nach draußen und hatte so lange gebettelt, bis seine Mutter ausgerastet war und ihm eine schallende Ohrfeige gegeben hatte. Weinend rannte er auf sein Zimmer und vergrub das Gesicht in seinem Kissen. Während er so vor sich hin heulte, dachte er an Max, an Nicole und Ivan, seine besten Freunde in der Schule. Ob sie ihn wohl vermissten oder sich fragten, warum er so plötzlich verschwunden war? Ob sie im nächsten Schuljahr wieder die blöde Religionslehrerin Frau Bratschmidt hätten? Er hatte sie so gehasst. Drehte sich die Welt einfach weiter?

Mit einem Knarzen öffnete sich seine Zimmertür. »Du darfst nicht rausgehen, weißt du?«, sagte seine Mutter, ihre Stimme klang milder als noch vorhin.

»Aber warum nicht?«

Sie setzte sich neben ihn aufs Bett und legte ein schweres, großes Buch auf seine Beine. Zwischen den Seiten blitzte ein Zettel hervor. »Schlag es auf.«

Er gehorchte, der Zettel rutschte nach unten, und sie nahm ihn an sich. Dann deutete sie auf ein Schwarz-Weiß-Foto, das ihm den Magen umdrehte. »Das da würden die mit dir machen.«

Obwohl ihm die Abbildung Angst machte, zwang er sich, die Augen aufzuhalten, um sich das Foto genauer anzusehen. Es war der Kopf eines völlig verstörten Mannes zu sehen und ein Teil einer Hand, die einen Hammer hielt. Daneben befand sich eine weitere Hand, die eine Stange oder etwas Ähnliches zwischen den Augen platziert hatte. Darunter stand »Die Lobotomien des Walter Freeman, tiefe Schnitte ins Gehirn«.

Verstört wandte er den Blick ab. »Was machen die mit dem Mann?«, fragte er seine Mutter.

»Sieh genau hin.« Er schüttelte den Kopf, weil er das nicht noch einmal sehen wollte. Irgendwas Schlimmes geschah auf diesem Bild, das wusste er. Sie schlug ihn mit der flachen Hand gegen die Schläfe. »Du musst sehen, was dir da draußen blüht, wenn du rausgehst und sie dich erwischen«, keifte sie. »Und sie werden dich finden, glaub mir das. Warum habe ich allen wohl diese Geschichte erzählt, dass du bei deinen Großeltern in Belgien bist?«

Er horchte auf. Oma und Opa? Würde er sie besuchen dürfen? Nur ein paarmal hatte er sie gesehen, meist an Weihnachten oder zum Geburtstag, und sie hatten ihm immer tolle Geschenke mitgebracht. Leckere Schokolade und das neueste Spielzeug.

Seine Mutter seufzte. »Dein Vater war ein Wahnsinniger, und du hast seine Krankheit geerbt. Wenn sie dich erwischen, werden sie dir ein glühendes Eisen zwischen die Augen rammen, um dich zu heilen, und dann ist dein Gehirn Matsch.«

Er wollte protestieren, ihr sagen, dass sein Vater überhaupt nicht verrückt war und alles nur ein Unfall gewesen war, ein blöder Unfall, doch er wusste, es hatte keinen Zweck. Jeglicher Widerspruch würde sie nur wütend machen.

»Bist du mir jetzt dankbar, dass ich dich hier zu Hause vor diesen Menschen beschütze?«, fragte sie streng.

»Ja, Mama!«, rief er aus tiefstem Herzen. Nach dem, was er gerade erfahren hatte, war er das wirklich. Keinesfalls wollte er ein glühendes Eisen zwischen die Augen gerammt bekommen.

Und genau das würde jetzt passieren, wenn er nicht handelte. Die Polizei suchte nach ihm, und wenn sie ihn fand, würden sie ihn in die Psychiatrie bringen, um eine Lobotomie durchzuführen. Das musste er unbedingt verhindern.

36. Kapitel

FELIX hatte Anna davon abhalten wollen, ihm bei der Befragung der Nachbarschaft zu helfen, aber das war für sie nicht infrage gekommen. Sie hatten keine Zeit zu verlieren, wer konnte schon sagen, ob der Täter nicht längst ein neues Opfer im Visier hatte, und zu zweit wären sie wesentlich schneller durch. Sie trafen sich im nördlichen Teil vom Hasenbergl in der Nähe des AWO-Dorfes, einem Senioren- und Pflegeheimkomplex. Von dort aus würden sie den Teil des Viertels abklappern, der an den Privatflugplatz Schleißheim angrenzte.

»Was machen wir eigentlich, wenn wir an der Tür vom Täter klingeln? Wir sollten ihm wohl besser nicht auf die Nase binden, dass wir nach ihm suchen«, sagte Anna, die nun doch ein wenig Angst vor der eigenen Courage bekam. »Sollten wir uns nicht irgendwas einfallen lassen, damit er nicht sofort misstrauisch wird?«

»Längst erledigt.« Felix reichte ihr einen Stapel Papier. Oben aufgedruckt war ein billiges Logo, und darunter befand sich eine Adressliste. »Wir geben uns als Vertreter aus, die eine Reihe Lexika unter die Leute bringen wollen. Da garantiert niemand Interesse zeigen wird, fragen wir im Anschluss, ob sie jemanden in der Nachbarschaft kennen, der sich noch für richtige Bücher interessiert. Selbst wenn niemand einen Hinweis hat, irgendwann macht uns sicher unser Mann die Tür auf, und da wir wissen, dass er auf Sachbücher steht, wird er zumindest nicht gänzlich abgeneigt sein.«

Anna war beeindruckt, wie schnell er sich eine kohärente Geschichte ausgedacht hatte. Da gab es nur einen Haken. »Und wenn jemand Bücher kaufen will?«

Felix tippte sich an die Schläfe. »Auch dafür habe ich vorgesorgt und auf dem Weg hierher im Copyshop schnell diese Liste erstellt. Die Leute sollen sich dann eintragen«, erklärte er.

»Gut, dann hoffen wir mal, dass du recht hast und niemand genauer nachfragt oder gar die Bücher sehen will.« Anna war gar nicht wohl bei dem Gedanken, mit einer Lüge von Tür zu Tür zu ziehen, aber besser, als den Mörder aufzuschrecken, war es allemal.

»Wenn dir ein blonder Mann Mitte zwanzig öffnet und Interesse zeigt, dann sagst du, dass du deinen Kollegen dazurufst. Auf keinen Fall gehst du allein ins Haus, verstanden?«

»Einen Teufel werd ich tun und mich noch mal in Gefahr begeben«, sagte Anna energisch. Ihr Aufeinandertreffen mit dem Pferderipper in der Scheune hatte ihr gereicht. Nichts und niemand würde sie dazu bringen, freiwillig die vier Wände eines mutmaßlichen Mörders zu betreten.

»Gut. Das erste Haus machen wir noch gemeinsam, zum Eingrooven. Eigentlich dürften wir nicht lange brauchen, bis wir durch sind. Ist ja nur ein kleiner Teil, der an den Flugplatz angrenzt. Laut der Frau mit der Sonnenbrille roch er immer so heftig nach Kerosin, dass er sehr dicht dran wohnen muss.«

»Sie war bestimmt blind«, sagte Anna und setzte sich in Bewegung.

Felix schlug sich gegen die Stirn. »Natürlich. Mann, dass ich da nicht drauf gekommen bin!«

Sie blieben vor einem heruntergekommenen Gebäude stehen, das an ein Hexenhaus mitten im Wald erinnerte. Das Tor stand offen, und im Vorgarten wuchsen um eine alte Trauerweide jede Menge Frühlingsblüher. Ein Kinderfahrrad lehnte an der Hauswand.

Anna deutete mit einem Kopfnicken dorthin. »Denkst du, er hat Kinder?«

Felix hob die Schultern. »Aus dem Bauch heraus würde ich sagen, das passt nicht, weder vom Alter her noch vom Profil. Aber vielleicht ist unser Mann der große Bruder, der noch bei den Eltern wohnt.«

»Na, dann los.« Sie ging zum Eingang und klingelte. Auf dem Klingelschild stand »Familie Buchalla«. Ein Hund bellte, und Felix machte einen Schritt zurück.

Die Tür wurde geöffnet, und anstelle eines Hundes kam eine freundlich aussehende Frau zum Vorschein. Fragend blickte sie von einem zum anderen.

»Entschuldigen Sie die Störung, aber wir sind fahrende Buchhändler und bieten eine sehr exklusive Schmuckausgabe eines Almanachs an«, legte Felix los. »Ein unverzichtbares Nachschlagewerk zum Zeitgeschehen, das Ihnen Fakten, Daten und Zahlen ...«

»O nein, danke«, ging die Frau dazwischen. Ihrem Gesicht war anzusehen, dass sie schon allein die Erwähnung von Fakten, Daten und Zahlen langweilte. »Wenn wir uns informieren wollen, halten wir uns ans Internet. Ich muss jetzt auch das Mittagessen vorbereiten, Wiederschauen.« Damit schlug sie ihnen die Tür vor der Nase zu.

Anna war teils erleichtert, dass sie weggeschickt worden waren, und teils ernüchtert, weil sie keine Informationen erhalten hatten. »Lief ja prima«, sagte sie.

Felix lachte. »Was hast du denn erwartet? Dass wir an der ersten Tür gleich auf dem Silbertablett serviert bekommen, wonach wir suchen? So läuft das leider in den wenigsten Fällen. Oft latscht man sich die Füße platt, ohne zu einem Ergebnis zu kommen. Das sind die negativen Seiten eines Schnüfflers, von denen man in keinem Krimi liest.«

Im Grunde genommen war ihr das auch klar gewesen, aber irgendwie hatte sie doch gehofft, dass sie den unangenehmen Teil des Klingelns an fremden Türen schnell hinter sich lassen könnten. »Dann lass uns aufteilen, und wir rufen uns an, wenn wir irgendwas haben?«

Felix nickte und wechselte die Straßenseite, um sich die nächsten Anwohner vorzunehmen. Anna rief sich noch einmal den Spruch ins Gedächtnis, den Felix aufgesagt hatte, und ging zum Nachbarhaus von Familie *Wir informieren uns nur im Internet*. Es gab zwei Klingeln, anscheinend lebten hier mehrere Parteien. Bei der ersten öffnete niemand, und bei der zweiten schaltete sich die Gegensprechanlage ein. Der Mann scheuchte sie weg, kaum dass sie das Wort Buchhändler in den Mund genommen hatte.

Nicht mal zehn Minuten waren sie unterwegs, und Anna zweifelte schon an ihrer Methode. Hausierer, so etwas gab es doch heutzutage gar nicht mehr. Kein Wunder, dass die Leute nichts davon hören wollten. Wahrscheinlich waren sie viel zu misstrauisch. Es würde Anna schon sehr wundern, wenn ihnen im Zeitalter von Enkeltricks auch nur eine einzige Person die Tür öffnen würde. Aber sie hatte Felix ihre Hilfe angeboten und würde das jetzt durchziehen, egal, wie unangenehm ihr das war oder für wie sinnlos sie die Aktion hielt.

Bei den nächsten drei Häusern erfolgte exakt die Reaktion, die sie erwartete. Die Bewohner jagten sie davon, und einer drohte sogar damit, die Polizei zu rufen, sollte er sie noch einmal auf seinem Grundstück sehen. Sie schaute rüber zu Felix, dem es auch nicht viel besser zu ergehen schien, denn bislang war er in kein Haus hineingebeten worden. Als er ihren Blick bemerkte, bedeutete er ihr, weiterzumachen, und verschwand in einer Seitenstraße.

Anna drehte sich zu dem nächsten Haus und entdeckte eine ältere Dame auf einer Bank neben der Eingangstür.

»Guten Tag, Frau …«, sie schielte auf das Klingelschild am Hoftor, »Gottdang. Darf ich Sie kurz stören?«

Die Frau hob den Kopf und lächelte freundlich. »Wobei sollten Sie schon stören, junge Frau? Kommen Sie doch etwas näher, damit ich Sie besser verstehen kann.«

Anna tat es in der Seele weh, dieser netten Omi ins Gesicht lügen zu müssen. Sie näherte sich der Bank und sagte ihr Sprüchlein auf. »Ich bin eine fahrende Buchhändlerin und wollte Ihnen ein unwiderstehliches Angebot machen. Unser Almanach in einer exklusiven Schmuckausgabe.«

»Oh, da sind Sie bei mir ja eigentlich genau an der richtigen Adresse. Ich liebe Bücher.«

Das durfte wohl nicht wahr sein. Ausgerechnet die Person, bei der es ihr richtig leidtat, wollte nun diesen verdammten nicht existierenden Almanach kaufen. Anna schluckte und nahm sich vor, ihr anonym eine kleine Entschädigung zukommen zu lassen.

»Leider kann ich nicht mehr so gut lesen«, fügte Frau Gottdang nach einer kurzen Pause hinzu. »Die kleine Schrift, wissen Sie? Ich habe mir von meiner Enkelin einen E-Book-Reader schenken lassen, damit ich die Buchstaben größer ziehen kann. Auf dieses winzige Ding gehen Hunderte von Büchern. Dabei liebe ich meine Bibliothek so, aber nur zum Hinstellen kann ich mir die echten Papierbücher auch nicht mehr leisten, Sie verstehen sicher. Im Alter ist das eben so, man muss jeden Pfennig umdrehen.«

Erleichterung darüber, der Frau nicht länger Märchen auftischen zu müssen, machte sich in Anna breit. »Na, schade aber auch. Sie kennen nicht zufällig jemanden in der Nachbarschaft, der sich für unseren Almanach interessieren könnte?«

Frau Gottdang machte eine geheimnisvolle Miene. »Möglicherweise schon. Den könnte ich Ihnen verraten, wenn Sie einen Tee mit mir trinken. Ich bekomme nicht häufig Besuch, meine Enkelin studiert in Frankfurt, und meine Tochter …«

»Sehr gern«, unterbrach Anna. Schon wegen ihres Gewissens konnte sie der alten Frau diese Bitte nicht abschlagen, selbst wenn nichts dabei rauskommen sollte.

Sie half der Frau beim Aufstehen und folgte ihr ins Haus, wo sie die Pumps in der Diele auszog und sich in die Küche führen ließ.

»Welche Sorte Tee trinken Sie? Ich habe auch noch etwas Hefegebäck vom Vortag.« Sie öffnete einen Küchenschrank und holte eine Papiertüte heraus. »Glauben Sie mir, das schmeckt besser als gestern.« Dabei zwinkerte sie fröhlich.

»Machen Sie sich doch keine Umstände, Frau Gottdang.« Anna setzte sich an den Tisch, der vollgepackt war mit Couponheften und einem Ordner mit Klarsichthüllen, worin die alte Frau die Rabattmarken und Bonusaufkleber aufbewahrte. Sie schien wirklich an jeder Ecke zu sparen.

»Sie versuchen also, Bücher an der Haustüre zu verkaufen?«, fragte Frau Gottdang, während sie den Wasserkocher befüllte.

»Ja, kein leichter Job. Aber es macht Spaß. Ich habe viel mit Menschen zu tun, und manchmal ist das durchaus interessant, was für Charaktere man da so trifft. Über die Geschichten, die ich so erlebe, könnte man Bücher schreiben«, log Anna und bereute es sofort. Hoffentlich verlangte Frau Gottdang kein Beispiel.

»Oh, also wenn Sie auf den Jörg treffen, da haben Sie gleich noch eine mehr«, sagte sie und setzte sich zu Anna an den Tisch. »Das ist übrigens der, von dem ich meinte, dass er sicher gern einen Almanach von Ihnen kaufen würde.«

»Ach, okay. Was ist mit dem?«, heuchelte Anna Interesse. Jörg war nicht gerade ein moderner Name, und sie ging nicht davon aus, dass es sich um den Mittzwanziger handelte, den sie suchten. Allerdings konnte sie an dieser Stelle wohl kaum das Gespräch einfach abbrechen.

»Der ist ein ganz spezieller Bub, so gut erzogen und für sein Alter außergewöhnlich klug und belesen.«

»Jörg ist also noch recht jung, höre ich da raus?«, fragte Anna. Bei jemandem in Frau Gottdangs Alter konnte es schon vorkommen, dass man auch Vierzigjährige noch Bub nannte.

»Das ist er. Nicht mal dreißig, wenn ich mich recht erinnere. Seine Mutter hat ihn als Kind zu den Großeltern nach Belgien geschickt, nachdem sich ihr Mann zu Hause umgebracht hat. Und jetzt, als sie vor ein paar Monaten zum Pflegefall wurde, kam er prompt zurück, um sich um sie zu kümmern.«

Annas Herzschlag beschleunigte sich. Ein Mann unter 30, der gern las und seine Mutter pflegte. Das musste er sein. »Eine schreckliche Geschichte«, sagte sie.

»In der Tat. In dem Alter seinen Vater zu verlieren … Der Jörg war gerade mal zehn. Fünfzehn Jahre ist das jetzt her, ich erinnere mich. Kurz nach dem Selbstmord wurde meine Enkelin nämlich eingeschult.« Frau Gottdangs Blick ging ins Leere. »Meine Güte, wie die Zeit vergeht.«

»Wissen Sie was«, sagte Anna und schlug mit der flachen Hand auf den Tisch. »Wenn Sie mir verraten, wo dieser Jörg und seine Mutter wohnen, dann gebe ich ihm einen schönen Rabatt auf unseren Almanach. Als kleine Entschädigung dafür, dass er sich so für seine Mutter aufopfert.«

»Oh, Fräulein, das ist so lieb von Ihnen, ich bin ganz gerührt.« Die Augen von Frau Gottdang nahmen einen leichten Glanz an. »Sie sind ein wirklich guter Mensch.«

37. Kapitel

FELIX verabschiedete sich rasch von dem griesgrämigen alten Herrn. Am liebsten wäre er quer über den gepflegten Rasen spaziert, doch wahrscheinlich hatte der Kerl eine Alarmanlage, die ansprang, sobald der Fußball der Nachbarskinder oder eine Katze aus der Umgebung einen Halm auch nur berührte. Bestimmt saß er jeden Samstag mit einer Nagelschere da und schnippelte die Kanten sauber ab. Ein Golfrasen war Dreck dagegen. Annas Nachricht hatte ihn von dem unangenehmen Gespräch über die zugezogenen Ausländer im Viertel erlöst.

Leicht abgehetzt kam er an der Straßenecke an und wischte sich den Schweiß von der Stirn. »Du hast ihn?«, fragte er atemlos. »Wo?«

»Na, sicher nicht in der Hosentasche«, sagte sie. »Der Mann, den wir suchen, heißt sehr wahrscheinlich Jörg Schörner. Laut einer Anwohnerin kümmert er sich im Moment um seine kranke Mutter, und die Adresse grenzt an den Flugplatz an. Sie beschrieb ihn als belesen, und er hat die vergangenen fünfzehn Jahre wohl in Belgien bei seinen Großeltern verbracht, weshalb der fehlende Dialekt zu ihm passen könnte.«

Felix war beeindruckt. »Das klingt wirklich nach unserem Mann.« Er überlegte kurz. »Warum war er denn für eine so lange Zeit bei seinen Großeltern?«

»Scheint eine tragische Geschichte zu sein. Sein Vater hat sich wohl umgebracht, als er gerade zehn Jahre alt war, und unmittelbar danach hat die Mutter ihn bei ihren Eltern untergebracht. Wahrscheinlich war sie in ihrer Trauer mit der Erziehung überfordert.«

Ein Selbstmord vor 15 Jahren, das hatte Felix doch heute schon einmal gehört. Die Verkäuferin des Buchladens hatte erwähnt, dass sich damals eine Jugendliche im Haspelmoor das Leben genommen hatte. Genau dort, wo der Rosenmörder heute seine Opfer ablegte. Und jetzt sollte sich dessen Vater vor ausgerechnet 15 Jahren ebenfalls das

Leben genommen haben? Das waren für Felix' Geschmack ein paar Zufälle zu viel. Am besten, er setzte Natalie darauf an, mehr über die Vorfälle herauszufinden.

»Was muss das mit einem Kind machen, in so jungen Jahren erst den Vater zu verlieren und dann gewissermaßen auch noch die Mutter direkt danach, während er komplett aus seinem gewohnten Umfeld gerissen wird?«, unterbrach Anna seine Gedankengänge.

Felix holte sein Handy raus, um Natalie eine Nachricht mit den Eckdaten zu schicken und sie zu bitten, für ihn Informationen zu den beiden Selbstmorden herauszusuchen. »Er könnte einem fast leidtun, wenn er nicht ein skrupelloser Mörder wäre«, murmelte er.

»Mir tut er tatsächlich leid«, sagte Anna zu seiner Überraschung. »Ich meine, es wird doch niemand böse geboren. Wir wissen ja überhaupt nicht, was wirklich dahintersteckt. Am Ende hat er die Leiche seines Vaters gefunden oder so etwas in der Art. So ein schweres Trauma kann schon heftige Folgen für die Psyche haben.«

Er hielt mit dem Tippen inne. »Das klingt fast so, als wolltest du seine Verteidigung übernehmen und auf Schuldunfähigkeit plädieren.« Es klang provokanter, als es gemeint war, aber Felix konnte nicht recht nachvollziehen, worauf Anna hinauswollte. Die Frauen, denen der Kerl das Leben genommen hatte, konnten auch nichts für seine vermurkste Kindheit. Außerdem gab es genügend Kinder, die seelische oder körperliche Traumata erlebten und deshalb noch lange nicht zu Mördern wurden.

»Das will ich sicher nicht. Ich meine nur, dass alles im Leben zwei Seiten hat und wir uns bemühen sollten, beide zu betrachten, bevor wir urteilen. Natürlich rechtfertigt das nicht, dass man Menschen umbringt, aber es erklärt vielleicht, wie es dazu kommen konnte.«

Felix zuckte mit den Schultern. Er hatte keine Lust, sich jetzt mit ihr über ein solches Thema zu streiten. Als ehemaliger Polizist sah er das wahrscheinlich einfach anders als sie in ihrer Funktion als Anwältin. »Wie auch immer. Komm, lass uns aufbrechen.«

»Wohin? Wie geht es denn jetzt weiter? Willst du Steffen nicht Bescheid geben?«

»Damit der uns wieder einen Vortrag hält? Falls da wirklich ein junger Mann lebt, der seine Mutter pflegt und nichts mit den Morden zu tun hat, haben wir die Arschkarte gezogen. Ich rufe ihn erst an, wenn wir uns einen eigenen Eindruck verschafft haben.«

»Und wir die nächsten Opfer sind«, sagte Anna besorgt.

Felix verstand, dass sie nach der Sache mit der Scheune noch immer traumatisiert war, aber hier sah er wirklich keine Gefahr, dass ihnen etwas zustoßen könnte. Die Situation war eine völlig andere. »Das wird nicht passieren. Wir sind zu zweit, und er wird uns kaum allein überwältigen und in seinem Keller in Stücke hacken. Also, wo wohnt er?«

Anna atmete tief ein und aus, dann deutete sie die Straße runter. »Das letzte Haus auf der rechten Seite.«

Sie setzten sich in Bewegung und schlenderten darauf zu, wobei Felix sich zusammenreißen musste, nicht in den Laufschritt zu verfallen. *Verhalt dich, wie es ein Vertreter tun würde*, rief er sich gedanklich zur Zurückhaltung. »Du lässt mich reden, dein Part beinhaltet am besten nur lächeln und nicken«, sagte Felix mit einem Augenzwinkern, aber Anna war so angespannt, dass sie einfach nur zustimmte.

Das Gebäude stand etwas zurückgesetzt auf einem mit Brombeerbüschen überwucherten Grundstück. Im Vorgarten blühten verschiedenfarbige Flieder, die einen herrlichen Duft verbreiteten. Das Haus selbst war alt und hatte dringenden Sanierungsbedarf. Die Ziegel auf dem Dach waren moosbewachsen und sicherlich an einigen Stellen undicht, die Fassade vom Feinstaub der Flieger gräulich und die Fenster einfachverglast. Vor dem Haus parkte weder ein Auto, noch stand irgendwo ein Fahrrad. Insgesamt wirkte es eher unbewohnt.

Felix und Anna gingen durch das morsche Hoftor und klingelten an der Tür. Im Inneren des Hauses regte sich nichts. Ein Privatjet donnerte so dicht über ihre Köpfe hinweg, dass der Boden leicht zu vibrieren schien.

»Mann, ist das laut«, sagte Anna, als der Flieger hinter den Baumwipfeln verschwunden war. »Wie muss es da erst Leuten gehen, die bei einem richtigen Flughafen wohnen?«

»Ganz schön nervig«, stimmte Felix ihr zu und begutachtete die Fenster des Hauses.

»Soll ich noch mal …« Annas Finger schwebte über der Klingel.

»Mach mal«, antwortete er und ging vor das Fenster links neben der Tür. Dort stellte er sich auf die Zehenspitzen, um hindurchsehen zu können. Das Geräusch der Türglocke drang durch die dünnen Scheiben nach draußen. Dahinter befand sich eine penibel aufgeräumte Küche. Weder auf der Arbeitsplatte noch auf dem Tisch entdeckte Felix die erwartete Batterie an Medikamenten. Er kannte das von seinem Großvater, der lange Zeit zu Hause gepflegt worden war. In der Küche seiner Großeltern hatten die verschiedensten Pharmazeutika gestanden, gesammelt in einer großen Plastikbox. Entweder hatten sie das falsche Haus erwischt, oder Jörg Schörner bewahrte die Mittel für seine kranke Mutter woanders auf.

»Komisch, wenigstens die Mutter würde doch irgendwie reagieren«, sagte Felix, da sich im Haus weiterhin nichts regte.

»Wie denn? Wenn sie so krank ist, dass sie gepflegt werden muss.«

Felix deutete nach oben. »Die Fenster sind quasi aus Papier, sie könnte zum Beispiel rufen.«

»Vielleicht will sie aber nicht jedem dahergelaufenen Fremden vor der Tür verraten, dass sie wehrlos ist und sich allein im Haus befindet.«

»Mag sein.« Noch einmal sah Felix prüfend zu den Fenstern, um dann rüber zur Mülltonne zu schlendern und sie zu öffnen. Auch hier deutete nichts darauf hin, dass sich im Haus eine pflegebedürftige Person befand. »Ich schau mich mal etwas um«, sagte er und ging zu dem niedrigen Holzzaun, der den Vorgarten von der Rückseite des Hauses abtrennte.

»Halt! Wieso, was machst du denn da?«, rief Anna und kam ihm hinterher.

»Ich will mich nur mal umsehen. Vielleicht kann man von hinten reinschauen.«

»Jetzt warte doch mal. Du kannst mich nicht allein vor der Tür stehen lassen.« Annas Absätze versanken mit jedem Schritt in der weichen Erde.

»Du stellst dich am besten ein Stück entfernt auf die Straße und tust unbeteiligt.«

Anna stöhnte und schaute auf ihre Füße. »Wieder ein paar Schuhe eingesaut«, murmelte sie und machte kehrt. »Merke, Anna: Wenn du mit Felix unterwegs bist, immer Turnschuhe anziehen.«

Felix grinste und kämpfte sich durch eine Lücke in den Sträuchern. Auf der Rückseite des Hauses befand sich eine kleine Terrasse, die Rollläden an dem breiten Fenster und der Tür dahinter waren heruntergelassen. Er betrat die morschen Holzdielen und linste durch die Ritzen der Läden, konnte aber aufgrund der Lichtverhältnisse im Innern nicht viel erkennen. Personen entdeckte er jedenfalls nicht, und Geräusche waren ebenfalls nicht zu hören.

Als er zurückgehen wollte, trat er auf eine lose Diele, die absackte. Beinahe wäre er hingefallen. Beim genaueren Hinsehen bemerkte er, dass bei etlichen der alten Bretter Schrauben fehlten, so als hätte sie kürzlich jemand von der Unterkonstruktion ab- und wieder dranmontiert, denn dort, wo die Schraubenköpfe aufgelegen hatten, hatte das Holz eine andere Farbe. Und noch etwas Interessantes entdeckte er.

Felix bückte sich, um den Gegenstand aufzuheben, und ging zurück vors Haus, wo Anna sichtlich nervös auf ihn wartete.

»Hier, ich hab dir was mitgebracht«, sagte er und überreichte ihr die verwelkte Rose.

Anna starrte die Blume entgeistert an. »Wo hast du die her? Das ist doch unser Beweis«, sagte sie.

»Lag auf der Terrasse. An der sich übrigens in letzter Zeit irgendjemand zu schaffen gemacht haben dürfte.«

Annas Augen verengten sich zu Schlitzen. »Denkst du, er hat dort eine weitere Leiche abgelegt?«

»Die Rose könnte auf jeden Fall darauf hindeuten, auch wenn das nicht zu dem bisherigen Vorgehen passen würde.«

»Vielleicht war seine Mutter sein erstes Opfer«, flüsterte Anna und sprach damit genau das aus, was Felix befürchtete. Er nickte. »Es ist an der Zeit, Steffen anzurufen, findest du nicht?«, schob sie hinterher.

»Ja, ich überlege nur noch, was ich ihm sage, damit er nicht einfach auflegt, wenn ich von dem Fall anfange …« Sein Handy klingelte, und in der Annahme, es sei Natalie, holte er es aus der Tasche und ging ran, ohne die Nummer anzusehen.

»Herr Hertzlich? Hier ist Eleonora Wyrwich.«

»Wer?«, fragte er verwirrt.

»Vom Lesewurm.« Die Buchhändlerin. Ihre Stimme klang besorgt. »Der Mann, den Sie suchen, der Jörg war vorhin hier und ist mit der Louisa weggefahren. Ihr Handy liegt noch hier und … Ich weiß auch nicht, irgendwas kommt mir daran komisch vor.«

»Ich bin gleich bei Ihnen«, sagte Felix alarmiert und beendete das Gespräch. Er fasste Anna am Oberarm und zog sie mit sich. »Komm, wir müssen los!«

38. Kapitel

»WARUM haben Sie nicht sofort angerufen, als er zu Ihnen in den Laden kam?«, fragte Felix. Er hatte die Hände hinter dem Rücken verschränkt und tigerte angespannt durch den Verkaufsraum, während Anna versuchte, Ruhe auszustrahlen. Es brachte nichts, wenn sie jetzt alle gemeinsam in Panik gerieten.

Eleonora Wyrwich hielt sich mit bekümmerter Miene am Tresen fest. »Weil ich mir erst mal keine Gedanken darüber gemacht habe. Sie haben sich draußen auf der Straße unterhalten, und dann führte er sie am Arm zu seinem Wagen.«

»Kam es Ihnen vor, als hätte er sie gegen ihren Willen in sein Auto gezwungen?«, fragte Anna. Möglicherweise hatte er sie gar nicht entführt, sondern sie waren nur gemeinsam irgendwo etwas zu Mittag essen gegangen.

»Das kann ich von hier aus nur schwer beurteilen. Louisa ist blind, dass sie geführt wird, ist nicht ungewöhnlich. Dass sie immer noch nicht zurück ist, hingegen schon. So lange würde sie nicht wegbleiben, ohne mir Bescheid zu sagen. Und ihr Handy hat sie auch hiergelassen, sodass ich sie nicht anrufen kann, um zu fragen, ob alles in Ordnung ist.« Sie deutete auf ein Smartphone, das neben der Kasse lag.

Anna fragte sich, wie man das Gerät wohl bediente, wenn man nicht sehen konnte. Ein Tastengerät hätte sich ihr noch erschlossen, aber wie fand man sich als Blinder auf einem glatten Touchdisplay zurecht?

»Wie viel Zeit ist vergangen, seit er sie abgeholt hat?«, wollte Felix wissen.

Die Frau schaute auf ihre Armbanduhr. »So genau weiß ich das nicht, aber sicherlich über eine Stunde.«

»So lange sind sie schon unterwegs«, murmelte Felix. »In der Zeit kann er sonst wohin gefahren sein. Sie hätten uns wirklich direkt Bescheid geben sollen, sobald er auftaucht!«

»Es tut mir leid«, sagte die Verkäuferin geknickt. »Ich dachte, Louisa hätte ihn hergebeten, um ihn davon zu überzeugen, sich bei Ihnen zu melden. Kurz bevor er ankam, hat sie telefoniert, und ich nehme an, dass er am Apparat war. Ich wollte ihr nicht dazwischenfunken.«

Felix blieb wie vom Blitz gerührt stehen. Sein Gesichtsausdruck sprach Bände darüber, was er davon hielt. »Wie bitte? Habe ich nicht vorher extra darauf hingewiesen? Sie sollten ihn nicht darauf ansprechen, dass er gesucht wird«, fuhr er sie an, als wäre es ihre Schuld, dass der Täter sich ihre Mitarbeiterin geschnappt hatte.

Die Verkäuferin sah aus, als würde sie jeden Moment in Tränen ausbrechen, und Anna tätschelte ihr beruhigend die Hand.

»Louisa hatte immer einen guten Draht zu ihm. Bestimmt hat sie es nur gut gemeint«, versuchte Eleonora Wyrwich ihre Mitarbeiterin mit zitternder Stimme zu entschuldigen.

»Ganz ruhig, Frau Wyrwich. Sie haben keinen Fehler gemacht, immerhin konnten Sie nicht wissen …«

»Darf ich das Handy mal haben? Wenn sie vorhin mit ihm telefoniert hat, muss sie ja seine Nummer eingespeichert haben«, unterbrach Felix sie.

Die Frau reichte ihm das Telefon und ließ sich auf einem Barhocker nieder, der hinter dem Tresen stand. Es war ein I-Phone. »Sie müssen die Taste da am Rand nur lange gedrückt halten, um es zu entriegeln. Louisa hat keinen Code eingestellt.«

Felix führte ihre Anweisung aus, und das Display fing an zu leuchten. Sobald er seinen Finger auf das Touchpad legte, meldete sich eine mechanische Stimme und sagte: »Kontakte.«

»Das ist die Bildschirmlesefunktion, die dem Nutzer vorliest, was auf dem Telefon passiert«, erklärte Frau Wyrwich. »Louisa hat mir mal gezeigt, wie das funktioniert. Sie können es ganz normal bedienen, glaube ich, der einzige Unterschied ist, dass Sie doppelt klicken müssen, damit sich etwas öffnet. Beim ersten Klick wird nur die Vorlesefunktion aktiviert.«

Anna war beeindruckt, was mit der heutigen Technik alles möglich war. Sie hatte noch nie darüber nachgedacht, dass es für blinde Menschen wesentlich aufwendiger war, Dinge zu nutzen, die für

Sehende selbstverständlich waren. Schön, dass es trotzdem Entwickler gab, die sich Lösungen überlegten, obwohl sehbehinderte Menschen eher in der Minderheit waren und sich damit sicher nicht das große Geld machen ließ.

Felix scrollte sich durch die Kontakte, bis das Handy schließlich den Namen »Jörg Schörner« vorlas.

»Da haben wir ihn ja. Frau Wyrwich, Sie rufen jetzt bei der Polizei an und melden eine Entführung. Machen Sie es dramatischer, als es aussah, damit dort auch was passiert.« Felix wandte sich zu Anna. »Und du versuchst, Detlef zu erreichen. Wir brauchen ihn noch mal, um den aktuellen Standort von Schörners Handy auszumachen.«

»Felix, ich …«

»Was soll ich denn sagen, warum ich erst jetzt anrufe, wenn die Entführung doch schon eine Stunde her ist?«, fragte die Verkäuferin dazwischen, die bereits das Telefon in der Hand hatte.

»Keine Ahnung«, brummte Felix. »Ihnen wird schon etwas einfallen. Sagen Sie einfach, was Sie mir erzählt haben, aber erwähnen Sie nicht, dass ich hier war.« Er nahm Anna am Arm und zog sie in Richtung Tür. Bevor sie nach draußen gingen, drehte er sich noch einmal um. »Ach so, was für ein Auto fährt er denn?«

»Einen alten Golf. Müsste ein zweier sein, glaube ich.«

»Alles klar.« Damit stürmte er aus dem Laden auf den Gehsteig.

»Vielen Dank. Es wird sicherlich alles gut«, verabschiedete sich Anna von der verunsicherten Verkäuferin und ging ihm hinterher.

»Warum bist du noch nicht an Detlef dran?« Seine Fäuste waren geballt und sein Kiefer so angespannt, dass er sich vermutlich die Zunge abbeißen würde, wenn die jetzt zwischen seine Zähne geriet. Derart unter Strom hatte sie ihn zuletzt gesehen, als er sich klar darüber wurde, dass seine Schwester entführt worden war. In seiner Impulsivität konnte er kaum noch klar denken, das hatte er beim Fall des Pferderippers deutlich gezeigt, wenngleich Anna zugeben musste, dass sie ihren Anteil an der Situation gehabt hatte, in die sie sich manövriert hatten.

»Jetzt komm mal runter, Felix, du bist ja kurz vorm Explodieren. Es bringt uns nicht weiter, wenn wir jetzt völlig durchdrehen.«

»Runterkommen, du hast gut reden. Es geht hier um das Leben einer Frau, also würdest du dich bitte dazu herablassen, jetzt endlich Detlef an die Strippe zu holen?«

Anna seufzte. »Kannst du nicht deine Schwester darum bitten? Ich würde Detlef ungern einen weiteren Gefallen schulden. Davon abgesehen, dass er sicher nicht begeistert ist, über solche Dinge am Telefon zu sprechen.«

»Ach, Mist. Wir haben wohl kaum genug Zeit, bei ihm vorbeizufahren.« Felix begann wieder damit, auf und ab zu gehen, und massierte sich dabei den unteren Rücken.

»Hallo, Erde an Felix«, sagte Anna. »Was ist mit Natalie?«

»Vergiss es. Sie wird die richtigen Programme dafür nicht zur Verfügung haben, und wenn sie jetzt anfängt, die rauszusuchen, dann haben wir heute Abend vielleicht ein Ergebnis. In Sachen Technik verkünstelt sie sich gern.«

Das leuchtete Anna ein. Sie konnte sich gut vorstellen, wie Natalie mit äußerster Sorgfalt das passende Programm recherchierte und die Vor- und Nachteile der einzelnen Möglichkeiten abwog. Bei Detlef konnten sie sich sicher sein, schnell eine Antwort zu bekommen. »Also schön, ich rufe ihn an.« Sie holte ihr Handy aus der Handtasche und wählte seine Nummer. Nach nur wenigen Freizeichen meldete er sich. »Hey, hier ist Anna. Können wir irgendwie auf sichere Art kommunizieren?«, sagte sie.

Kurzes Schweigen am anderen Ende der Leitung, und Anna glaubte schon, er hätte direkt wieder aufgelegt. »Telegram«, brummte er dann nur und trennte die Verbindung.

»Was ist los?«, fragte Felix unwirsch, als Anna das Handy wieder vom Ohr nahm.

Sie schaute nicht auf, sondern rief den App Store auf, um das Programm herunterzuladen. »Ich soll Telegram installieren. Das ist doch dieser Messenger, den die Querdenker auch nutzen, damit die Polizei nicht mitlesen kann, oder?«

»Na ja«, sagte Felix lang gezogen. »Soweit ich weiß, ist das ein verbreiteter Irrglaube. In Wirklichkeit gibt es da nicht mal eine automatische Peer-to-Peer-Verschlüsselung wie beispielsweise bei WhatsApp. Der einzige Unterschied ist, dass man da seine

Telefonnummer verbergen kann und die Polizei dann zwar mitliest, es aber schwieriger wird, den Verfasser ausfindig zu machen. Und sie brauchen natürlich vorher einen Beschluss.«

»Keine Ahnung, damit kenne ich mich überhaupt nicht aus«, entgegnete Anna. »Detlef wird schon wissen, was er tut. Hier, da schreibt er schon, warte. Er sagt, dass die Nachrichten von beiden Teilnehmern nach dreißig Sekunden automatisch gelöscht werden und nicht wiederhergestellt werden können.« Sie hatte kaum zu Ende gelesen, da war die Nachricht verschwunden. Während Anna Detlef darüber informierte, was sie von ihm wollten, wurde Felix zusehends nervöser.

»Wo könnte er sie nur hingebracht haben?«, murmelte er und knetete seine Hände. »Komm, wir fahren zum Haspelmoor. Sollte er dort sein, haben wir keine Zeit verloren, indem wir hier rumstehen und Nachrichten schreiben. Du fährst, ich kümmere mich derweil um Detlef und Telegram.« Ohne eine Antwort abzuwarten, stiefelte er los in Richtung von Annas Mini.

39. Kapitel

»Wo fahren wir hin?«

Vor Schreck verriss Jörg beinahe das Lenkrad. Da er sich so sehr auf die Straße konzentrierte, hatte er nicht mitbekommen, dass Louisa aufgewacht war. Waren sie wirklich schon so lange unterwegs, dass die Wirkung des Chloroforms nachgelassen hatte?

Er warf ihr einen Seitenblick zu, woraufhin der Wagen sofort nach rechts zog und er die Augen schnell wieder nach vorn richtete. Seine Hände krampften sich um die Hülle aus Lammfell, und der Schweiß stand ihm auf der Stirn. Irgendwie hatte er sich das alles einfacher vorgestellt. Bislang war er nur innerhalb von München oder zum Moor gefahren, weshalb er auf dem Routenplaner seines Handys extra ausgewählt hatte, Autobahnen auf der Strecke zu meiden. Allein die Vorstellung, auf einer mehrspurigen Schnellstraße zu fahren, hatte ihn in Angst versetzt. Auf der Autobahn gab es keine Geschwindigkeitsbegrenzung, und immer wieder hörte man in den Nachrichten von schweren Unfällen, bei denen Menschen starben.

Allerdings schienen die Landstraßen auch nicht viel besser zu sein. Jörg hielt sich an die erlaubte Geschwindigkeit von 70 Kilometern pro Stunde, doch selbst das kam ihm viel zu schnell vor. Das alte Auto seiner Mutter klapperte, und der Motor heulte jedes Mal, wenn er wegen einer Kurve langsamer wurde und danach wieder Gas gab. Hoffentlich hielt das Teil überhaupt bis Italien durch. Elf Stunden würden sie fahren müssen. Er konnte sich gar nicht vorstellen, so lange im Auto zu sitzen. Schon jetzt war er völlig gestresst.

»Willst du mir nicht antworten?«, fragte sie, doch er brummte nur abweisend. Es brachte ihr ohnehin nichts, zu wissen, wohin sie unterwegs waren. Am besten wäre es, wenn er sie wieder betäubte, damit er sich aufs Fahren konzentrieren konnte, doch es gab hier keine Gelegenheit, anzuhalten.

Aus dem Augenwinkel sah er, wie sie sich die Stirn massierte. »Mann, ich hab vielleicht einen Brummschädel«, murmelte sie. »Was hast du denn mit mir gemacht?«

Jörg schwieg beharrlich. Was sollte er auch sagen? Dass er sie betäubt hatte, damit er in Ruhe mit ihr durch die Stadt fahren konnte, ohne dass sie um Hilfe rief? Sicherlich würde das nicht gut ankommen.

»Du redest also nicht mit mir? Hm.« Sie hob die Hand und betastete die Tür. Wollte sie etwa bei voller Fahrt aus dem Auto springen?

»Nicht …«, sagte er, bereit, sie am Arm zu packen und festzuhalten, doch sie kurbelte lediglich das Fenster herunter und hielt ihre Nase in die einströmende Luft.

»Puh, mir ist übel. Ich bin wohl keine gute Beifahrerin.«

»Aha.«

Eine Weile schwiegen sie. Jörg verfluchte sich für seine spontane Entscheidung, den weiten Weg auf sich zu nehmen. Sicherlich hätte es eine einfachere Lösung gegeben, eine, bei der er nicht stundenlang hinterm Steuer sitzen und durch ihm völlig unbekannte Gegenden kurven musste. Die Strecke wurde immer schlimmer, alle paar Meter schien eine Kurve zu kommen, und hinter ihm befand sich mittlerweile eine Schlange von Autos, die nur darauf warteten, auf einem geraden Stück an ihm vorbeizuziehen. Jedes Mal, wenn er überholt wurde, hielt er vor Beklemmung die Luft an. Gerade kam ihm ein Lkw entgegen, und er hätte am liebsten die Augen geschlossen, weil er nicht glaubte, dass die Straße breit genug für sie beide war.

Als würde sie seine Unsicherheit spüren, gab Louisa gequälte Laute von sich. »Mir ist wirklich richtig schlecht.« Sie schluckte hörbar. »Ich … glaube, ich muss mich übergeben.«

»Sei still, ich muss mich konzentrieren«, fuhr er sie an. Ehrlicherweise ging es ihm wegen der kurvigen Strecke nicht viel anders, außerdem hatte er heute bisher weder etwas gegessen noch etwas getrunken. Aber heulte er deswegen herum? Nein.

»Tut mir leid, aber …«

Jetzt reichte es! Was genau verstand sie denn nicht daran, dass sie nicht die ganze Zeit reden sollte? »Hör auf zu jammern! Würde es nach meinem Vater gehen, hättest du gar keine Gelegenheit mehr, dich zu übergeben. Dann würdest du nämlich tot im Moor liegen.«

Das hatte wohl gesessen. Louisa atmete scharf ein und hielt den Mund. Jedenfalls für zwei weitere Kurven, dann überkam sie doch wieder ein Redebedürfnis.

»Bedeutet das etwa … Dein Vater ist der Mörder von den Frauen, die man im Moor gefunden hat? Wirst du deshalb als Zeuge gesucht, weil du ihn dabei beobachtet hast?«

Jörg schnaubte verächtlich durch die Nase. »Gesucht werde ich, ja. Aber nicht als Zeuge. Ich bin derjenige, der die Frauen umgebracht hat. Sie werden mir einen glühenden Stab zwischen die Augen rammen, wenn sie mich finden!« Jetzt, wo sie ihn verraten hatte, war ihm alles egal. Es war ganz allein ihre Schuld, dass er mit ihr auf dieser schrecklichen Landstraße unterwegs war in Richtung Italien. So hatte er sich den Beginn seines neuen Lebens nicht vorgestellt. Das kam ihm alles viel zu plötzlich, und noch dazu war er so sauer auf Louisa, dass er sie am liebsten bei voller Fahrt aus dem Auto werfen würde, um ihr wehzutun und sie für den Verrat zu bestrafen.

Sein Geständnis hatte ihr anscheinend doch wieder die Sprache verschlagen. Nach einem Moment presste sie die Hände vor den Mund und würgte lautstark. Ihr Gesicht war noch blasser als sonst.

»Wenn du dich vollkotzt, musst du in deinen stinkenden Klamotten rumsitzen. Überleg dir das gut.«

Die Stimme der Navigationsfunktion seines Handys meldete sich und verlangte, dass er die nächste Abfahrt nahm. Er schaute auf das Schild, das einen Zubringer zur Autobahn auswies, weshalb er die Anweisung ignorierte und sich auf der Landstraße hielt.

»Ist das wirklich dein Ernst?« Louisa klang entsetzt, doch er meinte, auch Ungläubigkeit aus ihrem Ton herauszuhören. Wahrscheinlich traute sie ihm solche Taten nicht zu. Womit sie sogar ein bisschen recht hatte, ohne seinen Vater wäre er bestimmt nicht auf die Idee gekommen, die Frauen im Moor zu töten. Er hatte Jörg auf die Idee gebracht, das Video seines Lieblingsliedes nachzustellen und ihn dazu gedrängt, dabei auf jedes Detail zu achten. Auch darauf, dass die Frauen tot sein mussten, wenn er sie im Wasser ablegte. So wie das Mädchen, damals …

»Und jetzt? Was hast du jetzt vor? Mich auch umbringen? Oder willst du mit mir ins Ausland flüchten?«

Jörg holte Luft, um etwas zu antworten, sagte aber nichts. Die Frau aus dem Handy verlangte beharrlich, dass er wenden und auf die Autobahn wechseln sollte. Er stellte den Ton stumm. »Wir fahren in die Toskana«, erklärte er schließlich, gespannt, wie sie darauf reagieren würde.

»Du liebe Güte, das ist ja völlig verrückt«, stieß sie hervor.

»Nenn mich nicht so. Du bist schon wieder wie meine Mutter. Mein Vater war nicht verrückt, und ich bin es auch nicht.« Er atmete tief durch die Nase ein und langsam durch den Mund wieder aus, wie er es von den Yogaübungen aus den Internetvideos gelernt hatte. Das sollte angeblich entspannen, und tatsächlich wirkte es auch jetzt. »Du hast mir doch von dort erzählt, von deiner Tante. Ich dachte, dir könnte die Gegend gefallen«, erklärte er wesentlich milder.

Das war bestimmt nicht die korrekte Beschreibung, denn wie sollte einer Blinden schon eine Umgebung gefallen, aber Jörg hatte keine Ahnung, wie er es besser ausdrücken sollte. Er passierte ein Ortsschild und ging vom Gas. Auf der rechten Seite entdeckte er eine Bäckerei und hätte sich dort am liebsten mit Proviant für die Fahrt eingedeckt, aber er wusste nicht, was er in der Zeit mit Louisa machen sollte. Bevor er in einem besiedelten Gebiet stoppte, musste er sie erst wieder betäuben, damit sie nicht um Hilfe rief.

»Was ist mit deiner Mutter? Wer soll sich um sie kümmern, wenn du nicht mehr da bist?«

Weiter vorn sprang eine Ampel auf Rot und Jörg hoffte, dass sie wieder grün war, bis er dort ankam, damit er nicht anhalten musste. Um Zeit zu schinden, verlangsamte er sein Tempo etwas. »Wäre ich im Gefängnis, wäre auch niemand da, der sie pflegt. Aber zum Glück muss ich mir darüber keine Gedanken machen. Meine Mutter lebt nicht mehr.«

»Oh, das tut mir …« Sie stockte und schüttelte den Kopf. »Halt, warte! Hast du sie etwa auch umgebracht?«

Ein verächtliches Lachen entfuhr ihm. »Im Nachhinein hätte ich das schon lange tun sollen, aber nein. Sie war sehr krank und hat das bekommen, was sie verdient hat. Einen langsamen und qualvollen Tod, ohne dass ich etwas dafür tun musste.«

»Das ist ja furchtbar, wie du über deine Mutter redest.« Louisa klang betroffen, ihre Stimme zitterte.

»Für dein Mitleid gibt es absolut keinen Anlass«, sagte er und gab Gas, da die Ampel mittlerweile grün war und er es rüberschaffen wollte. »Sie hat nicht nur einmal versucht, mich umzubringen.«

»Wie bitte?« Louisa griff sich an den Hals, wo die Kette seiner Mutter hing, und verzog das Gesicht, als wäre diese plötzlich glühend heiß. »Was ... Wieso das?«

Er überlegte, ob er Louisa alles beichten sollte, jetzt, da sie in ihre gemeinsame Zukunft starteten. Bestimmt würde sie ihn verstehen, wenn sie die Hintergründe kannte. Sie würde Mitleid für ihn haben und Verständnis, und dann würden sie zusammen glücklich werden. Ausnahmsweise würde er ihr verzeihen, dass sie ihm die Polizei auf den Hals gehetzt hatte, und ihr noch eine Chance geben. Immerhin hatte sie ihn noch gewarnt, und das hätte sie wohl nicht getan, wenn er ihr vollkommen egal wäre. Solange er sie hatte, brauchte er endlich seinen Vater nicht mehr, denn dann wäre er nicht mehr einsam. Aber wo sollte er anfangen? Vielleicht damals ...

»Als ich zehn Jahre alt war, war ich bei einem Schulfreund auf eine Übernachtungsparty eingeladen«, sagte er.

Obwohl sie nichts sehen konnte, wandte Louisa ihren Kopf interessiert zu ihm.

»Davor hatte ich noch nie irgendwo anders übernachtet, und es war aufregend, mit acht Jungs im Wohnzimmer auf Luftmatratzen zu schlafen. Nur ein Blödmann war dabei, der Torben, der hat mich den ganzen Abend geärgert. Als ich mich gewehrt habe, hat er gepetzt, und die Mutter von meinem Freund hat bei meinen Eltern angerufen, damit die mich abholen kommen. Mein Vater fuhr allein los ...«

»Was hat das denn damit zu tun, dass sie angeblich versucht hat, dich umzubringen?«

»Unterbrich mich gefälligst nicht«, herrschte er sie an und schlug mit der flachen Hand aufs Lenkrad. Bei dem Geräusch zuckte Louisa verängstigt zusammen und zog den Kopf zwischen den Schultern ein.

Sie passierten das Ortsschild, und sein Hintermann überholte ihn mit aufheulendem Motor.

Louisa wich mit entgeistertem Gesichtsausdruck ein Stück von ihm ab. Ihre Hand wanderte wie automatisch zum Türgriff, und Jörg gab Gas, damit sie nicht auf dumme Ideen kam, auch wenn ihm die Geschwindigkeit von mehr als 70 nicht geheuer war.

»Es war schon dunkel, als wir in Fürstenfeldbruck aufbrachen, und auf dem Weg trafen wir auf eine Jugendliche, die zu Fuß unterwegs war. Mein Vater bremste neben ihr ab, um sie zu fragen, ob wir sie nach Hause bringen sollen, immerhin konnte das ganz schön gefährlich sein, so als Mädchen mitten in der Nacht in so einer verlassenen Gegend. Aber anstatt dankbar zu sein, brüllte sie ihn an und rannte los in den Wald. Mein Vater hat sich Sorgen gemacht und lief ihr hinterher.«

Louisa hatte den Türgriff losgelassen und umklammerte den Anschnallgurt. Ohne es zu merken, hatte Jörg immer weiter Gas gegeben und fuhr mittlerweile über 100 auf der schmalen Landstraße. Die Vergangenheit wühlte ihn auf, und er spürte, dass sein Herz wie wild schlug. Zum Glück kam ihnen gerade niemand entgegen, denn es fiel ihm schwer, bei der Geschwindigkeit die Spur zu halten. Bevor er weitersprach, drosselte er das Tempo, damit er am Ende nicht noch einen Unfall baute.

»Mein Vater befahl mir, im Auto zu warten, aber ich hatte Angst, so ganz allein im Dunkeln, also folgte ich ihnen. Es war schwierig, sie im Moor zu finden, da gab es ja kein Licht.«

»Im Haspelmoor? Wie lange ist das jetzt her, sagtest du?«

Jörg verzog verärgert das Gesicht. Warum konnte sie ihn nicht einfach ausreden lassen, wenn er schon mal dabei war, alles auf den Tisch zu packen? Bis auf sein Tagebuch hatte er sich nie jemandem anvertraut, und es fühlte sich befreiend an, es endlich zu erzählen. »Vor fünfzehn Jahren ist das passiert. Das wüsstest du, hättest du zugehört.«

»O Gott. Eleonora hatte also recht mit ihrer Vermutung.«

Jörg hatte keine Ahnung, wovon sie sprach, aber es interessierte ihn auch nicht. Er wollte sich alles von der Seele reden, also fuhr er fort. »Irgendwann habe ich was gehört, was gar nicht so einfach war, weil es gewitterte. Ich« entdeckte ihn, wie er sich über das Mädchen beugte. Sie lag am Wasser, alles war voller Blut. Auch die Hände von meinem Vater.« Die Szenerie baute sich vor seinem inneren Auge auf, und er fühlte sich zurückversetzt. Natürlich hatte er Angst gehabt, ganz allein im dunklen Wald, aber die Faszination über das, was er beobachtete, hatte überwogen. Immer wieder hatte er sich im Laufe der Jahre vorgestellt, dass er an der Stelle seines Vaters war, mit dem blutenden Mädchen unter sich. Damals wäre er so gern näher rangegangen, aber sein Vater hatte in weggezogen. Erst jetzt mit den Frauen hatte er das Gefühl wahrhaftig erleben können.

»Du liebe Güte, das muss ja traumatisch gewesen sein. Du warst noch so klein …«, murmelte Louisa.

Jörg ignorierte ihren Einwand. »Am Anfang hat sie gezappelt wie wild, aber dann wurde sie ganz still. Als er sie losließ, schwebte sie geradezu auf dem Wasser. Weil ich den Anblick so faszinierend fand, bin ich näher rangegangen, und da hat mein Vater mich entdeckt. Sofort brachte er mich zurück zum Auto, und wir sind nach Hause gefahren. Auf dem Weg hat er mir erklärt, dass sie sich das selbst angetan hätte, aber tief im Innern wusste ich schon damals, dass er sie umgebracht hat. Jedenfalls hat er mir verboten, jemals mit jemandem darüber zu reden, weil sonst die Polizei kommen würde, und die würden ihm nicht glauben und ihn verhaften. Und das habe ich auch nicht. Ich habe es aufgeschrieben, in meinem Tagebuch.« Jörg stockte kurz, um Luft zu holen. Alles war plötzlich so präsent, als wäre es erst gestern passiert. Seine Mutter, die mit seinem Tagebuch im Wohnzimmer stand und seinen Vater anbrüllte und ihn krank nannte, wie sie es schon so oft zuvor getan hatte, wenn er nicht tat, was sie von ihm verlangte. Die kommenden Tage, an denen sein Vater ihr Rosen mitbrachte, um sich zu entschuldigen. Und dann … »Sie hat ihn umgebracht. Drei Tage, nachdem sie in meinem Tagebuch gelesen hat, hat sie ihn ermordet, und das alles war nur meine Schuld.«

»Deinen Vater?«, fragte Louisa verwundert. »Aber ich dachte … Du hast doch vorhin gesagt, wenn es nach ihm ginge, wäre ich längst tot. Das verstehe ich nicht.«

Jörg winkte ab. Erst dann wurde ihm bewusst, dass sie diese Geste gar nicht sehen konnte. »Wie solltest du auch«, murmelte er und nahm das Handy, um nachzusehen, ob es mittlerweile eine neue Route abseits der Autobahn ausgab. Er hielt es vor die Windschutzscheibe, damit er den Blick nicht von der Straße nehmen musste.

Kein Netz, Standort wird neu berechnet, blinkte dort auf.

»So ein blöder Mist«, fluchte er. Weit und breit war auch kein Straßenschild zu sehen, das ihm bei der Orientierung helfen konnte, nur ein Hinweisschild wies den Parkplatz eines Badesees aus. Er hatte absolut keine Ahnung, wo sie waren, hatte Hunger und Durst und brauchte dringend eine Pause. Kurz entschlossen nahm er die Abzweigung zum See und fuhr auf den verlassenen Parkplatz.

»Ich muss mir kurz die Beine vertreten. Du bleibst hier sitzen, ist das klar«, sagte er und öffnete die Tür. Er war noch nicht richtig ausgestiegen, da stieß Louisa die Beifahrertür auf und rannte los.

»Du blödes Miststück«, murmelte er und beobachtete, wie sie nach Hilfe schreiend über den menschenleeren Platz rannte. Wie konnte sie nur so gefühlskalt sein und ihn verlassen wollen, jetzt, wo er dabei war, ihr seine Geschichte zu erzählen? Dabei hatte er noch so viel mit ihr vorgehabt. Für diese Undankbarkeit würde sie büßen.

40. Kapitel

»HIER ist er nicht!« Anna ließ ihren Blick über den Parkplatz des Bahnhofs von Hattenhofen gleiten. Ein roter zweier Golf war nicht zu entdecken. Sie lenkte den Wagen an den Straßenrand und trat auf die Bremse. Ein Gefühl der Überforderung breitete sich in ihr aus. Was machten sie hier überhaupt? Selbst wenn Detlef ihnen sagen konnte, wo die beiden sich aufhielten, hieß das noch lange nicht, dass sie es schaffen würden, die junge Frau zu retten. Was, wenn sie zu spät kamen? Die Verantwortung, die auf ihnen lastete, erdrückte Anna. Bilder von Danielas schlimm zugerichteter Leiche und der armen Frau, die man noch lebend gefunden hatte, drängten sich ihr wieder in den Kopf. Die Vorstellung, dass der Täter gerade etwas Ähnliches mit der blinden Verkäuferin anstellte, machte sie ganz krank.

»Bloß, weil er nicht für alle sichtbar geparkt hat? Komm schon, wo ist dein Kampfgeist?«, versuchte Felix sie anzustacheln. Er machte Anstalten, auszusteigen.

»Wo soll er den Wagen denn sonst abgestellt haben? Glaubst du vielleicht, er ist mit einem dreißig Jahre alten Golf mitten in den Wald gefahren?« Nervös zupfte Anna am Kragen ihrer Bluse, die um den Hals plötzlich viel zu eng zu sein schien. »Es wäre doch auch hirnrissig, ausgerechnet zu dem Ort zu fahren, an dem es potenziell von Polizisten und Kriminaltechnikern nur so wimmelt. Viel wahrscheinlicher ist, dass er sie zu sich nach Hause gebracht hat oder an einen völlig anderen Ort. Anstatt jetzt kopflos durch die Gegend zu rennen, sollten wir auf die Nachricht von Detlef warten.«

Felix ließ sich zurück in den Sitz sinken. »Du hast recht. Wenn wir vom Wald erst wieder zurück zum Auto müssen, verlieren wir unter Umständen wertvolle Zeit. Andererseits denken Täter in solchen Stresssituationen selten rational. Sollte er sie doch hierherverschleppt haben und wir sitzen tatenlos rum, während er …«

Das Piepsen von Annas Handy unterbrach seine Überlegungen. Felix starrte das Gerät auf seinem Schoß an, als hätte er es noch nie gesehen.

»Na los. Die Nachricht wird gleich gelöscht«, trieb sie ihn zur Eile an.

Felix schüttelte sich und tippte auf das Display. Seine Stirn legte sich in Falten, und ohne etwas zu sagen, nahm er sein Handy heraus.

»Was ist? Lass mich hier nicht im Dunkeln, hat Detlef ihn orten können?«, fragte Anna ungeduldig.

Felix nickte abwesend, während er etwas in sein Telefon eingab.

»Und wo ist er? Muss ich dir jedes Wort aus der Nase ziehen?« Anna verstand nicht, warum Felix plötzlich so zurückhaltend wirkte. Gerade eben wäre er noch am liebsten losgestürmt, um ziellos das Moor zu durchsuchen, und jetzt saß er neben ihr und beschäftigte sich mit seinem Handy.

»Er ist … Was zum Teufel will er denn da? Gerade ist er durch Kochel am See durchgefahren.«

Anna fummelte unschlüssig am Lenkrad herum. »Wo ist das denn?«

»Etwa einhundert Kilometer südlich von hier.« Das Handy piepte wieder. »Er hat mehr als eine Stunde Vorsprung, wenn er direkt von der Buchhandlung aus losgefahren ist. Das holen wir niemals auf.« Felix ließ verzagt die Schultern hängen, während er Detlefs nächste Nachricht las. Das sah ihm so gar nicht ähnlich, jetzt aufzugeben.

Seine Resignation stachelte Annas Ehrgeiz an. Wo ihr gerade noch Zweifel gekommen waren, war sie nun nicht bereit, es so einfach dabei bewenden zu lassen. Momentan waren sie die einzige Chance der blinden Frau, und Anna hatte nicht vor, sie hängen zu lassen. Entschlossen startete sie den Motor und legte einen Gang ein.

»Was soll das denn jetzt? So pessimistisch hätte ich dich gar nicht eingeschätzt. Wenn wir Glück haben, kann ich bei freier Autobahn so einiges aus meinem Mini rausholen. Lass es uns versuchen, und in der Zwischenzeit rufst du bei Steffen an und machst ihm die Hölle heiß, dass er sich ebenfalls in Bewegung setzt.« Sie orientierte sich kurz und schlug dann den Weg zur Schnellstraße ein.

»Das könnte tatsächlich funktionieren. Anscheinend ist er auf der Landstraße unterwegs.«

Anna gab Gas, während Felix sich die Route auf ihrem Handy anzeigen ließ. 50 Minuten über die A 95. Vielleicht 40, wenn sie freie Fahrt hatte. Das war etwas mehr als eine halbe Stunde. Vielleicht fuhr er ja auch noch ein wenig durch die Gegend, um eine geeignete Stelle zu suchen, an der er Louisa ungestört umbringen konnte.

Während Anna in Richtung München über die Landstraße raste, um dort auf die A 95 zu kommen, wählte Felix Steffens Nummer. Das gedämpfte Geräusch des Freizeichens wurde von der Ankunft einer weiteren Nachricht auf Annas Handy übertönt.

»Detlef hat sich zusätzlich auf das Handy von Jörg Schörner gehackt. Anscheinend hat er eine Strecke nach Italien gesucht«, sagte er.

»Nach Italien?«, wiederholte Anna ungläubig und schaute zu Felix rüber. »Und da nimmt er die Landstraße?«

Felix fuchtelte mit der Hand vor seinem Gesicht herum. »Bei der Geschwindigkeit solltest du den Blick lieber auf der Straße lassen. Oh, hallo Steffen, ich bin's. … Ach, das dachtest du dir schon?«

Da Anna die Stimme von Felix' ehemaligem Kollegen nur undeutlich verstehen konnte, flüsterte sie: »Stell mal auf Lautsprecher.« Dann überholte sie einen BMW, der im Schneckentempo vor ihnen über die Schnellstraße kroch. Wie erwartet saß ein geschätzt 80-Jähriger am Steuer, der sein Schlachtschiff längst gegen einen elektrischen Rollator hätte eintauschen sollen. Hoffentlich begegneten sie nicht allzu vielen dieser Trantüten auf ihrem Weg.

»Eine Frau Wyrwich hat mich gerade wegen einer vermeintlichen Entführung angerufen. Verdammte Scheiße, was für einen Mist baust du jetzt schon wieder?«, tönte die Stimme von Steffen Allmendinger durch ihr Auto.

Felix hielt das Handy in die Mitte zwischen sie. »Du bist auf Lautsprecher, nur zur Vorwarnung. Anna und ich haben den Killer ausfindig gemacht. Jörg Schörner ist sein Name, wohnhaft im Hasenbergl. Er hat eine Geisel genommen und ist mit ihr auf dem Weg nach Italien.«

»Italien?«, brüllte der Kommissar. »Ich will lieber gar nicht wissen, woher du das so genau weißt.«

»Steffen, es geht um Leben und Tod. Der Kerl fährt einen Golf …«

»Ja, ich weiß schon, was der Typ für einen Wagen fährt, das hat mir
Frau Wyrwich alles mitgeteilt. Ihr seid dem Verdächtigen also bei eurer
Schnüffelei zu nahe gekommen und habt ihn dadurch aufgescheucht.
Jetzt ist er auf der Flucht, bevor wir auch nur annähernd genügend
Beweise für einen hinreichenden Tatverdacht haben. Großartige
Leistung.«

Felix zeigte mit seiner freien Hand einen Mittelfinger in Richtung
des Handys. »Ganz so ist das nicht …«

Doch, so war es, dachte Anna. Louisa hatte Schörner darüber
informiert, dass Felix nach ihm suchte, woraufhin er ausgeflippt war
und sie verschleppt hatte. Aber das Kind war jetzt in den Brunnen
gefallen, und sie mussten irgendwie zusehen, dass sie es
herausbekamen. Sie konzentrierte sich wieder auf das Gespräch der
beiden.

»Er hat eine Frau entführt, das sollte euch doch wohl reichen, um
endlich tätig zu werden«, schimpfte Felix gerade. »Du musst die
Kollegen da unten informieren und eine Schleierfahndung einleiten. Er
könnte jeden Moment über die Grenze sein.«

Bei dem Gedanken schnürte es Anna den Hals zu. Sobald er das
Ausland erreicht hatte, würde das das alles nur verkomplizieren. Ein
paar Kilometer konnten so viel verändern. Zwar gab es bilaterale
Abkommen zur polizeilichen Zusammenarbeit zwischen den
Nachbarstaaten, aber die zeitraubende Bürokratie blieb dennoch nicht
aus. Zeit, die Louisa das Leben kosten könnte.

»Natürlich werde ich das alles einleiten. Dir dürfte aber wohl klar
sein, dass ich dafür erst mal einen richterlichen Beschluss besorgen
muss. Ich kann nicht ohne Weiteres in Österreich anrufen und die
Beamten auf die Jagd nach einem roten zweier Golf schicken«,
bestätigte Steffen Allmendinger da schon ihre Befürchtung.

Felix stöhnte genervt. »Genau aus diesem Grund sind wir hinter ihm
her. Auf keinen Fall lasse ich zu, dass er eine weitere Frau einfach so
umbringt.« Damit legte er auf und würgte so den Protest seines
ehemaligen Kollegen ab. Wütend schlug er mit der Faust auf das
Handschuhfach, das mit einem Klacken aufsprang. Da sie gerade eine
leichte Steigung hinauffuhren, kullerte ein Tampon daraus hervor und
fiel Felix vor die Füße.

»Hey, ganz ruhig«, sagte Anna und griff über ihn, um die Klappe wieder zu schließen, bevor das Fach noch mehr intime Gegenstände von ihr preisgab. »Steffen wird schon alles tun, was in seiner Macht steht. Ihm sind aber die Hände gebunden, er kann nicht einfach eine Kamikaze-Aktion starten wie wir. Vielleicht bekommt er alle Formalitäten rechtzeitig erledigt, und wenn nicht, gibt es ja immer noch uns.«

Felix stierte aus dem Seitenfenster. »Diese Paragrafenhengste kotzen mich an. Gut, dass ich aus diesem Scheißverein raus bin, echt.«

Kurz war Anna versucht, die Gelegenheit zu nutzen und ihn zu fragen, warum er überhaupt bei der Polizei aufgehört hatte, hielt sich aber zurück. Es war nicht unbedingt der richtige Zeitpunkt, ein so potenziell aufwühlendes Thema anzuschneiden.

Eine Weile brütete Felix schweigend vor sich hin, während Anna sich zwang, nicht darüber nachzudenken, was mit Louisa passieren würde, falls sie es nicht schafften, Jörg Schörner einzuholen. Ihre einzige Hoffnung war, dass er die junge Frau mit nach Italien nahm, um sich ihrer erst dort zu entledigen, und dass er dabei weiter auf den Straßen abseits der Autobahn blieb. Wenn er sich allerdings kurz nach der Grenze entschied, anzuhalten und seine Geisel loszuwerden, hätten sie keine Chance.

41. Kapitel

JÖRG stand regungslos da und beobachtete, wie Louisa einer Schlafwandlerin gleich über den verlassenen Parkplatz irrte. Immer mal wieder blieb sie stehen und neigte den Kopf, vermutlich um zu lauschen, ob ihr irgendjemand zu Hilfe eilte. Bislang machte er sich keine Sorgen, dass sie ihm entkommen würde, denn die Straße war durch eine Baumreihe verdeckt, und er hatte ziemlich weit hinten geparkt. Bevor sie die Straße erreichte, würde er sie allemal einholen, und dann würde sie das Messer zu spüren bekommen, das er für alle Fälle ins Handschuhfach gepackt hatte und das nun in der Gesäßtasche seiner Jeans auf seinen Einsatz wartete.

»Gib es auf. Niemand ist hier, um dich zu retten«, murmelte Jörg. Die Luft um ihn herum wurde immer kälter, und ein dunstiger Nebel zog auf. Von den ersten warmen Frühlingstemperaturen in München war hier in den Bergen nichts mehr zu spüren.

»Los, komm zurück, damit wir weiterfahren können«, rief er ihr zu. Nicht, dass er wirklich noch vorhatte, sie mit nach Italien zu nehmen, aber das würde sie schon früh genug erfahren. Ein wenig tat es ihm durchaus leid um sie. Es war ein Jammer, dass er sie nicht behalten konnte, aber durch ihr Verhalten hatte sie alles zerstört. Anstatt Verständnis zu zeigen und Mitleid zu empfinden für den kleinen Jungen, der jahrelang im eigenen Zimmer gefangen gewesen war, eingesperrt und gequält von der eigenen Mutter, hatte sie die nächstbeste Gelegenheit genutzt, um einen Fluchtversuch zu starten.

Damit war sie nicht viel besser als sein erstes Opfer, das nur so getan hatte, als läge es tot im Kofferraum, und nur darauf gewartet hatte, ihn zu überrumpeln. Dafür würde Louisa büßen. Er würde nicht wieder weich werden. Sicher würde er auch allein glücklich werden in Italien, und möglicherweise fand sich ja dort eine Frau für ihn. Eine, die ihm bedingungslos verfiel und mit der er statt mit Louisa in sein normales

Leben starten konnte. Zur Not würde er so lange suchen, bis er die Richtige gefunden hatte. Wie er eine Falsche loswurde, wusste er ja.

Louisa stolperte, als sie in ein Schlagloch trat, und versuchte, das Gleichgewicht zu halten, indem sie mit den Armen vor sich herumruderte. Immer wieder streckte sie ihre Hände in die verschiedenen Richtungen aus, um nirgends anzustoßen. Erneut neigte sie den Kopf, als hätte sie etwas gehört und schlug plötzlich einigermaßen zielstrebig den Weg zur Straße ein. Es wirkte unheimlich auf Jörg, fast so, als könnte sie sehen, wohin sie ging. Er setzte sich in Bewegung, um sie einzuholen.

»Wir sind hier ganz allein, mitten im Nirgendwo«, sagte er laut, als er nur noch ein paar Schritte von ihr entfernt war. Dass er log, ahnte sie vermutlich, denn selbst er hörte die Autos auf der nahen Landstraße entlangbrausen. Ihr musste bewusst sein, dass die Rettung zum Greifen nah war und doch unerreichbar weit weg.

Sie wirbelte herum und streckte die Hände nach ihm aus. »Was hast du jetzt vor?«, fragte sie mit zittriger Stimme. Ganz langsam ging sie rückwärts in die Richtung, aus der die Motorengeräusche zu ihnen herüberdrangen. Als wäre er zu blöd das zu merken. Was dachte sie eigentlich von ihm?

Jörg nahm ihren Arm und zog sie an sich. Sofort zappelte Louisa herum und wehrte sich, und er musste sich anstrengen, um sie festzuhalten.

»Weiß ich noch nicht«, sagte er. Eine Lüge, er wusste es ganz genau. Selbstverständlich würde er sie töten, denn was nutzte sie ihm, wenn sie nicht bereit war, sich auf ihn einzulassen? Mit ihrem Fluchtversuch hatte sie seine Hoffnung genau wie sein Vertrauen endgültig zerstört. Er zog sie hinter sich her in Richtung seines Autos, öffnete die Beifahrertür und schubste sie hinein.

Am liebsten hätte er es auf der Stelle zu Ende gebracht, bevor er es sich anders überlegen konnte. Aber die Gefahr, dass jemand sie auf dem Parkplatz überraschte, war viel zu groß. Unterwegs würde er schon eine geeignete Stelle finden, um ihrem Leben dort ein Ende zu setzen. Vielleicht sogar am See.

42. Kapitel

ANNA jagte den Mini über die Autobahn. Den Blick stur auf die Fahrbahn gerichtet, umklammerte sie mit ihren Händen das Lenkrad und hielt das winzige Auto trotz der hohen Geschwindigkeit zuverlässig in der Spur. Anfangs hatte Felix sich unwohl gefühlt, das hier war immerhin kein SUV mit ordentlicher Knautschzone oder wenigstens ein BMW, in dem man sich ein bisschen wie in einem Panzer fühlte. Nachdem er allerdings festgestellt hatte, dass sie eine sichere und gute Fahrerin war, entspannte er sich mehr und mehr.

Detlef hielt sie beständig auf dem Laufenden, wo Jörg Schörner sich befand, und da er noch immer auf den Landstraßen unterwegs war und teilweise durch Ortschaften fuhr, hatten sie ein gutes Stück aufgeholt. In der Zwischenzeit waren sie in Österreich angekommen, und Schörner fuhr in Richtung Brenner. Um durch den Tunnel zu kommen, würde er auf die Autobahn wechseln müssen, und Felix hoffte, dass sie bis dahin nah genug an ihm dran waren.

Mittlerweile hatte Natalie sich gemeldet und ihn darüber informiert, was sie zu der Moorleiche von vor 15 Jahren herausgefunden hatte. Ein 17-jähriges Mädchen war damals von einem Spaziergänger im Haspelmoor gefunden worden. Laut der Ermittlungsakte hatte sie in der Nacht zuvor Selbstmord begangen. Die Methode war zwar ungewöhnlich, sie hatte sich die Kehle mit einer Rasierklinge aufgeschlitzt, doch da sie einen Abschiedsbrief in ihrem Zimmer hinterlassen hatte und schon einige Zeit wegen Depressionen in Behandlung gewesen war, hatte die Polizei keine Zweifel gehabt. Auch im Hinblick auf die Tatsache, dass man im Moor verschiedene Spuren gefunden hatte, die auf die Anwesenheit von anderen Personen hindeutete, waren die Ermittlungen schnell eingestellt worden. Nur wenige Tage danach war die Polizei zum Haus von Jörg Schörners Eltern gerufen worden, ebenfalls wegen eines Selbstmordes. Für Felix war es nicht begreiflich, wie man da keine Verbindung hatte ziehen können, was sich jedoch aus der jetzigen Betrachtung leicht sagen ließ.

Annas Handy meldete sich, und er klickte die nächste Nachricht von Detlef an.

»Sie sind in Zirl, weiterhin keine Autobahn. Fahrt bei Innsbruck ab, wenn ihr noch nicht dran vorbei seid, weitere Instruktionen folgen.«

Felix hob den Kopf und sah gerade rechtzeitig das Autobahnschild, das nach Innsbruck wies. »Hier runter«, rief er.

Anna reagierte sofort, machte einen Schulterblick und zog von der Überholspur ganz nach rechts rüber. Ein Lkw-Fahrer auf der mittleren Spur drückte auf die Hupe, sodass Felix vor Schreck zusammenzuckte. Mit der Hand krallte er sich am Haltegriff fest, als würde ihn das bei einem Unfall retten. Hätte der 40-Tonner sie gerammt, wären sie beide jetzt Matsch.

»Das war knapp«, murmelte er.

»Quatsch, ich weiß schon, was ich tue«, gab sie zurück.

Erneut meldete sich das Handy.

»Sie ändern die Richtung. Wieder nach Seefeld«, las Felix vor. »Merkwürdig, er scheint den Brenner umgehen zu wollen. Das kostet ihn doch Stunden.«

»Vielleicht will er nicht durch den Tunnel fahren. Es gibt durchaus Leute, die den längeren Weg in Kauf nehmen, seit es da mal dieses Unglück gegeben hat«, sagte Anna und folgte der Landstraße.

»Glaube ich kaum, das ist doch fast fünfundzwanzig Jahre her. Mit Pech sucht er jetzt nach einer geeigneten Stelle für einen Mord«, sagte Felix bedrückt. Noch waren sie nicht dicht genug dran, um es rechtzeitig zu schaffen, falls er sich entscheiden sollte, seine Geisel loszuwerden. Detlef schrieb mittlerweile im Minutentakt.

»Jetzt ist er gerade durch Inzing.«

Felix wechselte zum Routenplaner, um zu sehen, wie weit entfernt sie noch waren. Nur etwas weniger als 20 Kilometer trennten sie. »Immer weiter auf der Strecke bleiben, dann kommen wir ran«, wies er Anna an und ballte unbewusst eine Faust.

Bald haben wir dich, du Mistkerl! Er öffnete den Mund, um seine angespannte Kiefermuskulatur zu lockern. In seiner Vorstellung legte er Jörg Schörner bereits improvisierte Handschellen aus Kabelbindern an, von denen er immer ein paar einstecken hatte. Zwar hatte Felix keine Ahnung, ob er auch in Österreich sein Recht auf eine vorübergehende Festnahme in Abwesenheit der Polizei wahrnehmen durfte, aber das war ihm in der jetzigen Situation herzlich egal. Es ging hier darum, das Leben der blinden Buchhändlerin zu schützen, und es stand außer Frage, dass der Verdächtige schuldig war, wenn er ihn auf frischer Tat ertappte. Alles Weitere würde sich fügen.

»Hey, Erde an Felix«, riss Anna ihn aus seinen Gedanken. »Die Nachricht, schnell.«

Felix nahm das Handy und klickte sie an.

»Er ist abgefahren auf ...«, konnte er gerade noch entziffern, dann war sie verschwunden.

»Mist, zu langsam«, schimpfte er und schrieb Detlef, dass er den letzten Standort noch einmal wiederholen sollte. Die Nachricht erschien zwar oben im Chatfenster, allerdings mit nur einem Haken dahinter, was bedeutete, dass sie nicht durchging. Erst da bemerkte Felix, dass der Empfang weg war.

»Na toll. Ausgerechnet jetzt sind wir in einem Funkloch, und er hat gerade irgendwo angehalten.« Er kurbelte das Fenster herunter und hielt das Handy ein wenig nach draußen, aber keine Chance, nicht mal ein Balken zeigte sich.

»Fahr schneller.«

»Denkst du, dann haben wir schneller Empfang?«, fragte sie und warf ihm einen belustigten Blick zu.

»Wenn wir den nächsten Ort bald erreichen, schon«, gab Felix giftig zurück. Seine Nerven lagen blank. Angespannt starrte er aus dem Fenster und hielt Ausschau nach einem roten zweier Golf, der vielleicht in irgendeinen Waldweg abgebogen war. Sie befanden sich mitten in der Pampa, und es gab allein von dieser Straße aus unzählige Möglichkeiten, wohin er die Geisel gebracht haben konnte. Wie um alles in der Welt sollten sie ihn hier bloß finden, solange sie kein Netz hatten?

Nach etwa zehn Minuten erreichten sie Inzing, und die Nachricht an Detlef ging durch. Kurz darauf antwortete er, dass er Schörners genaue Position nicht mehr bestimmen konnte und sie hinter Inzing nach einem Forstweg oder Parkplatz Ausschau halten sollten.

»Fahr langsamer«, forderte er Anna auf, die das Tempo ein wenig drosselte.

»Schneller, langsamer. Weißt du eigentlich, was du willst?«, gab sie mit einem trotzigen Unterton zurück.

Felix ignorierte die Frage und suchte mit Blicken den Waldrand ab. »Achte du auf deine Seite, ob du da etwas Rotes durchblitzen siehst.« Gerade passierten sie einen Schotterweg, anscheinend die Zufahrt zu einem Parkplatz im Wald, da entdeckte Felix einen Farbklecks zwischen den Bäumen. »Halt! Du musst sofort wenden«, rief er. »Ich glaube, ich hab den Wagen gesehen.«

Anna schaute in den Rückspiegel. »Geht nicht, es sind zu viele hinter uns.« Nach ein paar hundert Metern bog sie links in eine schmale Haltebucht ab und fuhr zurück in die andere Richtung.

Tatsächlich befand sich an der Stelle, die Felix ausgemacht hatte, ein Parkplatz, der zu einem Wanderweg rund um einen See gehörte. Und genau in der Mitte stand, zwischen ein paar Schlaglöchern und von dunstigem Nebel umgeben, ein tizianroter zweier Golf. Noch bevor Anna den Mini zum Stehen gebracht hatte, sprang Felix aus dem Wagen und stürmte darauf zu.

43. Kapitel

WÜTEND hieb Jörg mit der Faust auf das Armaturenbrett ein. Der Motor wollte einfach nicht starten und gab nur ein metallenes Husten von sich. Er stotterte und ruckelte, aber er ging nicht an. Jörg drehte den Schlüssel zurück und versuchte es noch einmal. Dieses Mal kam nur ein ersticktes Orgeln, und beim dritten Anlauf klackte es nur. Am liebsten wäre er ausgestiegen, um einen dicken Ast zu nehmen, und damit so lange auf der Motorhaube herumzuprügeln, bis er sich beruhigt hatte.

Dann musste er es eben doch hier zu Ende bringen. Vielleicht gar keine so schlechte Idee, immerhin führte der Wanderweg laut den Schildern auf dem Parkplatz zu einem See. Warum war ihm das vorher nicht aufgefallen? Bei den Temperaturen und der Nebelsuppe würden sich dort bestimmt keine Spaziergänger aufhalten.

Energisch stieg Jörg aus und zerrte Louisa, die seinen Versuchen schweigend beigewohnt hatte, wieder aus dem Auto und in Richtung Waldrand.

»Du willst mich töten, oder?«, fragte sie leise, während sie in Tippelschritten hinter ihm hertrottete. Jetzt konnte sie mal sehen, was für ein guter Laufbegleiter er gewesen wäre. Von wegen, dafür musste man extra ausgebildet werden. So eine dumme Ausrede! Sie hatte ihm die Freundlichkeit von Anfang an nur vorgespielt, und er war zu dumm gewesen, es zu erkennen.

»Ganz genau«, sagte er mit einer Mischung aus Wut und Enttäuschung darüber, dass sie mit ihren Lügen und ihrem Verhalten alles kaputt gemacht hatte, ihre ganze Zukunft. Er wurde langsamer und deutete auf die Leitplanke, die den Wald vom Parkplatz trennte. »Direkt vor dir ist eine Leitplanke. Du kannst aber einfach darübersteigen.«

Sie neigte den Kopf.

»Mach einen kleinen Schritt vorwärts, dann wirst du sie an den Oberschenkeln spüren.« Da hatte sie es, er war ein perfekter Laufbegleiter, ganz ohne dämliche Schulung.

Zögerlich setzte Louisa einen Fuß vor den anderen und stieß, wie er gesagt hatte, gegen die Leitplanke. Ein leises Keuchen entfuhr ihr, als sie das rechte Bein hob. »Bitte, tu das nicht«, wisperte sie.

»Etwas höher«, sagte er und kletterte selbst über die Planke, ohne ihren Arm loszulassen. Als er ihr Gesicht betrachtete, entdeckte er eine Träne auf ihrer Wange. Jetzt, wo sie die Konsequenzen ihrer Handlungen zu spüren bekam, war die Heulerei groß. Das hätte sie sich vorher überlegen müssen. Jetzt würde sie bekommen, was sie verdient hatte. Davon abgesehen hatten sie ohnehin keine Möglichkeit, gemeinsam von hier wegzukommen. Mit ihr im Schlepptau konnte er nicht einfach ein Auto anhalten, um mitgenommen zu werden, denn sie würde sich wehren. Sie loszuwerden war die einzige Lösung, also wartete er, bis sie umständlich über die Planke geklettert war. Auf der anderen Seite trat sie in ein Erdloch, knickte um und stürzte nach vorn auf die Knie.

»Los, steh auf! Ich hab keine Zeit zu verlieren«, sagte er ungerührt. Es war ihm egal, ob sie sich wehgetan hatte, in wenigen Augenblicken würde sie noch viel schlimmere Schmerzen haben.

Louisa rappelte sich umständlich vom Boden auf und schüttelte den Kopf. Im Stehen klopfte sie sich die Kleidung ab, als wäre es jetzt wichtig, ordentlich auszusehen. Anscheinend wollte sie Zeit schinden, in der Hoffnung, dass jemand auf den Parkplatz fuhr und sie entdeckte.

»Na gut, dann können wir ja weiter«, trieb Jörg zur Eile an. Er fasste sie an der Hand und zog sie in den Wald. Als er sich nach ihr umwandte, bemerkte er eine Veränderung an ihr, konnte aber nicht genau sagen, was es war. Vermutlich war es einfach der Dreck in ihrem Gesicht, der ihn irritierte.

Nach ein paar weiteren Schritten blieb er stehen, um sich zu orientieren. Nicht, dass er aus Versehen in Richtung Straße ging, wo Louisa sich losreißen und den Autofahrern zuwinken konnte. Stattdessen wollte er zum See, der perfekte Ort, um ihr ein Ende zu setzen. Sein Vater hatte recht gehabt, sie war die Richtige, er hätte sich nicht querstellen dürfen. Bis auf das fehlende Nachthemd und die

Rosen würde es genau so sein, wie er es sich beim Ansehen des Videos ausgemalt hatte. Eine wunderschöne Frau, die nur ihm gehörte, schwebend im Wasser. Nur deswegen hatte sein Vater dieses Video so geliebt, da war er sich ganz sicher. Und er hatte ihn, seinen Sohn, auserkoren, diese betörende Fantasie Wirklichkeit werden zu lassen.

Konzentriert lauschte er auf die Geräusche von Autos, damit er die entgegengesetzte Richtung einschlagen konnte. Aus dem Augenwinkel erkannte er, dass Louisa es ihm gleichzutun schien, denn sie wiegte ihren Kopf hin und her. Und noch etwas fiel ihm auf.

Ihre Brille war nicht mehr da. Fasziniert drehte er sich zu ihr und starrte ihre Augen an. Sie sahen fast aus wie normale Augen, nur dass sie beständig hin und her zuckten, als würde sie mit ihren Blicken einen Fliegenschwarm verfolgen.

»Deine Brille ist verschwunden«, sagte er, da er nicht wusste, ob es ihr schon aufgefallen war.

»Oh. Mist. Die muss bei meinem Sturz runtergefallen sein«, entgegnete sie und tastete sich im Gesicht herum.

»Na ja, nicht so schlimm. Die wirst du eh nicht mehr brauchen.« Er musterte sie eindringlich. Noch etwas fehlte. Der bunte Schal hing nicht mehr um ihren Hals, aber er würde den Teufel tun, sie auch darauf hinzuweisen. »Los, wir müssen weiter.«

Zielstrebig stapfte er los und zog Louisa hinter sich her. Sie erreichten eine riesige Lichtung.

»Das soll der See sein?«, stieß Jörg erbost aus. Vor ihnen tat sich eine höchstens 40 Quadratmeter große und vielleicht knietiefe Pfütze auf, der Rest bestand aus einer schlammigen Wiese, über der feiner Bodennebel hing. Das sah so gar nicht aus wie in seiner Vorstellung, hier würde Louisa nicht wie ein wunderschöner Engel auf der Wasseroberfläche schweben können. Außerdem war die Fläche viel zu offen, und er würde mit ihr wie auf dem Präsentierteller sitzen. Für das, was er vorhatte, brauchte er seine Ruhe, also zog er sie zurück in den Wald.

»Du musst das nicht tun, Jörg.«

»Halt den Mund«, fuhr er sie an. So langsam verlor er die Geduld. Gestern hatte er noch geglaubt, dass sein neues Leben zum Greifen nah war, und jetzt ging eine Sache nach der anderen schief. Erst kam ihm die Polizei dank Louisa auf die Schliche, dann sprang das Auto nicht mehr an, und jetzt war der See ein Schlammloch. Er umfasste den Griff des Messers in seiner Tasche. Das Verlangen, die Klinge in Louisas Hals zu rammen, wurde übermächtig.

»Was hast du schon zu verlieren? Du hast vorhin selbst gesagt, dass dein Vater von deiner Mutter ermordet wurde. Wie sollte er darüber bestimmen können, dass ich sterben muss?«

»Ruhe!« Hatte er ihr das vorhin wirklich so erzählt? Er konnte sich nicht erinnern. Aber es spielte im Endeffekt auch keine Rolle. Seine Schritte durch den mittlerweile dichten Wald wurden langsamer.

»Du hast meine Frage nicht beantwortet«, sagte sie.

»Welche?« Stur blickte er nach vorne, wich selbst Ästen aus und ließ Louisa in welche stolpern. Das hatte sie davon.

»Wie kann dein Vater etwas von dir verlangen, wenn er doch nicht mehr lebt?«

Das war eine ähnlich dumme Frage wie »Warum hast du das gemacht?«.

Jörg seufzte. Wenn sie es unbedingt wissen wollte, würde er ihr den letzten Gefallen tun und es erklären. »Er war mir ein Trost in all den dunklen Jahren, die meine Mutter mich eingesperrt hat. Allein saß ich Tag für Tag in meinem Zimmer, abgeschnitten von der Welt. Aber irgendwann kam er zu mir zurück, und dann musste ich nicht mehr allein sein Lieblingsvideo ansehen. Er hat mich gerettet und war mein einziger Begleiter während der Einsamkeit.«

Sie schluckte hörbar. »Was meinst du damit? Welches Video?«

Jörg zückte das Messer und fuchtelte damit vor ihrem Gesicht herum. Sie war doch so gebildet mit all ihren Büchern, wie konnte sie da so schwer von Begriff sein? Nur knapp verfehlte die Klinge ihre Wange. Jörg riss sich zusammen und ließ die Waffe sinken. Er durfte nicht riskieren, ihre Schönheit durch ungewollte Schnitte zu ruinieren. »Meine Mutter hat mich immer angelogen, all die Jahre«, fuhr er mit den Erinnerungen fort. »Er war nicht verrückt, kein bisschen, und er war auch kein schlechter Mensch. Im Gegenteil, mir war er immer ein guter Vater, und er hat stets versucht, ihr alles recht zu machen. Aber bei ihr konnte man nichts richtig machen, ständig passte ihr was nicht, und dann drohte sie ihm. Wenn ihr etwas an seinem Verhalten nicht gefiel, hat sie ihm gesagt, dass sie sich umbringen würde und mich dazu. Dabei war er es am Ende, den sie getötet hat. Doch als ich ihn am meisten gebraucht habe, kam er zurück zu mir, und das konnte sie nicht verhindern.«

Er spürte, wie sie ihre Hand von hinten auf seine Schulter legte. »Jörg, das funktioniert nicht. Tote können nicht zurückkehren. Wahrscheinlich hast du dir das in deiner Verzweiflung nur eingebildet.«

Jörg lachte freudlos und schlug einen Ast zur Seite, der Louisa beim Zurückflutschen ins Gesicht traf. Erschrocken schrie sie auf, und dieses Mal lachte er aus tiefstem Herzen.

»Verrückt, wahnsinnig. Von wegen. Ich habe die Bedeutungen im Wörterbuch nachgesehen, und die treffen höchstens auf meine Mutter zu. Krankhaft wirr im Denken und Handeln, unvernünftig. Das ist jemand, der seinen Sohn fünfzehn Jahre lang im Haus einsperrt und den Nachbarn erzählt, er wäre bei den Großeltern in Belgien, da er den angeblichen Selbstmord seines Vaters nicht verarbeiten konnte. Oder meinst du nicht?« Er ging langsamer und blieb schließlich vor einem Bachlauf stehen, an dem sie vorhin bereits vorbeigekommen waren. Wenn es schon keinen See gab, sondern nur eine lächerliche Pfütze, könnte das hier als Alternative funktionieren. Das Wasser war wenigstens klar und nicht so schlammig wie das auf der Wiese. Sein Blick fiel auf Louisa. Er starrte sie lange an, und da wusste er, dass er einen Fehler gemacht hatte. Nämlich den, sie zu unterschätzen.

»Was hast du mit Mamas Perlenkette gemacht?«

Wie automatisch fuhr ihre Hand zu ihrem Hals. »Ach du Schreck, die muss ich wohl …«

»Beim Sturz verloren haben?«, brüllte er und schlug ihr hart ins Gesicht. Auch wenn sie dann nicht mehr so ansehnlich wäre, in diesem Moment konnte er sich nicht zurückhalten. »Du hast eine Spur gelegt, oder? Wie Hänsel und Gretel. Weil du hoffst, dass die Polizei zum Parkplatz kommt und dich findet. Wie hast du das gemacht, dass sie wissen, wo wir sind?«

Louisas Lippen bebten, ihre wild zuckenden Augen waren aufgerissen. Schon von dem einen Schlag zeichnete sich eine deutliche Schwellung auf ihrer Wange ab, die Haut war eingerissen und blutete leicht. Aus lauter Frustration schlug er erneut zu und dann noch mal, sodass nun auch ihre Lippe blutete.

»Scheiß drauf«, sagte er, packte ihren Oberarm und schleifte sie durch den Bach. Das mit dem Video würde ohnehin nicht mehr funktionieren. Er würde ihr die Kehle durchschneiden und genüsslich dabei zusehen, wie sie langsam verblutete. Sollte ihn die Polizei doch erwischen und ihn in die Psychiatrie bringen, wo sie ihm den Metallstab ins Hirn rammten. Das war ihm jetzt auch egal.

44. Kapitel

»NIEMAND hier«, rief Felix über die Schulter, aber Anna war bereits neben ihn getreten. Sie ging zur Beifahrerseite und warf einen Blick in den Innenraum, während Felix seine Hand auf die Motorhaube legte.

»Es ist noch nicht ganz kalt. Allzu lang können sie nicht unterwegs sein«, sagte er in ihre Richtung, als sie den Kopf wieder aus dem Wagen zog und zu ihm kam. »Bestimmt hat er sie zum See gebracht, um sie dort … Du bleibst hier und schließt dich in deinem Wagen ein, ich verfolge sie.«

Anna zog die Augenbrauen zusammen und schüttelte den Kopf. »Auf keinen Fall! Was, wenn er zurückkommt? Außerdem sehen vier Augen mehr als zwei. Wer weiß, wie unübersichtlich das Gelände ist.«

Felix überlegte. Eigentlich wäre es besser, wenn jemand hier war, falls der Täter wirklich zurückkäme, ansonsten könnte er ungestört in sein Auto steigen und verschwinden, während sie am See nach ihm suchten. Andererseits konnte er Anna verstehen, und ihm war auch nicht wohl bei dem Gedanken, dass sie den Mann allein mit dem Wagen verfolgte. Vor allem, da sie keinen Empfang hatten, um sich abzusprechen. Nicht mal Steffen konnte er anrufen, damit der ihnen Unterstützung von den österreichischen Kollegen schickte. »Also gut«, sagte er und setzte sich in Bewegung, um dem Hinweisschild zu folgen.

Wenn Schörner nicht sämtliche Vorsicht über Bord geworfen hatte, hatte er sich mit seiner Geisel sicher nicht auf dem Weg gehalten. Aber da sie ihn einholen wollten, war es sinnvoller, die direkte Strecke zum See zu nehmen, zumal das Gebiet weitläufig und viel zu unübersichtlich war.

»Halt, warte«, rief Anna hinter ihm. Felix drehte sich um und sah, wie sie zurück zu der Leitplanke sprintete, die den Parkplatz vom Wald trennte. Als sie sich ihm wieder zuwandte, hielt sie einen farbigen Schal in der Hand, außerdem etwas Schwarzes aus Plastik. Beim

Näherkommen erkannte er eine Sonnenbrille. Die Sachen stammten eindeutig von der Buchhändlerin, an den bunt gemusterten Schal erinnerte er sich noch. Hatte sie damit eine Spur gelegt, oder war sie bereits tot und hatte die Gegenstände verloren, als Schörner ihre Leiche zwischen die Bäume gezerrt hatte?

»Sie sind da vorn lang«, sagte sie außer Atem, ihre Wangen waren vor Aufregung oder Kälte ganz rot.

Die Stelle, wo Anna den Schal und die Brille gefunden hatte, war ein ganzes Stück weg von dem angelegten Weg. Wahrscheinlich war es doch besser, dort nach ihnen zu suchen. Hoffentlich kamen sie nicht zu spät.

Gemeinsam gingen sie zurück zur Leitplanke. Tatsächlich konnte man auf dem feuchten Waldboden Spuren von zwei Personen entdecken. Louisa war also noch eigenständig hier entlanggegangen. »Die Abdrücke führen da lang.«

»Dann los.« Den Blick zu Boden gerichtet, stapften die beiden tiefer in den Wald. Anna, die zielstrebig vorangegangen war, blieb plötzlich stehen.

»Sieh mal, da drüben«, murmelte sie und deutete nach links. »Hier liegen Perlen auf dem Boden.«

Felix kam neben ihr zum Stehen. Nicht weit entfernt schimmerten drei aufgereihte Perlen zwischen dem Laub. Der Rest der Kette war nirgends zu sehen. »Im Buchladen hat Louisa genau so eine Perlenkette getragen. Sie legt tatsächlich eine Spur für uns.« Waren wirklich erst Stunden vergangen, seit Felix herausgefunden hatte, wer der Rosenmörder war? Es kam ihm so vor, als würden sie ihn schon tagelang verfolgen, so viel war seit dem Morgen passiert.

»So ein kluges Mädchen«, sagte Anna. Felix steckte die Perlen ein, und sie gingen aufmerksam weiter, damit sie keinen Hinweis verfehlten. Immer wieder spähte Felix auch zwischen die Bäume, konnte aber weder Schörner noch Louisa irgendwo entdecken. Mittlerweile war es später Nachmittag, das Licht schwand, und es wurde auch wegen der diesigen Luft schwieriger, etwas auf dem Boden zu erkennen. Trotzdem entdeckte Felix immer wieder abgeknickte Zweige und Fragmente der Kette, die darauf hindeuteten, dass sie hier entlanggekommen waren.

»Hier sind noch welche. Aber nicht mehr so viele wie eben«, sagte Anna.

»Die Kette war nicht so besonders lang, und an diesem Stück ist der Verschluss mit dran. Vermutlich wird es das letzte sein, das sie hatte. Ab jetzt sind wir im Blindflug.« Felix blieb stehen. Direkt vor ihnen befand sich ein Bachlauf, der rauschend an ihnen vorbeiströmte. Das Wasser war nicht tief, einige Steine waren zu sehen.

»Wahrscheinlich führt der zum See, wir sollten ihm folgen«, sagte Felix, woraufhin Anna sich sofort in Bewegung setzte.

Der Untergrund am Ufer war rutschig und das Vorankommen mühsam. Ganz langsam tapste Felix zurück in Richtung Dickicht, wo er mit der glatten Sohle seiner Turnschuhe mehr Halt hatte, doch genau da glitt er aus und verlor das Gleichgewicht. Sein Fuß rutschte in das eiskalte Wasser des Baches und verkeilte sich unter einem Stein. Den Sturz konnte er nur gerade so abfangen, knallte aber mit dem Rücken auf einen dicken Ast, was ihm die Luft aus der Lunge presste. Schmerzerfüllt stöhnte er auf. Erst bei dem Geräusch drehte Anna sich um und kam besorgt zu ihm zurück.

»Mein Fuß steckt fest«, keuchte er und zog mit den Händen an seinem Bein. Ein Stechen wie von Giftpfeilen schoss durch seinen Knöchel, aber Adrenalin und das kalte Wasser übertünchten den Schmerz. Viel schlimmer war sein Rücken.

»Ganz ruhig«, sagte sie und griff mit beiden Händen unter den Stein, um Felix zu befreien. Mit einem Ächzen hob sie ihn an, und er konnte seinen Fuß darunter hervorziehen.

»Kannst du aufstehen?«

»Mhm«, machte er und biss die Zähne zusammen. Obwohl es ihm unangenehm war, nahm er ihre dargereichte Hand und ließ sich von ihr hochhelfen. Mit einem Stöhnen stemmte Felix die Hände in den unteren Rücken und drückte ihn nach vorn durch.

»Kannst du auftreten?«, fragte sie. Einige Strähnen hatten sich aus ihrem Dutt gelöst, und ihre Wangen glitzerten rosig.

»Natürlich kann ich gehen. Was einen nicht umbringt, macht einen härter«, sagte Felix und stiefelte wie zum Beweis los. Das Wasser in seinem Schuh gab schmatzende Geräusche von sich, und sein Knöchel pulsierte, aber die Schmerzen waren durchaus erträglich.

Wahrscheinlich waren die Bänder durch das Umknicken nur etwas überdehnt.

Sie hatten kaum zwei Schritte gemacht, da zerfetzte ein markerschütternder Schrei die Stille und ließ Anna und Felix erschaudern.

»Das war ganz in der Nähe«, sagte Felix und versuchte, im nebelverhangenen Dämmerlicht etwas zu erkennen.

»Da!«, brüllte Anna plötzlich und zerrte an Felix' Arm in eine Richtung. »Er hat ein Messer!«

Jetzt sah Felix sie auch. Schörner stand nicht weit von ihnen entfernt mit Louisa im Schwitzkasten, an ihrem Hals die Klinge eines riesigen Messers. Sie lebte und schien unverletzt, denn Blut war keines zu erkennen. Mit irrem Blick starrte Schörner zu ihnen herüber.

»Das hier geht Sie überhaupt nichts an«, rief er, und seine Stimme überschlug sich. »Gehen Sie weiter, und lassen Sie uns in Ruhe!« Kurz nahm er das Messer hoch und fuchtelte damit vor sich herum, als wollte er eine lästige Fliege verscheuchen.

»Jörg«, sagte Felix möglichst ruhig und ging gemessenen Schrittes auf ihn zu. Er musste unbedingt verhindern, dass der Täter sich bedrängt fühlte und zur Abschreckung seine Waffe einsetzte, doch gleichzeitig musste er näher ran, damit er ihn überwältigen konnte. »Wir sind hier, um Ihnen zu helfen. Lassen Sie uns darüber reden. Bitte, ich bin nicht von der Polizei.« Er deutete in Annas Richtung. »Das hier ist eine Anwältin. Annabelle Hart. Die wird sich für Sie einsetzen. Es ist sonst niemand hier«, redete er weiter auf Schörner ein, wobei er sich ihm Stück für Stück näherte.

»Nein! Sie werden mir einen glühenden Stab ins Hirn rammen.« Schörners Bewegungen wurden unkoordinierter, verzweifelter. Die Klinge war viel zu dicht an Louisas Kehle.

»Hilfe«, wimmerte sie. »Bitte, ich will nicht sterben.« Dann sackte sie zusammen, ihre Hände schossen an ihren Hals, und sie gab gurgelnde Geräusche von sich. Blut strömte zwischen ihren Fingern hervor. Schörner hatte ihr die Kehle aufgeschnitten. Im nächsten Moment stieß er sein Opfer von sich und sprintete los.

»Anna, kümmer dich um Louisa«, schrie Felix und nahm die Verfolgung auf. Das blutige Messer noch in der Hand, hechtete

Schörner über umgestürzte Bäume und immer weiter den Bachlauf entlang. Mit seinem lädierten Knöchel war Felix wesentlich langsamer, doch er durfte ihn nicht entkommen lassen, also atmete er verbissen den Schmerz weg und rannte, so schnell er konnte.

»Bleiben Sie stehen. Die Polizei hat den Wald umstellt, Sie können nirgendwohin«, rief er ihm zu, doch Schörner wurde nicht langsamer. Nicht mehr lange, dann hätte er so viel Vorsprung, dass er sich in der einbrechenden Dunkelheit einfach vor seinem Verfolger verstecken und ihn aus dem Hinterhalt angreifen könnte.

Noch einmal holte Felix alles aus sich heraus, setzte zu einem Sprint an, da machte Schörner den Fehler, sich nach seinem Verfolger umzusehen. Dabei wurde er minimal langsamer, und als er sich wieder nach vorn drehte, musste er sich erst mal orientieren. Felix sah seine Chance und setzte zum Sprung an. Mit ausgestreckten Armen hechtete er auf Schörner zu und erwischte ihn am Rücken. Beide stürzten aus vollem Lauf zu Boden. Schörner schrie wie ein verletztes Tier. Als Felix sich hochrappelte und ihm den Arm auf den Rücken drehte und ihn in den Polizeigriff nahm, entdeckte er auch, warum. Der Mann hatte sich beim Aufprall das Messer in die Flanke gerammt.

»Loslassen«, jammerte er und fletschte die Zähne. Wie ein Wilder trat er um sich, doch er verfehlte Felix, der neben Schörners Hüfte kniete.

»Kannst du vergessen«, sagte Felix und drehte den Arm weiter nach oben, bis sich sein Kontrahent wimmernd seinem Schicksal ergab. Mit der freien Hand zog Felix einen Kabelbinder aus der Hosentasche, den er ihm um die Gelenke legte und festzurrte.

Sie hatten ihn.

Er konnte niemals mehr einer Frau wehtun.

Epilog

DEN ganzen Vormittag hatte es wie aus Eimern gegossen, aber pünktlich, als sie die Trauerhalle verließen, brach der Himmel auf, und ein paar Sonnenstrahlen leuchteten durch die Baumwipfel. Anna hatte während der Trauerfeier ihre Emotionen zurückgehalten, aber jetzt, wo der Sarg in die Richtung des Grabs gefahren wurde, merkte Felix ihr doch an, wie sehr sie der Tod von Daniela mitnahm.

Sie hatte sich bei ihm untergehakt, und Felix ging langsam, um sie etwas zu bremsen. Irgendwie hatte er das Gefühl, nicht hierherzugehören, auch wenn er natürlich Daniela die letzte Ehre erweisen wollte. Dabei wollte er sich jedoch nicht vor die zahlreichen Freunde und Verwandten von Daniela drängen, um sich am Grab von ihr zu verabschieden und eine Handvoll von den vorbereiteten Blütenblättern ins Grab zu werfen.

Etwas weiter vor ihnen entdeckte er die Eltern von Sophie, die ihre Tochter demnächst ebenfalls beerdigen mussten, auch wenn es noch etwas dauern würde, bis der Leichnam von der Rechtsmedizin freigegeben würde. Gestern hatten sie Felix informiert, dass Schörner ausgesagt und die Polizei daraufhin Sophies Leiche gefunden hatte. Nun hatten sie die traurige Gewissheit, dass ihre Tochter ebenfalls dem Rosenkiller, wie die Schlagzeilen ihn getauft hatten, zum Opfer gefallen war. Der einzige Trost war, dass sie nun mit dem Verarbeitungsprozess beginnen konnten und Sophie nicht mehr am Grund des Sees im Haspelmoor lag.

Danielas Begräbnisstätte lag idyllisch zwischen zwei hohen Birken, die sicher schon mehr als ein Jahrhundert auf dem Friedhof standen. Die Trauergäste drängten sich dicht an das ausgehobene Erdloch, um den Worten des Pfarrers zu lauschen, der den letzten Weg mit einem Gebet einleitete.

Anna tupfte sich mit einem Taschentuch eine Träne ab, die sich aus ihrem Augenwinkel gelöst hatte. »Es fühlt sich an, als wäre ich mitverantwortlich für ihren Tod«, flüsterte sie mit erstickter Stimme und lehnte ihren Kopf an Felix' Schulter.

»Mach dir bitte keine Vorwürfe. Es lag nicht in deiner Macht, diesen Mord zu verhindern«, sagte er und streichelte beruhigend ihre Schulter. »Wir konnten Daniela nicht retten, aber dafür haben wir verhindert, dass Schörner weitermordet. Ein schwacher Trost, ich weiß, aber dass Louisa lebt, hat sie ganz allein dir zu verdanken.«

Anna nickte, auch wenn sie nicht überzeugt wirkte. Dabei übertrieb Felix keineswegs, nur um sie zu trösten. Hätte Anna nicht so vorbildlich reagiert und aus ihrer Jacke einen Druckverband für Louisas Hals gebastelt, wäre sie verblutet, bis der Krankenwagen eintraf. Stattdessen waren zwar ihre Stimmbänder in Mitleidenschaft gezogen, aber sie lebte, und sie würde sich zumindest körperlich von dem Messerangriff erholen. Wie es seelisch aussah, stand auf einem anderen Blatt, und Felix hoffte, dass sie sich Hilfe für die Verarbeitung holte.

Auch Jörg Schörner hatte überlebt und das ganz ohne Erste-Hilfe-Maßnahmen. Das Messer, das er sich in die Flanke gerammt hatte, hatte wie ein Stöpsel gewirkt und somit dafür gesorgt, dass sich der Blutverlust in Grenzen hielt. Bevor er an die Münchner Beamten übergeben wurde, war er in einem österreichischen Krankenhaus versorgt worden, und man hatte die Wunde genäht, sodass er direkt ins Untersuchungsgefängnis gebracht werden konnte. Natürlich hatte ein Richter einen Haftbefehl erlassen, denn Schörner hatte eindeutig bewiesen, dass bei ihm Fluchtgefahr bestand.

Der Pfarrer beendete das Gebet und kam nun zu den letzten Worten, denen die Trauergemeinde andächtig lauschte. »Auch wenn der Verlust der Tochter, Enkelin, Cousine oder Freundin eine große Lücke hinterlässt, lassen Sie es einen Trost sein, dass Daniela nun bei Gott ist, der schützend über sie wacht. Die gemeinsamen Erinnerungen bleiben für immer in Ihren Herzen.« Der Sarg wurde hinuntergelassen, dann nickte der Pfarrer den Eltern zu. Gemeinsam traten sie ans offene Grab, wo die Mutter noch einmal bitterliche Tränen vergoss. Ihr Mann musste sie stützen, weil sie sich kaum auf den Beinen halten konnte. Eine gefühlte Ewigkeit standen die beiden eng aneinandergeklammert da und verabschiedeten sich unumstößlich von ihrer toten Tochter.

Bei dem Anblick hatte auch Felix einen Kloß im Hals und musste an die Beerdigung seiner Eltern denken, die beide durch einen Autounfall ebenfalls viel zu früh aus dem Leben gerissen worden waren.

Die Schlange bewegte sich nur langsam vorwärts, jeder nahm sich Zeit für ein paar letzte Worte am Grab und die Kondolenz an die nahen Verwandten. Als Anna und Felix an der Reihe waren, war die Schale mit den Blütenblättern beinahe leer. Zwar glaubte Felix nicht an das, was in der Bibel stand, aber er war sich sicher, dass es einen Ort gab, an dem die Seelen der Verstorbenen glücklich waren und an dem es ihnen besser ging. In Gedanken wünschte er Daniela, dass sie dort, wo auch immer das sein mochte, ihren Frieden finden würde. Anna stammelte etwas wie eine Entschuldigung, und dass sie wünschte, sie hätten den Täter vorher ausfindig gemacht, was praktisch unmöglich gewesen war.

Sie warfen noch eine Handvoll Blüten auf den Sarg, dessen Deckel mittlerweile fast vollständig bedeckt war, und traten dann zu Danielas Eltern. Einen kurzen Moment hatte Felix die Befürchtung, dass sie es in ihrer Trauer ähnlich wie Anna sehen könnten und ihn verantwortlich für den Tod ihrer Tochter machten, weil er das Verschwinden von Sophie nicht rechtzeitig aufgeklärt hatte. Zu seiner Erleichterung blieben Vorwürfe in diese Richtung aus.

Da zum anschließenden Leichenschmaus nur die engsten Verwandten geladen waren, machten Anna und Felix sich auf den Weg zum Parkplatz. Beim Haupteingang stand Steffen in der Nähe des Tores und nickte ihnen zu, als sie zu ihm traten.

»Mein Beileid«, sagte er und schüttelte Annas Hand.

»Danke«, murmelte sie, und ihre Mundwinkel zuckten, so als würde sie jeden Augenblick erneut anfangen zu weinen. Dann räusperte sie sich und fragte: »Warum sind Sie nicht bei der Trauerfeier gewesen?«

»Oh, da gehöre ich nicht hin. Ich wollte lediglich den Eltern meine Anteilnahme ausdrücken. Und ich hatte gehofft, dass ich euch hier erwische.« Steffen wandte sich an Felix. »Guter Job. Hast du schon was gehört, ob dein Eingreifen Konsequenzen haben wird?«

Felix schüttelte den Kopf, rechnete aber nicht damit. In dem Nachbarland galt eine ähnliche Regelung wie das Jedermann-Festnahme-Gesetz in Deutschland, wonach es unter bestimmten

Umständen auch Privatpersonen gestattet war, Personen festzuhalten, bis die Polizei eintraf. Sie hatten Schörner auf frischer Tat ertappt und ihn am Tatort gestellt. Dass sie ihn von München aus mit dem Auto gezielt verfolgt hatten, musste ja keiner wissen, in der offiziellen Version waren Anna und Felix dort zufällig gewesen und hatten gesehen, wie ein fremder Mann eine junge Frau gewaltsam in den Wald verschleppt hatte, weshalb sie ihr zur Hilfe geeilt waren.

»Ich habe gehört, er ist geständig«, sagte Felix in der Hoffnung, ein paar Informationen aus Steffen rauszubekommen.

»Voll und ganz. Ein Psychologe begleitet die Vernehmungen. Vermutlich wird es auf Unzurechnungsfähigkeit hinauslaufen.« Steffen machte mit dem Zeigefinger eine kreisende Bewegung vor seiner Schläfe. »Kein Wunder, wenn man bedenkt, dass die Mutter ihn fünfzehn Jahre seines Lebens im Haus eingesperrt hat.«

Anna, die sich mittlerweile wieder gefangen hatte, zog die Augenbrauen hoch. »Wieso eingesperrt? Ich dachte, sie hätte ihn nach dem Selbstmord des Vaters zu den Großeltern nach Belgien geschickt.«

Steffen rückte die Sonnenbrille auf seiner Nase zurecht. »Das war wohl die Version für die Nachbarn und das Schulverwaltungsamt, damit ihn niemand vermisst. In Wirklichkeit durfte er bis zu ihrem Tod das Haus nicht mehr verlassen.«

»Du meinst wohl, bis er sie umgebracht und unter der Terrasse vergraben hat«, sagte Felix, der sich an die Rose erinnerte, die er auf den vermoderten Holzdielen gefunden hatte.

»Laut Schörner ist sie von allein gestorben, sie war die letzte Zeit vor ihrem Tod wohl krank. Die Obduktion muss das noch bestätigen, aber erst mal gibt es keinen Grund, an dieser Version zu zweifeln. Er hatte einen Brief bei sich, den die Mutter für den Fall ihres Ablebens hinterlassen hat.« Steffen seufzte. »Das war wohl ihre Art, ihr Gewissen zu erleichtern und alles aufzuklären. Den sollte Schörner auch nicht finden, sondern sie wollte eigentlich, dass er sich nach ihrem Tod ebenfalls umbringt, hat ihm sogar frühzeitig ein Fläschchen mit Gift aus Eisenhut gegeben.«

Ganz kurz hatte Felix den Gedanken, dass es für die ermordeten Frauen besser gewesen wäre, hätte Schörner den Inhalt der Flasche zu sich genommen. Dann aber hatte er plötzlich den zehnjährigen Jungen vor Augen, der nicht nur seinen Vater zu früh verloren hatte, sondern der in der Folge auch noch von seiner Mutter von der Außenwelt abgeschnitten worden war. »Warum hat sie das gemacht?«, fragte er.

»Vielleicht hatte sie Angst, dass er es seinem Vater gleichtun könnte, und wollte deshalb die permanente Kontrolle über ihn«, mutmaßte Anna.

Steffen lachte verächtlich und winkte ab. »Wenn das mal so wäre, könnte man ja noch sagen, sie hat es irgendwie aus Liebe getan. Der Vater hat jedoch keinen Selbstmord begangen, er wurde von Schörners Mutter umgebracht.«

Felix stieß einen Pfiff aus. »Sag bloß, das hängt mit diesem angeblichen Selbstmord einer jungen Frau im Haspelmoor von vor fünfzehn Jahren zusammen.«

»Der Kandidat hat einhundert Punkte«, sagte Steffen und formte mit beiden Händen Pistolen, die er auf Felix richtete. »Das muss natürlich noch genauer untersucht werden, aber laut Schörner hat sein Vater damals angeblich ein Mädchen umgebracht, wobei er dann von seinem Sohn gestört wurde. Eine lange Geschichte, die so nicht stimmen kann, denn der Tod der jungen Frau damals war eindeutig ein Selbstmord, ich habe mir die Akten angesehen. Sie war wegen Depressionen in Behandlung und hat einen Abschiedsbrief hinterlassen. Vielleicht wollte der Vater ihr helfen, ist gescheitert und hatte Angst, daraufhin die Polizei zu informieren, damit er nicht unter Verdacht gerät. Jedenfalls hat Schörner danach wie vom Vater angewiesen mit niemandem darüber geredet. Stattdessen hat er alles in seinem Tagebuch vermerkt, und als die Mutter es gelesen hat, ist der erste Dominostein ins Wanken geraten. Das wahre Monster ist, so wie es momentan aussieht, seine Mutter gewesen, die ihren Ehemann vergiftete und ihren eigenen Sohn viele Jahre eingesperrt hat, um ihre Macht über ihn auszuüben.«

»Und weil er glaubte, seinen Vater bei einem Mord beobachtet zu haben, und weil er durch die Behandlung durch seine übermächtige, grausame Mutter ein enormes Aggressionspotenzial angestaut hatte, wurde er selbst zum Mörder, als er nach fünfzehn Jahren endlich aus dem Haus freigekommen ist«, schlussfolgerte Anna.

»Im Endeffekt wird es wahrscheinlich so sein, ja«, sagte Steffen. »Wobei es hier ein paar Schritte dazwischen gibt. Aufgrund der Einsamkeit, unter der Schörner all die Jahre gelitten hat, ist ihm in seiner Einbildung irgendwann der Vater erschienen. Wahrscheinlich, weil er der Einzige war, der jemals menschlich und freundlich zu ihm war und der Sohn ihn schmerzlich vermisst hat. Obwohl Schörner natürlich wusste, dass er nicht mehr am Leben ist, konnte er das nicht zusammenkriegen und hat sich mit der Zeit eingeredet, dass der Vater diese Morde von ihm verlangen würde.«

»Aber hätten ihn die dramatischen Folgen von dem angeblichen Mord nicht eher abschrecken sollen, ebenfalls eine solche Tat zu begehen?«, wollte Felix wissen.

»Tja, um das nachzuvollziehen, muss man wohl Seelenklempner sein«, sagte Steffen. »Der Psychologe erklärt das irgendwie damit, dass Schörner nachts wie ein Besessener das Video zum Lieblingslied seines Vaters geschaut hat. Vielleicht kennt ihr es, *Where the Wild Roses Grow* von Nick Cave und Kylie Minogue.«

Felix erinnerte sich dunkel, und auch Anna schien zu wissen, wovon er sprach. »Deshalb die Rosen und das Moor und die Satin-Nachthemdchen«, sagte sie.

»Ganz genau«, bestätigte Steffen. »In seinem Wahn glaubte er, dass er seinem Vater zuliebe dieses Video nachstellen müsste. Was natürlich nur mit einer toten Frau funktioniert, denn wie soll jemand, der fünfzehn Jahre lang eingesperrt war, eine Frau finden, die das freiwillig mit ihm nachspielt?«

Anna stöhnte gequält auf. »Harter Tobak. Ich glaube, ich muss mal einen Moment allein sein.«

»Alles okay?«, fragte Felix. Anna nickte nur und ging mit energischen Schritten die Friedhofsmauer entlang.

»Woher habt ihr eigentlich gewusst, wo Jörg hinwollte?«

»Mein Geheimnis«, sagte Felix.

Steffen hob eine Augenbraue. »Deine Schwester?« Er seufzte.

»Nein, diesmal nicht.«

Steffen legte ihm eine Hand auf die Schulter. »Tut mir übrigens leid, dass ich dich zwischendurch so angefahren habe. Bei dem

Wildschwein hab ich wirklich überreagiert. Ist immerhin nicht deine Schuld, wie wir die Ermittlungsergebnisse interpretiert haben, und es lag ja wirklich nahe, dass da was ganz falsch lief.«

»Schon vergeben und vergessen«, sagte Felix. »Ich weiß doch, unter welchem Druck man in dem Job steht.«

»Wirklich ein Jammer, dass du uns Offiziellen verloren gegangen bist. Du warst ein verdammt guter Polizist.«

Etwas wehmütig schaute Felix seinen ehemaligen Kollegen an und fasste einen Entschluss. Es war an der Zeit, dass Steffen die Wahrheit erfuhr. »Du«, sagte er, bevor er es sich anders überlegen konnte. »Es gibt da was, das wir klären sollten …«

- Ende -

Eine kleine Bitte zum Schluss …

Wir hoffen, Ihnen hat dieses Buch gefallen …

Der schnellste Weg, andere Leser da draußen an Ihren Erfahrungen mit diesem Buch teilhaben zu lassen, ist eine Rezension im Online-Buch-Shop. Ihr Feedback hilft nicht nur anderen Lesern, Neues zu entdecken, sondern auch dem Autor, zu verstehen, was aus Lesersicht in diesem Buch gut und weniger gut ist. So kann sich der Autor weiterentwickeln und Ihnen sowie anderen Lesern in Zukunft noch schönere Geschichten präsentieren. Außerdem sind Ihre Erfahrungen, Erkenntnisse und Eindrücke als ehrliches Leser-Feedback eine enorme Wertschätzung vieler liebevoller Arbeitsstunden, die in dieses Buch geflossen sind.

Danke also schon im Voraus, wenn Sie sich zwei bis drei Minuten Zeit nehmen und eine kleine Bewertung zum Buch z.B. auf Amazon veröffentlichen.

Mehr zur Autorin finden Sie auf
www.facebook.com/melisa.schwermer,
www.instagram.com/melisaschwermer/, www.melisa-schwermer.com
und www.feuerwerkeverlag.de/melisa-schwermer

Abonnieren Sie auch unseren Verlags- und Autoren-Newsletter und erfahren Sie so als Erster von unseren **Neuerscheinungen, Autorennews** und exklusiven **Buch-Gewinnspielen**:
www.feuerwerkeverlag.de/newsletter

Weitere Bücher des Verlages

Düsterhof

Melisa Schwermer

Eine junge Frau wird in ihrer Wohnung überfallen und bestialisch ermordet. In scheinbar blinder Wut hat der Täter unzählige Male auf sie eingestochen. Schnell fällt der Verdacht auf ihren Ex-Freund, der die Trennung offenbar nicht überwunden hat.

Doch seine Anwältin Annabelle Hart glaubt nicht, dass er der Täter ist, auch wenn alles auf ihn hindeutet. Gemeinsam mit dem Privatdetektiv Felix Hertzlich macht Annabelle sich daran, die Unschuld ihres Mandanten zu beweisen und stößt dabei auf einen kranken Killer, der eine Frau nach der anderen hinrichtet.

Als Annabell und Felix dem Täter auf einem düsteren Hof schließlich näher kommen, als sie es jemals hätten tun sollen, beginnt für sie ein Spiel um Leben und Tod...

Das Flüstern der Puppen

Gunnar Schwarz

Lena Freyenberg und Henning Gerlach bekommen es in ihrem ersten gemeinsamen Fall mit einem albtraumhaften Spiel um Leben und Tod zu tun. Ein Serienkiller ermordet seine Opfer auf eine seltsam vertraute Art und Weise und lässt an jedem Tatort eine verunstaltete Puppe zurück.

Nach und nach entschlüsseln die Ermittler das Muster hinter den Morden, die Verbindung zwischen den Opfern und die Bedeutung der Puppen. Doch vom Täter fehlt weiterhin jede Spur.

Als Lena und Henning schließlich erkennen, dass sie selbst ihren engsten Verbündeten nicht mehr vertrauen können, hat der Killer sein Ziel beinahe erreicht. Und plötzlich holt die Vergangenheit nicht nur die Toten, sondern auch die Ermittler erbarmungslos ein …